路远小说精选集

色的记忆·荒漠

路远 著

远方出版社

图书在版编目（CIP）数据

色的记忆：荒漠 / 路远著 . -- 呼和浩特：远方出版社，2023.12
ISBN 978-7-5555-1683-5

Ⅰ.①色… Ⅱ.①路… Ⅲ.①中篇小说－小说集－中国－当代②短篇小说－小说集－中国－当代 Ⅳ.
① I247.7

中国国家版本馆 CIP 数据核字 (2023) 第 239450 号

色的记忆·荒漠
SE DE JIYI HUANGMO

总 策 划	苏那嘎
著　　者	路　远
绘　　画	王忠仁
责任编辑	孟繁龙　张延维
封面设计	晓　乔
版式设计	韩　芳
出版发行	远方出版社
社　　址	呼和浩特市乌兰察布东路 666 号　邮编 010010
电　　话	（0471）2236470 总编室　2236460 发行部
经　　销	新华书店
印　　刷	内蒙古爱信达教育印务有限责任公司
开　　本	787 毫米 ×1092 毫米　1/16
字　　数	286 千
印　　张	18.75
版　　次	2023 年 12 月第 1 版
印　　次	2023 年 12 月第 1 次印刷
标准书号	ISBN 978-7-5555-1683-5
定　　价	45.00 元

如发现印装质量问题，请与出版社联系调换

目录

荒漠之吻	... 1
猎　火	... 132
祭　火	... 149
魔　火	... 168
疯　驼	... 192
鼠　患	... 199
嘉其尔河在这里转弯	... 217
白云悠悠的日子	... 232
在那遥远的草地	... 256
吉雅其	... 273

荒漠之吻

原载上海文艺出版社

十五的月亮是美好的
相爱的情人是美好的

暗夜的佛灯是美好的
旅途的伙伴是美好的

归来的候鸟是美好的
子孙的繁衍是美好的

——引自蒙古族民歌

开 篇

在世界许多地方都曾掀起过规模宏大的淘金热,例如,在十九世纪末加拿大北方的克朗代克发现了金矿,于是无数狂热的汉子便被引诱到那充满神秘和恐怖色彩的荒山野岭之中追求财富,以冒险、劳累为代价。

1.

二十世纪八十年代秋,在中国北方的蒙古高原上,一个离国境线很近的小火车站里,驶来一列由南而北的列车。列车徐徐进站了。啊,车头沉重而疲倦地喘息了一阵之后,十几个车门便如野兽的巨口般张开了,把一个个已被榨干了精力的浑身裹在尘土里的旅客吐了出来。

平时寂静惯了的小站骤然热闹起来,如一锅浑浊的水沸腾着、翻涌着、蒸腾着臭烘烘的汗腥味和劣质烟草辛辣呛人的气味。他们都是很特殊的旅客几乎是一样的装束——黑色的粗布棉袄和极笨拙的宽裆裤,腰间都无一例外地扎着一根结实的麻绳,身后背着塑料布包,手里握着一根三尺长的柳木或桦木的棍子。

他们的脸庞,明显经过长年累月的阳光的烤晒和风沙的侵袭,显得黑且粗糙,犹如北方的土地那般荒凉而坚韧。他们的眼睛因刚下车还不适应草原明净而强烈的光照,眯成一条缝,好奇地向四处张望着,并流露出一种质朴的不加掩饰的渴望。

他们带着显而易见的自信和野心,好像到这里来是肩负着一种神圣的使命。他们相信他们那宽厚的肩头甚至能背得走属于他们的一切。

上千名旅客，搅起了混乱的旋涡，你推我搡，你呼我唤；他们吆喝着、咒骂着，在匆匆忙忙的穿梭中进行着农民式的排列组合。当已经吐空了的列车鸣着汽笛驶出小站时，农民式的排列组合完成了——站台上的人十个一帮，五个一伙，乱哄哄地挤在一起，急促的目光如流星般撞来撞去。

他们迫不及待地拥挤着走出车站，用陌生的目光打量着这片突然出现在他们眼前的一望无际的平坦的荒漠。他们还是第一次见到这么广袤的土地，突然有点激动不安起来——

哦，是这片土地吗？

不错，是这片土地。正是它的诱惑，才把不同地域、不同村庄的年轻力壮的汉子们诱惑来了啊。

多么荒凉啊！简直不敢相信，在它的怀抱里竟会有那种神话般迷人的宝藏？竟会有那诱人的"黑金子"？

人们渐渐静默下来。互相对视着，目光倏地明亮而有光彩，传达着某种复杂的情感和信息。他们似乎这才意识到此行的真正目的。默默的顾盼中，分明激荡着跃跃欲试的激情。

几辆卡车和拖拉机开过来。人们忽地围了上去。机灵的小伙子们争抢着爬上了车。嘴里叼着香烟的个体户司机多见不怪，把头从窗口伸出来，不满地骂了一句什么，然后唾沫星子乱溅地喊：

"让你们头儿过来。喂，聋了吗？让群头儿过来！"

几个群头儿诚惶诚恐地挤到车窗前。司机将烟屁啐出去，不容置疑地说：

"十个人交五十块钱，二十个人交一百块。先交钱，这是规矩。"

没有讨价还价，他们都懂规矩。于是汽车或者拖拉机后面扬起一道烟尘。满载而去。

没有抢到车的人沮丧地坐到地上，等待着下一班汽车或者拖拉机的到来。

2.

他们这一伙只有七个人，都站着，用敬畏的目光望着他们的头儿——龙哥。

"龙哥，咱们咋不去抢车呢？"身体瘦弱的小六子疑惑不解地问。

龙哥有三十五岁左右，宽颌厚唇，虎背熊腰，一双眼睛很阴暗，如两个深不可测的洞穴。他的装束和别人无大差别。只是头上斜着扎了一条黑色的油腻腻的布围巾，将左眼和眉的一半及左耳朵全部遮住了，给人以一种深不可测的神秘感。他的胡茬儿挺而有力，像蒙着一张刺猬皮。他朝空旷的荒原注视了几秒钟，然后很坚定地挥了下手：

"走吧，靠咱的双腿。"

"步行啊？"生性憨厚的万宝惊讶地问。

龙哥已经走出很远，头也不回地说："咱自带'11路汽车'。"

"远吗？"小六子有点悲观。

其他人都跟了上来。他们的布鞋底儿蹭在荒漠的沙子上，发出一阵沙沙的响声。

"得走一黑夜。"

"龙哥，你以前真的来过这儿？路熟吗？要是迷了路……"另一个汉子担心地问。他的一对眼珠总是转来转去很灵活。他穿着一件破旧邋遢的短皮袄，戴了一顶旱獭皮帽子，旱獭皮上的毛几乎都掉光了。因为他常戴这顶帽子，人们都叫他"旱獭"。

"咋的？"龙哥转回身盯了"旱獭"一眼，目光里透出一道震慑人心的锋芒，"吃不了苦的——回；信不过我龙黑子的——滚；想去的——都闭嘴。"

再也没人敢吱声了。

只是在这个时候，这几个北沟村来的年轻的农民才意识到一种严峻的甚至是冷酷的生活已经开始了，任何一句问话都是多余的。头儿就是他们的爹、他们的神、他们的希望和依托。从现在起，他们只能听他发号施令，而不能有一丝自作主张的权力。

于是他们默默走着。他们背对着正在西沉的太阳。向着一个正在被黑暗塞满的世界走去。破碎的夕辉趴在他们的行李卷上，闪闪烁烁，似乎想拉扯住他们。但他们坚定地向那空旷的荒原深处走去。他们背着破碎的夕阳，步履格外沉重。七个人不停地走，在沉默中走向荒漠、走向严酷。

在前面等待他们的是什么呢？

暮色像浓浓的液体侵蚀着草木稀疏的荒漠。火焰色的残阳的光芒在铁轨上匆匆奔跑。铁路切出了一道直直的地平线。地平线上是一片肃穆庄严的绛紫色。

现在还能看得见七粒蝼蚁般的小黑点在远方蠕动。不一会儿，他们便被越来越浓的夜色吞没了。

第一章

人和自然永远不可分割，永远相依为命。然而不知是哪一天，人们似乎忘记了这一点，把大自然当成奴隶来役使；只知索取，而不会给予。于是，一向慷慨大度的自然变成了吝啬鬼。

人们这才意识到，生存条件也会突然变得严酷。他们开始了认真的思索。

1.

草原，有各种类型。

在诗人的作品里，在电影的镜头里，经常出现美丽的草原——绿草如茵，鲜花如海，羊群如云……

而苏尼特草原，却完全是另一种模样。由于地理位置不同、气候影响及某些人为的因素，内蒙古草原形成了明显的地带性分布规律：大兴安岭西侧，由东向西延伸，是森林草原；再往西，是草甸草原，也叫丘陵草原；再往西是半荒漠草原；再往西，便是戈壁滩了。

特木沁塔拉属于典型的半荒漠草原，草场上植被稀疏，沙石裸露，视野之内，竟望不见一座蒙古包或一群牛羊。偶尔，可看到几峰孤单的骆驼在远方踽踽而行，显得极为荒凉。

沙化一年比一年严重。十年前，生产建设兵团在这里大面积开荒造田，牧人们便向远处境况稍好一点的牧场搬迁了，一部分搬到楚鲁图，一部分迁到乌鲁尔台。后来，兵团撤走，这块荒漠便开始沉睡，日复一日，年复一年，总是那么寂静，像一块没有任何生命的外星空间……

2.

然而这一天，这块沉睡的土地却被一阵阵急促凌乱的马蹄声惊醒了。清冽的空气中回旋着恶狠狠的咒骂和痛苦的叫喊，巨大的骚乱使荒原震荡不已。

为了占有这块忽然改变了价值的土地，乌鲁尔台人与楚鲁图人发生了冲突，数天的纠纷最终诉诸武力，用最原始的械斗来决定这片草地的所有权。

那是刚入秋时，楚鲁图人惊奇地发现特木沁塔拉出现了奇迹：在一片方圆近百亩的荒滩上，长出了沙蒿和柠条组成的戈壁墩子。在戈壁墩子间，生长着罕见的冰草、冷蒿、隐子草、达乌里胡枝子、野苜蓿……楚鲁图人喜出望外，立即将畜群赶到这片无主的草甸子上来抓膘，并在特木沁塔拉安营扎寨。乌鲁尔台人闻讯后，立刻备好锋快的大钐镰，在嘎查负责人扎登巴的带领下，来这里打贮秋草。

无论是楚鲁图人，还是乌鲁尔台人，都理直气壮地认为这片草原是属于他们的。于是，纠纷开始了！

这晚，乌鲁尔台人在特木沁塔拉扎了十几顶蒙古包，和在几里之外的楚鲁特浩特虎视眈眈，遥相对峙。

3

整整一天的跋涉，已经把七条汉子折腾得精疲力竭，狼狈不堪，勉强迈动着像灌了铅一样沉重的双脚。

这里的气候也是奇特的——夜里，冷风差不多能穿透棉衣；而白天，太阳出来不过两三个小时，就能把人晒出一层油。连雨都下得怪哩，天刚才还是蓝格莹莹的，可一眨眼，雨就倏地来了。等雨过去，到一里地以外一看，地皮儿上竟连个水星都没有。

"甚鬼地方呀！"小六子乱骂，不停地用没有多少水分的舌头去舔干燥的双唇。

太阳婆婆在头顶上不怀好意地笑着，紧紧地盯着他们。他们脱去了棉袄，这才感到太阳好像就背在肩头，沉甸甸的，火爆爆的。

"离大红山还有几里路，龙哥？"万宝小心翼翼地擦着汗问。

龙黑子淡淡地回道："快了。"

"见着大红山，就能找到井吗？"这个声音很细很嫩，怯生生的，像一阵不易觉察的微风。

龙黑子对这个声音感到陌生，回头瞥了一眼——原来是他！

他叫换换，是七个人当中体力最差的一个，一直落在后面，幸亏有富帮他才没掉队。龙黑子对他没有多少好感，因为他细皮儿嫩肉的，去做那号极苦的营生，行吗？

他本不是北沟村的，他们是在火车上才认识的。要说，都是有富那家伙多管闲事——有富说他认识这后生，他是五里村的，和他还沾点儿亲哩。有富好说歹说，千央求万哀求，龙黑子看在同村儿的份上拉不下脸子，勉强答应让那外村后生入了伙。直到现在，还没和他说过一句话，也不晓得他的名字呢。

"叫个甚？"

"叫换换。"有富抢着回答。

龙黑子瞥了一眼，见那换换倒也眉清目秀，模样善良，想他也不会惹是生非。有富愿意照顾他，愿意给自个儿找罪受，那就由他去吧。

戈壁墩子一个接一个地在眼前铺开了。这几乎是荒漠草原唯一的植物了。墩子是由生命力极强的狼针、白蒿和碱草组合而成的，不远不近一个，保持着适当的距离。它们使荒原这条粗野的汉子变得更像一个脸上长满了疙瘩的丑老太婆了。不时有一只花鹞子从戈壁墩子里飞起来，在人们头顶盘旋几圈，便向更遥远、更苍茫的天际飞去。

龙黑子的心是沉甸甸的，他无论如何也没想到，有一天他竟还能回到这片荒原上来。是的，他从来没想过。十年前，当离开这里的时候，他是一个人在一个没有月亮的夜里悄悄走的，甚至没有和那个楚鲁图女人去告别，尽管他知道那女人正在苦苦地等着他……那时，他觉得自己从这片荒原上没得到任何当初期望得到的东西，却受到了深深的心灵创伤，和无法洗掉的耻辱与罪孽……

然而，当他隐姓埋名，在塞外那贫瘠的北沟村里生活了近十年之后，当他把分给他的林子砍了，并在分给他的土地上建起三座大砖窑，正准备狠狠地发展一下的时候，曾经那么宽容地收留了他的父老乡亲们有一天突然闯进了他的小土屋，站在他的面前，有的含着泪，有的甚至要跪下去，乞求他带着后生们走草地去，去寻找那种神奇的"黑金子"。那时，他简直找不出任何理由来拒绝乡亲们的恳求。

是啊，那几亩贫瘠的薄地，尽管它已经属于庄户人了，可又怎么样呢？它只能让庄户人填饱肚子，有个温饱——仅此而已！想靠它富起来，得等到猴年马月哟！

土地，吝啬的土地啊，几千年了，你用一条无形的绳子，把庄户人和你紧紧拴在一起，你饱吸了他们数不清的血汗，却仍不能变成肥沃良田；如今，他们忍了多大的疼痛才割断了那条绳子，要到远方去寻找财富，谁能忍心拒绝啊！

龙黑子二话没说，把砖窑委托给常瞎子照管，他带着后生们来了。他走过草地，有丰富的经验，知道该怎样去寻找那种"黑金子"。只有他才配当后生们的头儿，他清楚这一点，滋生了一种沉重的责任感：既然我龙黑子能给乡亲们带来财富，如果不去，我还算个人吗？

6.

荒漠在脚下一尺尺地向前延伸。阳光愈来愈灼热。他们挂在腰间的能装五斤水的塑料桶早就空了。他们感到鼻孔里喷出的已不是气，而是一团团火。嘴唇正在绽裂，像干旱的土地无可奈何地皲裂成网络般的条纹。前面还有漫长的路。他们都知道这个可怕的事实：在荒漠上如果找不到水，那就等于走上一条死路。

只有龙黑子满怀信心地在前面走着。他对这儿的地形了如指掌。只要一袋烟的工夫，登上眼前这个不高的山坡，就能看见洼地处的那眼井了。那井由四块大青石板铺成，因此得名四方井。井水很浅，弯下腰伸出手去便可汲水。泉水极清凉，甜丝丝的，像放了糖。更为神奇的是，无论多少人在这眼井里汲水，水位总是丝毫不变，取之不尽，用之不竭。人们说它实际上是眼暗泉。老乡都管它叫阿尔善(意为神圣的泉水)。

知道前面有井，他们陡然有了劲头，很快爬上山坡。但是，眼前的场面却使他们惊呆了——

山洼里，蠕动着羊群般杂乱的人们，狂乱地拥挤着、撕扯着，将井口围得水泄不通。挤不上去的人便从树林般的大腿的缝隙间钻着、爬着……人们争抢着把手中的塑料桶伸到井里，而掉到井里的桶几乎快把水井填满了。

在这混乱的人群中，还有女人哩，她们因抢不上水而嗷嗷直叫，因被挤出人群而哇哇直哭……

离井口不远，有牧人用来饮牲口用的一条长长的铁皮水槽子，铁皮早已经生锈，红褐色的锈像一片片癞蛤蟆皮。铁皮槽子里尚有一些积水，上面漂浮着草棍、绿苔和牲畜的黄乎乎的粪便。渴急眼的人们在地上跪成黑压压一片，俯着身子，用手掬起水槽里的水贪婪地痛饮着。有的人干脆把头浸在水中，用嘴去汲水，简直像在品尝甘醇的美酒琼浆。有的人因喝多了水而捂着肚子呻吟不绝。空气中弥漫着汗腥味儿、烟草味儿，以及大地蒸腾起来的马尿臊味儿和青草霉腐味儿混杂在一起的热烘烘的气息。

啊，啊，我这帮从异乡远道而来的带着发财美梦的兄弟啊！图个甚？图了个甚哟？

万宝的眼里噙满泪花花。

"唉，人，这就是人呀！"龙黑子喟然长叹，黑布带子旁边露出来的那一只眸子更幽暗了。

换换感到鼻子酸酸的，心窝里像堵上一团黏糊糊的东西，眼前一片黑暗。

"和牲口有甚两样！" "旱獭"摇着头叹道，"唉，还不如牲口呢……"

忽然，有富惊呼了一声。众人急忙回头看时，却见换换软软地倒在地，双目紧闭，面如死灰。

"换换！"

"快，水……"

5

"天神"在空中又盘旋了一圈，惊讶地望着四方井附近那片黑压压的人群。它怎么也搞不明白那么多人是从哪儿来的，他们要到哪儿去。

它不敢轻率地降落到地面上。

"天神"是一只很大的雌性苍鹰，来到世间已经三年。前年，它还毛羽未丰时，母亲便离开它溘然长眠了。

它忘不了那一天，母亲是怎样和一条长满花斑的毒蛇在空中搏斗——多漂亮的俯冲啊，闪电一般迅速。当那矫健的身姿再一次升腾起来时，那有力而坚实的利爪下已攥着一条肥硕的花蛇。

蛇很快清醒了，开始拼命反击，吐出血红的芯子，几次企图接近对方的头部或胸部。但它识破了蛇的意图，用铁钳般的利爪紧紧攥住了离蛇头很近的地方，使蛇的头无法动弹。蛇扭曲着身子紧紧缠住了鹰的腿，想把它缠断。但那腿像钢棍一样结实。鹰用锋利无比的喙去撕蛇皮，很轻易地撕下了血淋淋的一缕。然后它昂起头来，高傲地飞翔着，像叼着一面胜利的旗帜。

小"天神"看呆了——它没想到母亲竟是这样勇敢，甚至有点残忍。当母亲带着毒蛇从它头顶上飞过时，它响亮地叫了一声，不知是由于惊骇还是由于兴奋。然而，正是这一声分散了母亲的注意力，它怔了一下，低头去寻找自己的孩子。就在鹰爪松动的一瞬间，垂死挣扎的毒蛇倏地往上一蹿，在鹰的脖子上咬了致命的一口……

一切都发生得那么突然，小"天神"还没看清是怎么回事，母亲已经痉挛着扑扇了几下翅膀，垂直地坠落下来。

后来，有一个名叫阿迪亚的小伙子，在一块巨大的岩石上发现了一只死去的苍鹰和一条摔死的花斑毒蛇。这个小伙子在戈壁墩子里找到了小"天神"，犹豫片刻，把它抱回了家——荒漠上的两间孤零零的小泥屋。

尽管他每天忙得不可开交——他要看好多的书，还要和试管、种子、仪器什么的打交道，可还是抽出时间来精心喂养着小"天神"，把一块块新鲜的羊肉和一小罐牛奶喂给它。

它很快长大了，能在天空飞翔了。

一天，小伙子含着泪对它说："去吧，我的'天神'，天空才是你的归宿，你自己去闯吧！"

它在小泥屋上面久久盘旋着，不肯离去。它眷恋着泥屋里的主人——那一老一少。虽然不明白那一老一少在这里干什么，为什么要孤独地生活在这荒无人迹的地方，但它相信他们都是善良的人，是他们救了它，并把它喂养大。

"天神"没有走，它留下了，成了他们家庭中的一员。

两年，它与他们和睦相处，亲密无间。

但今天，亚(老头对小伙子的爱称)从早晨就骑马出去了，直到天快黑了也没回来。葛根老头放心不下,放出"天神",让它去寻找。

"天神"从四方井上空飞过去。尽管那儿的人密密麻麻,但它相信自己的眼睛,亚不在他们中间。它飞过伊和乌兰山,在那片草甸子上仔细搜寻起来。这片草甸子是亚用多少年的心血换来的,他几乎每天都把时间消耗在这上面了。

也许亚又在这里忙碌呢?

没有,这里也没有亚,只是多了几顶毡包。

"天神"失望地飞了过去。当它从一片金黄色的茇茇草滩上飞过去时,蓦地看见了躺在地上的亚。

那红红的,是血吗?

"天神"惊骇地落下去,又很快飞起来。它悲哀极了——真的是亚,头部负了伤,昏迷不醒,生命岌岌可危……

它必须得尽快飞回去,把这噩耗告诉葛根老头。

快!

它开始用整个生命飞翔。

但是,当它从那几顶新扎的蒙古包顶上飞过去的时候,猝然听到一声轰响,闻到一股呛人的火药味儿。翅膀似乎被什么东西狠狠地咬了一口,羽毛凌乱地飞溅着。艳红的血,在蓝天上闪烁着火焰似的光芒。

大地骤然升腾起来,飞快地向它扑来。气流在它耳边呼啸,尖厉刺耳,像狼的嚎叫。大地还在飞快地往上升、往上升。它想躲开黑色的大地,可是已经没有一点力气了……

6.

荒漠也有一种荒凉的美。

那一层琥珀色的沙砾铺向天边,那稀疏的牧草给荒原抹着绿、染着金、涂着黄,那一蓬蓬小丘似的骆驼刺如凝固的波涛,那极深邃、极广漠的秋空变幻着各种奇异的色调。

一辆木轮车从山梁上缓缓驶来，许久没上油的车轴发出干涩刺耳的"吱吱"声。车辕上坐了一位面带忧郁之色的牧妇。她毫无表情地望着远方广漠的天际线，那对眸子如同冷寂的荒原一样，笼罩着一层淡淡的惆怅。

甘地玛给扎登巴做妻子已经三年了，三年来，只有新婚最初那一个月，他以强壮的身躯和任何一个新郎都有的温存，给了她一些新鲜的欢愉。但后来，她厌倦了——他太强悍了，她几乎受不了他了。她有时想：夫妻生活的内容难道就这些吗？

在感情上，他们从来没有沟通过，他也从没有想到妻子还有什么别的需求，更没有认真地看过一次她那哀怨的眸子。

"草地的女人嘛，生孩子、挤牛奶、煮手把肉，这些就足够啦……"

他常常一边灌着酒，一边不满地嘟囔着。

"你不会生孩子，只能算半个女人……"

半个女人！这句话像毒蛇一样，紧紧缠绕着甘地玛，使她恐惧，使她愤怒，她真想对着荒漠大喊几声："不，我是一个完整的女人！完整的……"

可是，孩子呢，会生吗？

为了当一个完整的女人，她多想有个孩子啊！有时，她甚至自信地想：假如，只要和另一个男人来一次，可能就会怀孕……然而，我有这个勇气吗？

没有，永远不会有的！她相信自己永远做不出这种事。

泪，顺着腮边滚下来。

她恨命运，恨自己的软弱，同时也恨四年前那个不辞而别的年轻兽医。

那年，她还是个情窦初开的少女。为了给家里的一头小母牛治病，阿爸从遥远的异乡请来一位年轻兽医。那兽医方脸、宽额、浓眉，十分标致。她叫他"葛根"。他呢，也不生气，总是笑眯眯的，用那意味深长的目光盯着她。那目光终于把一颗少女的心给搅乱了。

一天夜里，她踩着刚刚泛青的嫩草芽，悄悄溜进了他住的毡房。昏暗的马灯下，他正在看一本什么书，听见响动，吃惊地抬起眼睑，那目光似乎在说：

你这傻姑娘，好胆大哟！但他什么话也没说，只是用一种异样的目光盯着她。那年，她才十八岁。她弄不清那目光的确切含义，是冷漠、拒绝、鄙视，还是渴望、期待？她只记得当时她狼狈透了，像被火烫了一样飞快逃出了毡房，一口气跑到荡漾着春天气息的牧场上，痛痛快快哭了一场。

第二天早晨，她没敢回家。傍晚，当她怀着忐忑不安的心情偷偷溜回自己的毡包时，阿爸却大惊小怪地告诉她：那兽医竟连工钱都没要就不辞而别了……

唉，如果，他当时能说上一句什么，不，只要一个暗示的眼神儿就够了，那么，她的命运也许就完全是另一个样子。

甘地玛常常这样想。

可现在，有谁知道她的痛苦和不幸呢？

老牛不紧不慢地甩着尾巴，扭着胯骨顶得凸起的屁股，慢腾腾地向前走去。路上的牛粪不多，柴和枯枝也很少。出来快半天了，车上仍然空荡荡的。她想在荒原上多待一会儿，不想很快回到那座黑黢黢的蒙古包里去，不愿意看到扎登巴那张没有笑意的油腻腻的脸。

她无法理解她的丈夫近两年怎么会变得愈来愈蛮横，愈来愈贪婪，愈来愈看重自己的权势和荣誉？他为什么会对一切财富都有一股疯狂的掠夺欲和占有欲？也许，是因为那次做了一笔买卖，赚了一大笔钱，尝到了甜头，所以才拼命聚敛金钱？也许，是过怕了穷日子，现在才如此看重财富？

也许，是因为这几年当了嘎查主任，手中有了一点小权，便忘乎所以，变得专横起来？特别是近几天，他又被浩特里的那个寡妇拉娃尔勾去了魂儿，每天都要往她的毡包里钻几次，有时竟在那里喝得烂醉才回来，然后不由分说，把甘地玛踢几脚、骂一顿……

她默默忍受着，同时又奇怪自己居然能忍受下来。她是多么思念自己的故乡——她的娘家阿巴嘎旗，那是一片多么富饶、多么美丽的草原呀，有花、有水、有歌儿，还有美丽的赛利姆湖，哪儿像这个鬼地方哟。

甘地玛有种预感：特木沁塔拉——阎王滩，正像它的名字一样，是不吉利的。如果不是扎登巴强迫,她说什么也不愿随其他乌鲁尔台人到这儿来。她总担心会有什么可怕的事情发生。

昨天黄昏,她正在做饭,猛听得外面一声轰然巨响。她一惊,切面条的菜刀险些切在手指上。她急忙跑出蒙古包,只见扎登巴正举着那杆枪管还在冒烟儿的火枪开怀大笑:

"打中了,哈哈,我打中了!"

她望去,看见一只受伤的苍鹰扑腾着翅膀坠落在远方那一大片金黄色的芨芨草滩里。

打鹰是要倒大霉的呀!

她相信自己的预感,心儿更加慌乱不安起来。

快些离开这片到处都笼罩着怪异色彩的荒漠吧!让我早点回到娘家去吧!甘地玛在心里祷告着,瞳孔里充满了无可排遣的抑郁。

她多想唱唱娘家的那些亲切得让人心动的民歌呀:

从那金泉的源头
你快马加鞭赶来
爱神般的哥哥呀
不要亲完我就匆匆离开

从那荒滩野地
你马不停蹄地跑来
品格出众的哥哥呀
不要娶了新娘就把我忘怀

不知不觉,她竟唱出了声。优美的旋律轻轻荡漾起来,情切切意绵绵的音韵仿佛行云流水般漫向荒原,渗进每一块土地,使大地顿时充满了柔情蜜意。

"扑棱棱……"是什么动物在跳跃?她呆怔了一下,仔细望去,才看见一只鹰挡在牛车前面。那鹰似乎一只翅膀负了伤，吃力地扑腾着。

哦，是它吗，是被扎登巴击落的那只苍鹰？它还活着！

甘地玛高兴地跳下牛车，向那只鹰奔去。

它用哀求的目光望着她，用一只没伤的翅膀扑腾着，一跳一跳地奔向附近一片茂密的芨芨草滩里。它的目光似乎带着某种焦虑。

甘地玛的心儿怦然一动，似有所悟，跟着它走进那片茂密的芨芨草滩。

金黄色的芨芨草有一人多高，有的地方十分稠密。秋风扫过，坚韧的草弯下细细的腰，把柔软芳香的穗子拂在人的脸上和头发上，让人感到十分惬意。几粒饱满的草籽挂在甘地玛的乌发上，她顾不得去拂，急匆匆地追着伤鹰，虽近在咫尺，可总抓不住它。

忽然，她恐惧地颤抖了一下——几根芨芨草上，沾着紫褐色的血。野兽的，还是人的？她抬头四顾，发现凡是鹰走过的地方，都有这样的血迹。那鲜血好像是人类的。

鹰在引导着她往前走。

甘地玛跟着伤鹰小心翼翼地向草滩深处走去。不一会儿，她听到一声微弱的呻吟。她抑制不住怦怦的心跳，紧张地拨开挡在眼前的草，忍不住惊呼了一声："天哪——"

空地上，躺着一个头部负伤的青年，鲜红的血在他的额头和面颊上凝固成一条条弯弯曲曲的"溪流"。

他昏迷着。

她蹲下来，久久凝望着那张年轻英俊的脸庞。

第二章

在《天方夜谭》里，有一个阿里巴巴和四十大盗的故事。那神奇的咒语"芝麻，开门吧"曾撩逗起多少人发财的欲望。

多少年来，人们历经千难万险，跋山涉水，只是为了寻找到能够打开宝库的咒语。

然而，真的有那样神奇的咒语吗？

如果有，那咒语又是什么呢？

1.

"看，大红山！"

小六子惊呼起来。顺着他手指的方向，人们才发现眼前蓦地冒出了一条十分奇异的山脉。

大红山，又名"伊和乌兰乌拉"，南北走向，其山脉绵延一百五十多公里，一直向北延伸到蒙古国境内。由于此山是由红胶泥构成的，所以，远远望去，山峰表面光滑如漆，闪烁着鲜红鲜红的色彩，像绸缎子般艳丽，似火焰般热烈，如一道瑰丽的天然屏风。色调灰暗的荒原顿时豁亮了，给人一种暖洋洋的感觉。

只有北方的边疆异域，才有这样奇异的自然风光！

对于万宝、小六子他们来说，使他们激动的不只是风光的奇特，还有另一层更重要的原因——那神奇的"黑金子"，就藏在大红山的脚下啊。

龙黑子以内行的目光审视着脚下的土地。土质已变成很黏的暗褐色的胶泥土了，植物比其他地方更稀。在稍远些的地方和望不到尽头的荒漠深处，分布着无数个小甲虫一样缓缓移动的小黑点儿——那也是人，和他们一样到这儿来寻金觅宝的庄户人。

不错，已经来到"地毛滩"上啦！

"开始吧！"

龙黑子将行李卷儿摊在地上，然后，从里面取出一个精巧的用细钢丝弯成的搂草耙子，把它安装在手中那根三尺长的木棍子上。大家都默默地注视着他，并学他的样子把耙子头安上。

换换的面色依然不好，有富安装好耙子，关切地望着他。他微微对着有富摇摇头，意思是他没事儿。

龙黑子背对着被一块浓云遮住了的太阳，向附近望了好一会儿，选准了一个方向，走过去用耙子搂了几下，又搂了几下，然后将耙子轻轻抖了几抖，柴草纷纷落下，再看龙黑子的手时，竟像变戏法一样，拎着一缕马尾巴一样的黑乎乎的东西。

"地毛！"

"发菜呀！"

几个人同时喊了出来，跌跌撞撞奔过去，围住龙哥。他们的眼里透出贼亮贼亮的光。他们的嘴巴由于激动而张大，久久没有合住。啊，这就是那被称为"黑金子"的地毛么？关于这宝物，他们曾听到多少撩人心弦的故事啊——有人搂了一趟地毛，跑了一趟广州，去时肩扛一个破麻袋，而回来时竟开回一辆大汽车呢；有人因为穷得穿不上裤子，打了多年的光棍，不承想搂地毛发了财，引回一个天仙般俊俏的年轻媳妇；还有人……关于搂地毛发财的故事，他们能讲上三天三夜。正是这些神奇的传闻，才引来了浩浩荡荡的农民，使他们像潮水一样涌入了荒漠。只要一想起地毛实实在在的价值，他们的心儿便火烧火燎似的热起来，全部热血就会冲上脑门——那可是每斤一百块呀！实际上，一切现象都可以从这里得到解释——那拥挤不堪的火车，那千辛万苦的跋涉，那污水饮马槽边的痛饮……原来一切的动力正在这里！这一缕缕黑丝，看起来与头发一样，可是它却有如此巨大的魔力啊！

"黑金子"啊，就在脚下这片土地藏着呢，这难道不是大自然对人类的特殊恩赐吗？

他们想起了那个古老的神话故事：一个人被一只巨鸟驮到了金山上，现在他们正在体验那人到达金山上时的狂喜心情，并理解了他为什么宁肯让太阳烧死也不愿意离去。他们浑身战栗不已，双手奇痒难熬，急不可耐地望着龙哥，等着他传授搂地毛的方法和诀窍。

太阳从浓云后面顽强地钻出来，急切切地扑到荒漠上，吮吸着土地上稀薄的水分。荒漠上到处奔走着阳光的光斑，于是浩瀚的大地上袒露出一块块金黄色和土褐色。大红山这时候似乎在燃烧，红得令人目眩。强劲而干燥的风儿轻佻地戏弄着人们的头发和衣襟。龙黑子皱起眉头，左半个眉在黑色的布条里动了几下，然后将手中的耙子扔在地上：

"这天气——睡觉！"

"睡觉？为甚？"

"咋的咧？"

人们大惑不解。

原来，搂地毛也是一门学问，一看天气，二凭运气，因为地毛就像条古怪的小虫子，昼伏夜出，只有当空气湿润的时候，它们才"活"起来，那时才能看到地皮皮上的黑色条纹。所以，只有在每天早晨太阳没出山之前和傍晚太阳落山后，或者是无雨的阴天，才能搂到地毛。

有过这样怪异的事情：许多人在这一块地方走了很多遍，也没搂到几根地毛，但过了半天，另一些人可以不费吹灰之力便在同一个地方搂了半袋子。

偶然性在任何地方都存在！

并不是每一个搂地毛者都能碰上好运气，满载而归的毕竟是少数幸运者。龙黑子没把这层意思说出来，他不想给兴致正高的伙伴们泼冷水。他走到自己的行李卷前躺下了。很快，他睡着了，打着闷雷般的呼噜。

有一只小蚂蚁沿着油腻腻的黑布条爬到他的面颊上，当爬到那乱草似的胡子里时，忽地被从鼻孔里喷出的"风暴"卷得无影无踪。只有阳光还在啃舐那张黧黑而粗糙的脸膛。它想照到那汉子的脑子里去，看看他究竟在做什么好梦……

2.

太阳从蒙古包的套脑里溜了过去。锅里的茶也不再喧闹不休了。一切都沉寂了。

蒙古包里暗下去。拉娃尔懒懒地依着哈纳墙坐着，等着扎登巴的到来。

作为一个女人，拉娃尔已经不年轻了，腰肢早不那么苗条柔细，肌肤也远不如早年那么娇嫩白皙了，而且眼皮明显松弛下垂，肥厚的双唇甚至有点儿凶。据说她简直是个狐精，即能把男人们撩逗得心猿意马，不能自持，又能在关键时刻巧妙地从那些粗野而有力的臂弯里滑出去，让男人们讨不到一点便宜。

有一次，有个名叫力格登的马倌举着一只女式香牛皮靴向众人宣布：他已经征服了她，香牛皮靴就是昨晚与她同床共枕的见证。可后来，人们发现拉娃尔的靴子根本没丢，而她替力格登老婆的妹子补的一只靴子，放在包外却不见了。有个眼尖的小伙子立刻认出力格登手里举着的正是他小姨子的皮靴，众人好一顿开心地哄笑。因为这件丑闻，力格登整整一年没敢和马倌们一块儿喝酒。

究竟有没有男人征服了拉娃尔，或者从她那里讨到便宜，这始终是一个谜，也是人们最感兴趣的话题。人们都说：这个女人的心啊，用厚牛皮裹住啦，谁也不晓得那里头装了些啥东西。

拉娃尔会唱许多民歌。若是唱起来，百灵鸟儿听了会羞愧地飞走，羊儿听了会忘记吃草。她还会跳舞。有一年，一个乌兰牧骑的女演员，在拉娃尔的蒙古包里住了整整一年，拉娃尔教给她不少蒙古舞。拉娃尔心灵，手脚也灵，一学就会，而且跳得很美。但她有个怪癖：喜欢独自一人在空旷的牧场上跳舞，不愿意让别人看见，特别是男人。有一次，一个年轻骑手有幸偷看了她的舞姿，过后，逢人便感慨一番："唉，女人哟，拉娃尔才是真正的女人！"

拉娃尔还是一个神秘的女人。

十年前，当还是一朵含苞待放的花儿的时候，她拒绝了所有来求婚的小伙子，却偷偷地和生产建设兵团的一个小拖拉机手有了来往。那时垦荒的兵团里有许多漂亮的小伙子。使人们不能理解的是那个小拖拉机手既不英俊也不高大，她却钟情于他。有一天，当地的小伙子们气愤不过，堵住了她的毡房，抓住了她和小拖拉机手，准备给他们点儿颜色瞧瞧。她突然像一头被逼急的母狮子窜上前去，护住了拖拉机手，口口声声嚷着要嫁给他。众人无奈，只得悻悻离去。后来，那拖拉机手还是独自一人走了，没有带走她。她却痴情地等了他九个月。

九个月后，她生下一胎死婴。她唱着歌把那死婴扔到草地里……

又过了两个月，她嫁给了羊倌儿德力格尔。

结婚刚满一年，德力格尔暴病身亡，她开始守寡。从那时开始，男人们就在她的毡包附近转来转去。

不久前，她正准备和一个楚鲁图人结婚，可那人却在前几天的械斗中被打瞎了一只眼。

近几天，她忽然向扎登巴大献殷勤。扎登巴很快就领教了这女人的魅力：当那妩媚的目光闪电般朝他身上一扫，当她娇嗔而多情地朝他一笑，当她轻盈地给他斟酒时，扎登巴就觉得自己的老婆简直不算是女人啦。于是，他的腿仿佛不由自己支配，来拉娃尔毡包来的次数也越来越多。

日头快要偏西了。拉娃尔坐着，用一块面团捏来捏去，捏出一个面人，看模样是个男的，腆着大肚子。她用鄙视的目光凝视着它，然后把一根根钢针刺到面人上。她的眸子里闪烁着可怕的凶光，发泄地把钢针在面人身上乱刺，不时露出满意的狞笑。过了片刻，她听到外面传来一阵马蹄声，这才把面人扔到灶膛里。当那人走到蒙古包门口，她露出亲热的微笑，快活地招呼道："嘀咿，怎么才来！你这没心肝的死鬼。"

3

阿迪亚终于睁开眼睛——世界不再是红色的，也不再是虚幻的了，而是明朗的、清晰的、纯净的。

他吃力地扭动了一下脖子，眼前划过了蓝晶晶的天色和红彤彤的夕阳。他再转脖子，似乎看见了两座倒垂下的山，就在他头顶上动。他很惊异，仔细去辨认那淡青色的山，看清了有布纹，还有绣着银边的衣襟，那是一个女人的衣服啊……

幻觉，一定是幻觉！

他闭住眼，休息了片刻，再睁开，却见一双陌生的眼睛正凝视着自己。那瞳孔真亮，水汪汪的，像蓝色的湖泊，他甚至能从那里看到自己苍白的脸。他呆呆地望着那两汪"湖水"，努力思索，却什么都想不起来。

那两道弯弯的柔细的蛾眉跳了几下。他听到从很遥远的地方来一声极温柔极动听的问话，像儿时额吉的喃喃低语：

"终于醒啦。"

脑袋还是昏昏沉沉地疼，依然困倦。

他吃力地挣扎了一下，想坐起来，微微抬起的头又重重地砸下去，落在一个富有弹性的物体上。他的头一直就枕在那上面的，很舒服。他伸出手去摸，摸到了那两座倒垂的山峦，倏地意识到自己原来是躺在一个女人的怀中，浑身骤然穿越一阵电流似的热浪，大脑顿时清醒了许多，记忆竟奇迹般地复归了。

"我这是在哪里？"他问，声音像蚊子在哼哼。

"在草滩里。你已经昏睡了一天一夜啦。"那女人把一碗热气腾腾的奶茶放在他的唇边。他喝了几口。

"你是谁？"

"我叫甘地玛，乌鲁尔台人。"

"谢谢你……救了我……"阿迪亚觉得神志清醒多了，急切地问，"他们还在打吗？"

甘地玛苦笑着摇摇头："已经过去一天一夜了。你是被乌鲁尔台人打伤的？"

他微微点点头，神情抑郁："那个人像头牛。"

"扎登巴？"甘地玛倒吸了一口冷气——准是他干的，别人下不了这么狠的手。

阿迪亚侧过头去，看见了他的"天神"。它正蹲在草地上，用明亮的熠熠的目光盯着他。它的一只翅膀痛苦地耷拉着，裹着一条白布，渗出红色的血迹。它发现阿迪亚在看它，便跳跃着走过来，用弯钩似的利喙去磨蹭亚伸出去的手，那动作分明透出一股子亲昵。

"是它把我引到你这儿来的。它可真聪明！"甘地玛赞叹道。

"它叫'天神'，从小就和我在一起。"阿迪亚伸出手去抚摸天神的羽毛。

"那你呢，叫啥？"甘地玛微笑地盯着他问。

"哦，我叫阿迪亚。"

"你是楚鲁图人？"

"不，我就是特木沁塔拉人。"

"骗人，谁不知道特木沁塔拉荒无人烟。"她有些不高兴地说。她不喜欢别人骗她。

"真的，我没骗你，我就住在特木沁塔拉。一直往北走，就可以看见两间小土屋了。我在那里住了快十年了。"

"噢，那土屋我远远看到过的。我还以为那是没有人住的破房子呢。就你一个人住在那儿吗？"

"还有葛根老头。"

"可你们为什么要住在那地方呢？"甘地玛大惑不解地盯着他。她忽然发现这小伙子的眼睛很清秀，有一种独特的魅力。

"为了拯救这片荒漠！"小伙子深沉地坚定地说，双目闪亮。

"你说什么？"甘地玛听不懂他的话，呆呆地望着他。

阿迪亚挣扎着坐起来："谢谢你救了我，还得请你帮个忙，把我送回去吧。葛根老头一准急坏了。我和'天神'都没回去，他一定以为出了什么事儿呢。"

"行，我们立刻就走。我有牛车呢。"甘地玛匆匆收起自己带来的用具——茶壶奶食、皮得勒和雨衣。当她的身影在杂乱的芨芨草丛里消失掉的时候，阿迪亚的眼睛便摄下一张永远难忘的照片：在金黄色的芨芨草的衬托下，一个穿着天蓝色衣服的女人婷婷而立，向着瑰丽的落日缓缓走去。

他的眼角不由自主地坠下两滴晶莹的泪，胸口像被火撑子刚刚烤过，热得烫手。

我这是怎么啦？

他奇怪自己的感情居然这么脆弱，这么丰富。他还没来得及擦掉眼角的泪，便听见甘地玛吆喝牛的悦耳的声音，甚至清楚地听到了勒勒车的木轮子轧在芨芨草上的响声。

芨芨草在木轮下正在痛苦地歌唱呢——他想。

 4.

高原的秋夜，空气清，寒星深邃。浓浓的夜雾浩浩荡荡地漫来，把凉飕飕的黏黏的气体塞满一块空间。

地毛滩上却像一个闪烁着万家灯火的不夜城。先是三两堆火在远处小心翼翼地闪跳着。过了一会儿，黑幽幽的荒漠像是天女散花，无数火光星罗棋布，漫山遍野。于是空气中到处弥漫着牛粪、干草燃烧的浓浓的烟味儿，把浓雾撑起来，顶到高高的天空中。空气中荡漾着一种温馨和原始的野味儿。在火光映亮的地方，能看到影影绰绰闪动的人影，还能听到带有山村泥土气息的呼唤和说笑声。

龙黑子让大家刨了几个戈壁墩子。夜间天寒，没有一堆旺火，是顶不过一夜的。戈壁墩子上生长着针茅、油蒿、巴西藜，都是很好的柴草，油性大，燃烧时间长。幸亏有戈壁墩子，才使这众多的搂地毛的汉子能抵御住蒙古高原寒风的侵袭。

使龙黑子忧虑的是由于这些天地毛滩上的人越来越多，连戈壁墩子都快被刨光了。

他们开始埋锅做饭——很独特的做法，把白面放在饭盒里，放好苏打，用水打成糊状，然后盖好盖儿，放到熄火的热灰里煨着。过了两袋烟的时间，把饭盒取出来，便能吃到焦黄的土制面包了。

大家默默吃着，情绪都很低落。龙黑子把瓶子里的烈性白酒倒在一个白搪瓷缸子里，大家轮流传着喝。

小六子和换换目光呆滞无神，眼窝发青深陷。来到地毛滩已经三天了，他们七个人的地毛加起来还不过二斤。他们差不多快累趴下了。搂地毛这种营生是极累人的，必须弯着腰，让钢丝耙子紧紧地贴在地面上，不停地走，走，走不到一个小时，胳膊就又酸又痛；两三个小时下来，再硬的汉子也叫苦不迭。

搂地毛的人日益增多，地毛滩上的每一块土地起码过了三四遍了。希望越来越渺茫。大家这两天已经看出这一点。

"唉，这运气可真难碰哟！"万宝呷一口酒，悲凉地叹了一声。

忽然，喝了几口酒的小六子抽抽噎噎地哭起来，越哭越伤心。换换受了感染，也啜泣起来。

"哭甚！"龙黑子烦躁地站起来，"我龙黑子能让你们空手回去吗！"

这一句许诺果然灵验，小六子停止了抽泣抬起泪汪汪的眼，信任地望着他。对于龙黑子说出的每句话甚至每个字，他都知道有多重的分量。

5.

小六子有小六子的不幸。

一年前，他和本村一个叫兰花花的姑娘悄悄好上了。两人你亲我爱，私订了终身。然而，这塞外偏远的农村近两年盛行着一种风尚，都愿意把女儿嫁到口里(指张家口以南)，近到万全、宣化、涿鹿，远到安徽农村。口里土地本来肥沃，加上政策好，农民如鱼得水，万元户层出不穷。万元户当中少不了有些老光棍，由于年岁已大，尽管手中有钱，可在当地也很难娶上好媳妇，于是他们辗转托人，到遥远的口外去招亲，条件是无论花多少钱都不要紧，但女方必须是年轻喜人的姑娘。仅一年的时间，北沟村先后有五六个大闺女嫁进口里。他们的父母探亲回来把口里吹得天花乱坠。一时间许多当老人的心眼都活泛了。当小六子托人到兰花花家上说媒时，人家刚刚送走了另一个媒人。

听说兰花花的父母决意要把兰花花嫁到口里，小六子气晕了，一口气儿没上来，僵硬地躺了好几个时辰。后来他想明白了：说到底还是一个"钱"字在捣鬼。我小六子若是成了万元户，兰花花的爹娘敢小瞧咱吗？第二天他找到龙黑子，扑通跪下，接着便是一个响头。

"闹甚哩？"龙黑子愣住了。

"龙哥啊，带俺走草地去。你要不应承，咱就不起来。"

龙黑子应承了，他见不得人受委屈，更见不得男子汉落泪。从小时候起，他的骨子里似乎就有一股豪爽的侠气。他下了决心，要帮小六子把媳妇夺回来。

6.

龙黑子向荒漠慢慢走去。

他的心里乱得要命。他用阴郁的目光向四外扫了一遍。但见星星点点的火光铺展到望不到头的远方，与天际间的繁星汇合在一起。浓烟还在丝丝缕缕地流动着，整个黑沉沉的天穹就像一座圆顶大殿；而繁星和火光犹如祈祷者们布下的香火。

他登上了一个土岗。再望，脚下的火光似乎连成了一片，宛如有无数人举着火把在过盛大的狂欢节。这颇为壮观的景象并不能使他压抑的心情有一丝好转，相反，却愈加沉重起来。

这成千上万的庄稼佬涌进荒漠意味着什么呢？就像那天万宝含泪问的那样：图了个甚呢？这些地老大啊，放着田不种，放着热炕头上的老婆不守，却跑到这儿来受这洋罪，这仅仅是一个"钱"字就能解释得通的吗？不，这里还有别的，是甚呢？他沉思着，无法回答自己提出的问题。

在空旷的荒漠上独自走了一会儿，他很快弄清了一个显而易见的道理：狼多肉少。这片地毛滩不是久留之地，必须另外去开辟一块地方。好吧，只得下决心去特木沁塔拉了，明天就走！他知道那儿有很好的地毛。当年，他还是生产建设兵团的一个小拖拉机手的时候，就发现那里有一层叠一层的"黑金子"。尽管去那儿对他来说要冒很大风险，可是，小六子、万宝、有富、换换、旱獭，出来才几天，他们那一双双眼窝就可怕地凹陷进去了，嘴唇也像榆树皮一样绽裂开了。他们那一张张蒙着厚厚尘土的脸庞已没有一点人样儿。他龙黑子看着能无动于衷么？

唉，像万宝、小六子这样的庄户人，他们脸朝黄土背朝天，成年累月在地里受苦，却娶不上媳妇，盖不上房子，出门被人瞧不起，甚至连坐火车都是头一次。为了凑几个走草地的盘缠，他们差不多央求遍了村儿里所有的人。他们想娶媳妇、想住新房子、想让日子过得好一点儿，这要求不合理吗？不正当吗？不，不，绝没错，连喇叭里都每天在说：让农民先富起来，让农民先富起来。

不远处的火堆旁，一个红脸膛的汉子细门儿拿腔捏调地在唱一首酸溜溜的小调。几个情绪很好的后生不时哄笑着。看样子，他们今天收获不小，所以才有这么高的兴致。而在另一个火堆旁，几个疲惫不堪的后生已经横七竖八地躺在地上，酣然入梦。装在小塑料袋里的发菜都警惕地枕在脑袋下。他们的行李都装在一个麻袋般大的塑料袋里，睡觉时，只要往开一铺、往里一钻就行了。三面密封的塑料袋下防潮，上防雨，对野外宿营十分适用，所以每一个搂地毛的汉子都带着这么个特殊的"塑料睡袋"。

  头一回看你
  你呀不在
  你大大给了俺呀一烟袋
  哎呀呀

打得俺半天爬不起来
二一回看你
你呀又不在
你嫂嫂给了俺呀一锅盖
哎呀呀
把俺打出了大门外……

  这字正腔圆的二人台曲儿是万宝唱出来的，调子极婉转、极悲凉，把空旷的荒漠染得栖栖惶惶。在村儿里，万宝是个戏迷，兴致一来，咿咿呀呀哼上几句还真像那么回事儿。现在，他大概耐不住这漫长的寂寞了，或许是让那几个后生引逗得嗓子痒痒，便一边从身上扪着虱子一边哼上两句解解闷儿。

三一回看你
你还不在
你在南山挖苦菜
…………

  身后响起一阵急急火火的脚步声。等龙黑子回过身，旱獭已站在他身边，声音压得很低：
  "龙哥，有富和换换不见啦！"
  "甚？哪去啦？"龙黑子不解地看着旱獭。

  "你没看出来？这里有道道哩！"旱獭阴险地笑了一下，"我早留意这两个家伙了，看着没人，就你摸我一下，我摸你一下，不是正经东西。"
  "真格的？"龙黑子心一沉，感觉到事情有点不妙。
  "可不是哩，这两个贼作的给咱北沟村丢人现眼哪，可得牢防着点儿！"旱獭一脸替天行道的庄严。

"你见他们往哪疙瘩去啦？"

"北面那片没人烟的芨芨滩里呢。"

"走，看看去！"龙黑子十分恼怒地挥了下手。

秋夜里，他们的脚步声听起来滞涩而沉重，像是踩在一块块黏糊糊的冷雾上。

7.

扎登巴一直相信他的家族有着高贵的血统，如果谁表示怀疑，他会立刻列举出十几条确凿事实来证明他不是信口雌黄，他可以追溯到清朝末期，用他祖父所建立的功绩来使你心服口服。

天已经黑了好一会儿了，他还倚在寡妇拉娃尔家的哈纳上，一边独饮独斟，一边用僵硬的舌头絮絮叨叨叙说着他那非凡的家史，不时地抬起眼皮，用色眯眯的目光瞟着正在忙着炸黄油果子的拉娃尔。

"你不信，拉娃尔？这是真的！我爷爷真的当过梅林，他的名字当时可响亮哩……"

"我不信！"拉娃尔一边翻着油锅里渐渐变成红色的果子，一边笑道。满包都弥漫着黄油的香味儿。

"那时的事儿，你怎么知道？"

"当然是阿爸告诉我的啦。"

"当过梅林又有啥了不起哟！"拉娃尔撇嘴，故意气他。

"嗨，他可是个大英雄啊！你呀你，怎么连他的故事都不晓得，真是……"

扎登巴不是胡乱吹嘘，他说的是事实。在历史上，他的祖父不但是苏尼特的梅林，而且确实是个传奇式的英雄。

8

作为特古斯梅林的后裔，扎登巴常常为自己的血统自豪，也常常为祖父的壮烈就义而激动地落泪。他不喜欢任何音乐，可只要有人一唱起那首古老的民歌《西苏梅林》，他便觉得心底涌上一股无法抑制的浪，听着听着，竟如醉如痴：

> 头戴蓝色顶珠的西苏梅林
> 率领起义队伍整装启程
> 温顺娇美的其其格夫人
> 站在院中含泪送行
>
> 头戴珊瑚项珠的西苏梅林
> 率领蒙古兄弟乘马起程
> 温柔洁净得其其格夫人呵
> 站在窗前依依送行

扎登巴蓦地回首，却见拉娃尔依偎在他身旁，低声而动情地哼着这支古歌。

"拉娃尔！"他激动地握住她的手，痴痴地盯着她。他从拉娃尔的眼睛里发现了一片迷茫的神秘的光环。

"你该回去了。"拉娃尔低下头，轻轻地说，"甘地玛要着急了。她要是知道你在我这里，会把我骂个臭死。"

"管她！"扎登巴把她的手攥得更紧了。那小手真软真绵，像一团羊毛。"拉娃尔，让我留在这里过夜吧？"

"不行！"拉娃尔转过头去，避开他那灼热的呼吸。

"拉娃尔……"扎登巴哀求着。

"没用,别想让我可怜你!你快走吧。"

拉娃尔朝包外呼唤了一声,木门被砰地撞开,闯进一条狼狗,恶狠狠地龇牙望着扎登巴,发出一阵示威的咆哮。

扎登巴惊白了脸,只得悻悻离去。他听到包里传出拉娃尔"咯咯"的笑,像泉水一样快乐地流淌着。

9

扎登巴极不情愿地牵着马儿回到自家的蒙古包。却见里面黑幽幽的,沉静无声。

"甘地玛!"他一脚踹开门,闷雷似的喊了声。

没有人回应。蒙古包里涌出一团团浓浓的黑暗。

"这鬼娘儿们,又到哪里去啦?"他自言自语地骂道,呆呆地注视着无边的荒漠。

黑暗中的荒漠似乎永远沉睡了,只有它香甜的鼾声在均匀地流动——那是一阵阵夜风。

这时候一个人伫立在荒漠上,就会想起许多古老的往事,就会觉得草原真大啊,人们永远也不晓得它究竟是什么模样,它是个不可知的神秘的王国。

扎登巴感到一阵凉意像无数钢针刺在身上。他打个寒战,胸中陡然塞满了无限的悲凉和深深的孤独感。

他久久僵立在毡包门口,没有进去。

第三章

　　历史总要给人们留下许多抹不掉的痕迹。有人回顾，有人叹息，有人则像受伤的狼一样，默默用舌头舔干净身上的血迹，再顽强地走向更遥远的荒山野岭……

　　为了生存，人给自己修筑了信仰的碑塔，想把人性的恶之花关进牢笼。与此同时，自然给人制定了神圣的规则，要人们去遵守。

　　人在信仰中完善自我，在自信中开拓生存空间。而自然则把它深奥的哲理刻写在古老的大地上，诱使人们去辨认、去省悟……

1.

　　一个干瘪的老头躺在空旷的荒漠上，呆滞而绝望地望着天上淡淡的云絮。他觉得自己快要死啦……

　　十年前，当特木沁塔拉的牧人纷纷向乌鲁尔台和楚鲁图迁徙的时候，有一位六十三岁的犟牛般固执的老头，无论人们怎样劝说，就是不肯离开这片荒芜的土地。他最终没走，一个人住在那两间孤零零的小泥屋里。

　　不久，来了一位英俊的少年，是个高中毕业生，马背上驮着一卷简单的行李和满满一纸箱书。老头什么也没问，默默给他让出一间土屋。于是，这一老一少开始在这方圆百里、荒无人迹的荒漠上生活。

　　二十几只羊，五头牛，一匹马，这是他们的全部财产。这些牲畜由老头牧养着。那少年每月要去苏木买粮时，才想起去抓那匹绊在荒滩上的瘦成一把骨头的马。

少年走后，老头便抓紧时间收拾一下，出门了。他胆怯不安地向四周望了好一会儿，直到确信附近无人，这才迈动着两条颤巍巍的罗圈腿，向北方长着一株枯木的荒地而去。直到天完全黑了才疲惫地蹒跚而归。

那片荒地里埋藏着一个老人的秘密。

十年就是这样过去的。起初，老头对少年防范很严，总是用警惕的目光瞟着他。说实话，他不理解一个年轻人为什么要跑到这片荒漠上来生活。如果说，老头是为了一种虔诚的信仰而留下来的，那么他是为了啥？也许，他是从监狱里逃出来的？

老头和少年很少交谈，他在心里画了一道森严的警戒线，他不允许自己逾过去，也不允许少年越过来。时间久了，他发现那少年绝不是一个恶人，他每天只管埋头看他的书，或者骑上马跑到荒漠上去，采集回来大抱大抱的戈壁针茅、冰草、沙葱等植物，回来后用放大镜仔细地看，连每片叶子的茎纹、每条根须的长短都要细细看几遍，然后记下了大量的数据。有时，他会从很远的地方挖回一堆泥土，又用那古怪的镜子研究，样子很可笑。

老头弄不明白年轻人在研究什么，可他绝不去问，只字不提。每个人都有自己的秘密，为啥非要让人家讲出来不可呢？然而，心中的警戒线却消除了，他与那青年交谈的次数越来越多，关系也渐渐趋于融洽。后来，他们的谈话涉及些敏感的问题，常常会争论起来，争得面红耳赤。

"世界上怎么会有神呢？简直荒唐可笑！"那青年脸涨得通红，挥着手喊。

"俗人之见，俗人之见！"老头也很激动，好像他有一块金子，而人们却偏偏说那不过是块黄泥巴，这使他额上的青筋暴涨起来，嗓门提高了许多。

"可现在这些佛在哪儿，在哪里？你能指出来吗？"青年咄咄逼人。

老头摇摇头，宽容地一笑，似乎猛然意识到和这个乳臭未干又没有任何信仰的毛孩子探讨深奥的佛家道义，简直太可笑了。他低垂眼睑，轻轻说了一句极玄妙而又极耐人寻味的话：

"佛在他应该在的地方……"

争论以互不服气的结果宣告结束。

可是过了几天，不知怎么回事，两人又争论起来：

"喇嘛教传进草原给人带来了什么好处？十个男人，九个进庙当喇嘛。"

"不能这么说，亚。"老头皱着眉说，"喇嘛教是有不好的地方，可也有好的地方呀，比如，它保存和发展了文化和医学，不少优秀的蒙医都是喇嘛庙里的满巴日伦培养出来的嘛。康熙年间得到过最高荣誉'明如拉傲门汗'医学学位的占卜拉，还有察哈尔著名的蒙药学家罗布僧苏勒和木、阿巴嘎旗曾翻译过《甘珠尔经》的阿旺旦必勒、贝子庙的阿旺老布僧旦必扎拉僧，还有咱们苏尼特的吉格木德丹金扎木苏……"

"可是……"

亚想插话。老头挥了下手，不允许打断他，只顾滔滔不绝地说下去：

"还有我们值得自豪的经典著作呢，你数都数不清——《满阿嘎仁亲忠乃》《满阿西吉德》《色尔吉德木格》，还有最珍贵的《终瓦嘎吉德》……"

亚缄默了。他似乎从老头那看到了一种新的东西——那是容不得丝毫亵渎的，笼罩着一层神秘的光晕。

他们在论争中达到了奇妙的和谐，彼此互为对方的依存和寄托。终于有一天，当亚要离开老头一段时间，到城里一所什么大学去自费进修的时候，老头才发现：原来他们两人的生命不知什么时候就融合在一起了。分别对他来说竟是如此痛苦，如此难以忍受。在那一年的时间里，老头觉得自己的生命忽然被亚带走了一部分，日子变得空虚、寂寞难挨。他虽然一个人生活了大半辈子，但还从来没有感到寂寞。

一年后，亚行色匆匆地回来了，那成熟的男子汉的脸膛上多了一层刚毅，多了一层凝重。老头呆呆地望着他，简直不知道该怎么办才好。亚走过来，什么话也没说，张开他那坚实有力的臂膀，紧紧地把老头抱住了。在那男子汉式的拥抱中，老头哭了。

"你不会再离开了吧？"后来，老头问。

"永远不会！"亚坚定果断地说，"我已经把自己的生命交给了这片荒漠！"

"和我一样啊！"老头激动地喃喃道。

亚开始从马背上往下卸东西，好多东西——各种复杂的仪器、玻璃试管、药剂、草籽还有许多食物。老头一边帮着往屋里搬东西，一边惊讶地说：

"天啊，你要开商店么，买这么多东西？"

"葛根，阿爸的冤案平反昭雪了，补发了好多钱哟，哈哈，我快成大富翁啦！你知道我在干什么吗？"亚很兴奋。

老头摇摇头。

"我要改造咱们这片荒漠——固沙，种草，如果试验成功，再大面积推广。我要请求上面派飞机来给我们飞播草籽，让特木沁塔拉变成一片绿洲。这不是梦想，是可以实现的，只要用科学的方法来改良草原，合理安排草场的载畜量，那么，特木沁塔拉就会由逆行演替，变为进展演替。我们就会重新看到一百年前的那个水草丰美的白音塔拉，不，也许比那个更美。"亚一口气说下去。

老头疑虑重重地盯着他。觉得亚简直在说疯话：神都办不到的事情，人难道能办到？

"我相信我会成功的。"亚自信地说，他的目光凝视着很远的地方，"我要对得起死去的阿爸，一定要从风沙这个魔王手中抢救回美丽的白音塔拉。"

"你阿爸？"老人第一次关心地询问了亚的个人情况。

"他在十年前就死了。"亚黯然神伤。

"他叫什么名字？"老头的心猛跳了几下。

"齐日麦图。"

"你说——你是齐日麦图的儿子？那个从城里来的草原专家齐日麦图吗？"老头紧抓住亚的胳膊，盯着他问。

阿迪亚点点头。

老头唏嘘着仰首长叹："你阿爸，那是条真正的好汉啊！他死的时候，我们都在场……他在血泊中挣扎了一下，只说出半句话——让我儿子回来，就咽气了……"

2.

从那一天起，老头才知道亚在干一件何等重要的大事。他不再怀疑亚的计划是虚幻的梦呓了，他相信亚会成功的，因为他是齐日麦图的儿子！

以后发生的一切，老头不再感到惊奇了——在那片试验草场上，真的长出了旺盛葱郁的优质牧草，西伯利亚冰草、羊茅、野苜蓿、无芒雀麦……

然而不久，楚鲁图人和乌鲁尔台人就蜂拥而至，开始争夺那片试验草场。那天早晨，亚骑马出去了，说是要劝说那些牧人都撤回去，因为那片草场一旦被糟蹋，他这几年的心血就全白费了。他走的时候老头就有点心慌不安。果然，天快黑了也没见亚回来。老头放出"天神"让它去寻找，"天神"也一去未归。第二天，亚的坐骑带着空鞍子跑回来了，不停地嘶鸣，样子很惊恐。老头知道亚出事了。他已经是八十岁的高龄，再也没力量爬上马背啦，而且眼睛昏花得厉害，双腿也经常毫无理由地哆嗦，尽管这样，他还是拄着拐杖，出去寻找亚。

整整两天，老头耗尽了全部体力，也没有找到亚。他绝望极了。两天的奔波他几乎粒米未食、滴水未进。他觉得世界末日正在逼近，没有亚，他活着还有什么意思呢？他一动不动地躺在荒漠上，关于对亚的种种不幸的猜测，无时无刻不在践踏那颗苍老的心……

来吧，你快来吧！他在心底召唤着死神：快把我带走吧，无论是进地狱还是升天堂，现在对我来说都没有什么意义啦……

他恍惚觉得有人朝他弯下腰。他吃力地睁开眼皮，似乎是个陌生人。这人头上斜扎一条黑色布巾，一双眼睛透出一股阴沉沉的光……是谁呢？死神还是魔鬼？老头困惑地想。

那汉子似乎下了决心，把老头背在身上，大步流星地向远处的两间房子走去。还有几个穿黑衣服的人跟着他，默默地，影子一般。

他们就要把我带到另一个世界去啦！老头吃力地想，大脑时而混混沌沌，时而十分清晰。就在这时，他蓦地听到了什么，那行将就木的躯体里骤然注进一股活力，倏地从那汉子的肩上抬起头，睁开了一双燃着希望火苗的眼睛：

"等等！"

几个黑衣人吃惊地停住了。他们顺着老头的目光望去，看见远处的斜坡上正徐徐驶来一辆勒勒车。在碧蓝如洗的天幕的映衬下，那车的剪影轮廓分明。它缓缓地碾着白云、轧碎了太阳、木轮里闪烁着耀眼的光环……

勒勒车终于走近了。他们看见车上坐着一个女人、一位头缠绷带的青年和一只鹰。

3.

从翻过大红山踏上特木沁塔拉的第一步时起，龙黑子就无法克制那股从心底骤然涌上来的百感交集的热浪——

这广袤而荒芜的土地啊！

那永恒而痛苦的回忆……

还有，那个在他一生中第一次给过他温存和爱抚的女人呀……

他丢了伙伴，一个人默默走向了荒漠深处，久久地在那片古老的土地上徘徊着、徜徉着。是的，一切都不复存在了——那一排排抹着红胶泥的土房子，那一台崭新的东方红拖拉机、高大威武的"康拜因"，还有那新开垦的一望无际的处女地……哦，还有那个名叫赫三龙的小拖拉机手……大自然不动声色地用它无形的巨手抹去了历史所有的痕迹，只有这片更加沙化的土地还在向人们证实一个古朴的真理。

他抬起头向四外瞭望。不远处一棵孤独的老榆树闯入眼帘。一棵树，是一棵树啊！

他一口气跑过去，抚着老榆树粗糙的树身，不禁倒吸一口冷气——它已经死了，无论是那被虫子蠹成千万条沟壑的树干，还是那没有一片叶子的枯萎的树枝，都在说明它已经丧失了生命力。

哦，它终于死了，特木沁塔拉的最后一棵树！

当年，他每次把拖拉机开到地头时，都要跑到树底下去歇凉。老榆树顽强地撑起巨大的树冠，在荒漠上搭起了唯一的绿荫。歇工的兵团战士们聚在绿荫下喝水、聊天、开玩笑，惬意极了。谁能忘记这棵树呢？

呵，还有那件可怕的往事呢，不也是在这附近发生的吗？

骤然，龙黑子耳边回荡起拖拉机疯狂的轰鸣声……

4.

"天神"小心翼翼地扇动了一下翅膀———一切正常，不再感觉疼痛了。它又扇动了几下翅膀，立刻感到巨大的气流在顶撞自己。于是它高亢地双翅齐动，身子顿时轻轻地腾空而起，地面稳稳地向下降去。

飞翔，它又能飞翔了！

这一切都应该感谢那个女人！是她救了亚，同时救了自己；是她把他们送回了家；是她每天到小泥屋里看望亚和它给他换药，给他和老头做饭帮他们缝缝补补、洗洗涮涮。它喜欢这个女人，喜欢她的温柔，喜欢她的漂亮，喜欢她的善良……亚也喜欢她——它能感觉出来。每天她没来时，他抻长了脖子往外张望；她来了，他却成了个羞怯的孩子，竟不敢正眼看她。人可真有意思。

多自由的空间啊，多碧蓝的天宇啊——它浑身冲荡着愉悦，将双翼展成一个巨大的平面，圈圈绕着往上飞，像在爬螺旋式楼梯。太阳离它很近了，明晃晃的。它以为立刻就能拥抱那团火，然后将太阳驮回到荒漠上去。但是它却怎么也飞不到那辉煌的金殿。

它敏感地发现亚在变。他开始注意干净整洁，注意仪表容貌。过去他可不是这样的呀，有时他忙起来，十天半个月不洗脸，头发又乱又长，像个野人。可现在呢？他真的变啦。

一切都变得那么快，那么奇妙，让它捉摸不透。它多想明白人和人之间究竟是怎么回事，但它弄不明白。

可它知道亚的精神很好、情绪不错。它为亚感到高兴。所以，它愿意飞得更高一些，为他巡视这片凝聚了他心血的草原。

5.

女人晚熟的爱情，颇像暮秋才开的野花，虽然花期姗姗来迟，又非常短暂，但它开得迅速而热烈，旺盛而迷人，甚至带一点野性的痴狂。

也许是命运的安排，也许是偶然的巧合，甘地玛救了阿迪亚，而阿迪亚也拯救了甘地玛垂死的心灵。

那些天，甘地玛每天都赶着勒勒车到那两座小泥屋去，带去了奶食、熟肉、药品。她用一个女性特有的精心和爱抚，使两个伤残的躯体迅速复苏了，一个是飞禽，一个是人。

阿迪亚无疑是个漂亮的小伙子，而且很有点男子汉英武的气质，单凭这一点，就很容易让年轻女人一见倾心，而对于一个正强烈地渴求着爱的女人来说，更是如此。

唉，一堆待燃的干柴，只要有一颗小火星就足够了。也许这火星不过是偶然的，转瞬即逝。

她躲在自己的蒙古包里，已经三天没到那泥屋去了。她呆呆地坐在绣着花边的地毯上，什么也不想干，什么也不想吃，一坐就是几个小时。反正扎登巴总不回来，她有足够的时间去想这件事情。

没有谁强迫她不出去，不去见亚(她也喜欢这样叫他)，是她自己强迫自己幽禁在家的。她残酷地折磨着自己，一会儿让心痛苦得发抖，一会儿又让它在幸福中颤抖；一会儿憧憬在爱的光环里，一会儿又沉沦在恨的深渊中……

她的脸颊明显消瘦了，目光却比任何时候都亮。她第一次体会到：爱，对于一个女人来说意味着什么。

此刻，亚正在那间小泥屋里干什么呢？唉，那没有女主人的屋子多杂乱呀！那几天，她每天都帮他把屋子收拾得十分整洁，并且给他和老头做了香喷喷的面条和肉粥，腌了味道很好的沙葱。她总觉得亚的目光在随着她，心儿顿时甜滋滋地舒畅起来。

和他在一起，甘地玛觉得十分愉快。她不停地问这问那，在他面前就像个不懂事的孩子。不知不觉，时间飞快地溜走了。天黑下来。亚提醒她该回去了。她心里忽地滋生出一种略感遗憾的依依不舍的情绪。

两个人在荒原上慢慢走着。西边的天际隐约跳跃着微弱的闪电，从暮云的缝隙间流下一缕明亮的瀑布。他们无言，脚步声却在不停地窃窃私语。

"讲讲你的家庭吧？父亲，母亲，或者是丈夫……"亚忽然开腔，声音飘飘忽忽。

她浑身颤抖了一下。幸好天已黑了，夜色正如烟雾一样荡来，他不会看见她颤抖。不知为什么她说了一个弥天大谎："我……没有丈夫……"

"哦？"他的声音变了调，不知是喜出望外，还是感到意外。

一瞬间，她恨透了自己的虚伪——欺骗、撒谎，她可是从来不会啊！一个欺骗撒谎的人是卑鄙的，一个女人若是欺骗别人，更不能使人容忍。她一直就这样认为。可是她顾不得过多地责备自己，因为她必须得立刻虚构出一个令人信服的故事来遮盖住她的谎言：两年前，他就死了……病死的。医生说他肚子里长了一种虫子。那虫子可吓人呢，能把人的心掏空。他死的时候，已经没心了。

"有这种病？"亚相信了，认真地问。

"为什么不会有呢？世界上什么都可能有呀。"她急忙为自己笨拙的虚构掩饰。

亚不再吱声了。黑暗像一团雾紧紧裹着他。虽然离得很近，她只能看到他模糊的影子在慢慢移动。她很想知道他此刻在想什么。如果能看清他的脸和眼睛，她或许能猜测出来，可是夜色真叫人讨厌！

"你一直是一个人吗？"他又问。声音没有任何感情色调。她还是捕捉不到他的心绪。

"嗯，一个人，没孩子……"她喃喃道。

几头牛卧在不远的荒漠上，能听到它们粗重的喘息声和香甜的反刍咀嚼。天上的云加厚了，沉甸甸的，仿佛已经支撑不住，随时都会坠落下来。只有贴近伊和乌兰山的地方才有几颗没有被云遮住的小星星在神秘地闪烁。自从楚鲁图人和乌鲁尔台人搬来之后，这沉寂的荒原在夜间也能听到牧羊犬的吠叫了。

很远的荒漠处，闪着一点微弱的火光。

"瞧，那儿有人点火！"甘地玛想使气氛活跃一下。

"噢，是几个搂地毛的人。那天，就是他们救了葛根老头。"亚说，叹了口气。

"听说在伊和乌兰乌拉那边，来了好多搂地毛的人呢，把草场糟蹋得不成样子啦。"

"也许用不了多久，就会涌到山这边来的。"他忧心忡忡。

"也许吧……"甘地玛对这件事没有多大兴趣。

亚停住了，望着远方的火光，若有所思。

"亚……"她轻轻唤他，声音十分温柔。

亚默默不动，如一尊石像。显然，他又被自己的思绪缠绕住了。

"亚！"她第二次叫他。他仍无反应，似乎魂儿已出窍，或者走火入魔。

甘地玛的眼睛湿润了，一时像受了莫大的委屈，她低着头一个人悄悄走了，走进了更浓的夜色里。

她的脚步却是那样的沉重。

整整三天她没有去看他。可她的心，已经无数次飞到了那间小泥屋里。

暮霭的潮汐又渐渐地漫进蒙古包。包内很快便被大块的黑暗塞满了。甘地玛觉得自己正被这沉重的黑暗埋掉，感到一阵阵窒息。她不由自主站起来走到蒙古包外。她忽然恨起扎登巴了——他为什么还不回来？还在拉娃尔那儿鬼混。如果他此刻在包里，她也许不会走出这座毡包的啊。

天边的云幔已被夕辉镀上一道明亮金黄的边儿。长长的伊和乌兰山脉只有山巅处还能显出一点褐红色，而整个山体已变成黑色。荒漠上到处是朦朦胧胧的暮色，隐约能看得见归牧的白乎乎的羊群和黑乎乎的马群。

甘地玛忽然伏在自家蒙古包的毡子上，无声地哭了。这荒漠令人惆怅的景色引起了她心灵的共鸣。

这充满了野性和激情的土地啊。

那来自遥远处的神秘的呼唤啊。

这时，她望见在远方玫瑰色的暮霭里，盘旋着一只鹰。那矫健的身影，越飞越高，像是在烈焰里翱翔，翅羽上抖动着瑰丽的火苗。它像个在火焰中得到再生的黑精灵，牵动着一天的落霞，向冥冥苍穹升腾。

是它，"天神"在召唤她！

她狠狠地咬住了被泪水浸湿的又咸又膻的羊毛毡子。

却没有勇气迈开双腿！她恨自己，恨女人的懦弱，恨荒漠上那一堵无形的然而却是牢不可破的樊篱高墙……

6.

精神的愉悦可以消除肉体的疲劳。

尽管今天猛干了一个黎明和一个黄昏，但万宝、小六子、有富等人都不觉得有多累。直到夜很深了，他们还围在火旁有说有笑，精神劲儿十足，真怪哩。

龙哥把他们带到一座金山上来啦。

荒漠刚有了一丝亮光他们就爬起来，跟着龙哥走到一块白沙子地上。龙黑子猛地停住了，由于激动，声音都颤抖了：

"煺猪水！"

他们都觉出了龙哥的异样，一起往前瞭望——

朦胧的熹微中，裸露的荒漠显得极为深邃。背对着太阳出山的方向再细瞅，就会发现那令人激动的现象：就在不远的地方，紧贴着地皮，伏着一层叠一层的黑乎乎的东西，宛如凝固了的黑色波纹，层层叠涌，莽莽苍苍，铺向远方。

搂地毛人管这种奇特的现象叫"熥猪水"。因为在庄户人眼里，那一层层地毛颇像有一户人家刚刚杀了猪褪了毛，把一盆熥猪水泼到了荒滩上。

能遇到熥猪水就等于找到了金山啊！

并不是每个搂地毛人都能碰上这种好运气。

他们都激动得合不拢嘴巴，想说点什么，可又什么都没说。

"抓紧点！见了金子不去抢，都还愣个甚！"龙黑子善意地笑骂，"过会儿阳婆婆一露脸，哭爹叫娘也晚哩！"

这就是地毛的奇妙之处，很像那个骑着巨鸟上金山的古老故事，必须得在太阳升起来之前去挖掘那些"黑金子"。而当太阳出来之后，高原上强劲的风再一吹，大地上的潮气很快就蒸发掉了，那时，明明地上有许多"黑金子"，可你就是看不见。地毛究竟是萎缩了，还是隐匿了，谁也不晓得。

这一天，老天爷开恩，他们的运气好得叫人不敢相信——每个人都搂了五六斤地毛，连体力最差的换换还搂了两斤多呢。

这实实在在的收获使他们几天的沮丧之情陡然一扫而光。

"真怪，这玩意儿和头发没两样，咋就这么金贵呢？"万宝喜滋滋地把手中的地毛看了又看，不停地念叨着。

"每斤一百块，赶上人参、灵芝贵了！"小六子脱下棉袄，认真地捏着虱子。这些天，他们身上的虱子快滚成蛋儿了，咬得他实在难受。

"哎，你们说，这玩意儿好吃吗？"有富猜测地说。

"一脑袋莜面糊糊，啥也不懂！"旱獭鄙夷地望着有富，并不怀好意地往换换那儿瞟了一眼："这东西，有营养不假，可吃起来也就那么回事，没甚滋味儿。"

"你尝过呀？"小六子羡慕地望着旱獭。

"敢情。人们都说燕窝好吃，可嚼起来，还不如嚼一块山药蛋子。地毛这东西也一样……"旱獭大显神通地海吹一通。

"人家就爱听个吉利名儿——'发菜、发菜'，不就是'发财、发财'吗；逢个年，过个节，老婆坐月子，孩子过百岁，遇上个红白喜事儿，买一包发菜一送——送发财么，谁不高兴？你送我，我送你，一来二去，再贵也得买呀。买甚？买个吉利名儿哩！"

"瞧人家，啧啧，咱不能比呀！"万宝听得直了眼，顿时感慨万千，"咱想发财，豁出命在这儿受苦；人家想发财，用钱就能买。"

谈兴正浓，听到一片马蹄声杂乱卷来。人们感到惊异，起身望去，只见黑压压的马队呈扇形包抄过来。马嘶声、人声、马蹄子敲击荒漠大地的声音搅在一起，把寂静的黑夜震得像破碎的冰湖。几把亮晃晃的手电筒的光剑一般刺过来，扎得人睁不开眼。

北沟村的庄稼汉哪见过这场面，呆了，傻了，木了，望着，大气不敢出。

只有龙黑子镇定地站起，稳稳立着喝道："怕甚！天塌不下来！咱一没偷，二没抢，谁能把咱咋着！"

马队停住了，在黑暗中虎视眈眈地望着这七个人。有一个汉子策马走进了篝火的光圈里，用生硬的话喊：

"你们谁是头儿？"

龙黑子的心"咯噔"一下子，血顿时冷却下去——是他，扎登巴！当年，那年轻的骑手……

他不由自主地把包在头上的布巾往下拉了拉，用阴郁的目光盯着这位久违的冤家，冷冷道："我是头儿！"

"听着——"扎登巴举着马棒，威风凛凛地说，"你们到这里来搂地毛，谁允许的？没人允许，地毛没收，你们明天离开。"

"我们有准许证！"龙黑子从怀里掏出一张盖着大红印章的介绍信。

"有准许证？那得缴纳草场磨损费！"

"可是这片荒漠是没主的。"

"谁说没主？这片草场归我们嘎查！"扎登巴嘴里喷着酒气，"我是嘎查负责人，我说了算！你们每人交五十块钱的草场磨损费！"

"甚？想敲咱竹杠呀？"旱獭小声嘟哝，"不交，看他能咬咱的！"

"闭嘴！"龙黑子喝道，然后沉思地说，"有地就有主。咱到人家的地界上来取宝，又糟蹋了人家的草地，这钱，该交！假如人家到你的庄稼地里放羊放马，你愿意？不拼命才怪哩！一个理儿嘛！"

他又转过身子对扎登巴说："这位大哥，草场磨损费我们明儿个一定给你送去，请放心！"

扎登巴满意地笑了。他们实际上是路过这里，搂草打兔子，捎带从这几个人这里捞一把。他今晚要带人去彻底赶跑楚鲁图人，以便占住这片草场。他看见目的已达到，便掉转马头，吆喝了一声。马队跟着他呼啸而去。

他们直扑楚鲁图人的宿营地。

龙黑子他们很快就听到从楚鲁图人的宿营地方向传来一片混乱，一片狗叫声，一片人喊声……

7.

心神不定的甘地玛忽然听到了一团模糊而遥远的喧哗，听到了一片恐怖而骇人的骚乱。她急忙冲出蒙古包，望去，只见楚鲁图人的宿营地火光耀眼，人影绰绰，嘶喊声隐约传来，沸沸扬扬。

又一场流血的械斗，这是毫无疑问的。

她的心狂跳起来——天，阿迪亚，他在干什么？他是不是又被卷进乌鲁尔台人和楚鲁图人纠纷里啦？如果他又去劝阻，一定还会被扎登巴打下马背的，而这一次，他一定凶多吉少……

他一定在那里！只要他知道那里出了事，他肯定要去劝阻的！

也许他还不知道呢？也许他还没去呢？

甘地玛像一阵轻捷的风儿在荒漠上奔跑起来。现在，任何力量也不能使她的脚步停下来了……

荒漠向身后退去，风在耳畔呼叫。她跑，跑得飞快，像一头漂亮的麋鹿，用脚轻盈地点着大地。她跑，跑得风风火火，把夜幕划破。

她猛地推开了小泥屋的那扇木门，无力地倚在门框上，胸由于喘得急而一起一伏。她额头挂满雨点似的汗珠，几绺头发覆盖在额前，压着弯眉。她的眼睛在头发后面宽慰地笑了——

他在！他正在马灯下看书呢！

他抬头，用略微吃惊的目光盯着她。他没出屋，什么也不知道呢！她要尽量使他永远不知道，起码今夜不知道。

"出了什么事？"他问。

"没什么……"

"那你？"

"我……我是来看葛根老头的。"第二次撒谎，却不再为此而羞愧不安。

"老头很好，已经睡了。"

"那……我可以进来吗……"

"进来吧！"

"亚……"她忘情地叫了一声，泪便禁不住淌下来。

"我一直在等你！"亚为她擦去泪，低声说，"我有预感，今晚，你一定会来的。"

她觉得泥屋里突然灼热无比，她渴望脱掉身上的一切。她觉得暗夜突然变得无比辉煌，熠熠生辉。

这天夜里，甘地玛很晚才回去。当她从那间小泥屋里走出来的时候，头发有点蓬乱，一条腿上的翠绿色的丝绸裤筒垂落在香牛皮靴外面。

8

那一夜，葛根老头辗转反侧，怎么也睡不安稳。他想起了自己年轻时经历过的那些令人感慨的往事。

绿草地上，黄色的金莲花摇摇曳曳，亭亭玉立，引得蝴蝶翩翩飞舞。

那悄无声息的清泠泠的河水在流啊、流啊。河岸旁停着拉水的牛车，车辕上垂着件红色的衣服，地上歪躺着一只香牛皮靴……

可是没有人，人去哪里了？

汗贝庙的风铃儿叮叮咚咚，唱了一夜寂寞的歌儿。

冉冉的香烟勾勒出虚缈的世界。后来，耳边隐隐传来汗贝庙那急促得让人心儿狂跳地皮鼓声。

是隔壁传来的声音吗？

唉，他已经快二十年没听到这声音了，年轻人呀！

他叹息着，浑浊的老泪浸湿了枕头。

第四章

不断开拓生存空间，大概是人类独有的特性。

试想：在地球上，哪块土地上没印下过人的足迹呢？

于是历史上便有了移民。庞大的移民群作为开拓疆土的先锋，风餐露宿，含辛茹苦，用血汗在荒野建起家园。

中国北方——内蒙古草原，从清末开始，便有了庞大的移民群。

还有那些古老的神话传说，仍然埋藏在荒漠上，不被人们所知。

1.

阿迪亚在草甸子上久久地徜徉。这草甸子虽不大，却费了他近十年的汗水和心血。在他的血汗滋润下，才使它得到复活。

是的，它正在复活，这一棵棵茂密的牧草就是证明。只要固沙、种草、合理使用草场，不再人为地破坏它，特木沁塔拉还会变成白音塔拉。

他坚信这一点。

可是，他没想到乌鲁尔台人和楚鲁图人都来了，打草、放牧，短短几天，就把这片草甸子糟蹋得不成样子了。

还有那几位搂地毛的大哥，虽说他们人少，现在还不会对草原造成多大威胁，但如果伊和乌兰山那边的几千名，甚至上万名搂地毛人都涌过来，该怎么办呢？

人们啊，只知道拼命向大自然攫取财富，为什么没听到大自然那痛苦的呻吟呢？

阿迪亚蹲下去，心疼地抚摸着被大钐镰掠夺过的牧草的断茬，望着被牲畜大面积破坏了的植被，还有那些被搂地毛人刨掉的戈壁墩子。几乎就要流下泪来。唉，什么时候牧民和农民能学会用科学的眼光去对待自己脚下的土地啊。

秋天正午的阳光还很炙热，把荒漠烤得热乎乎的。阿迪亚舒适地躺在草地上，让阳光抚摸着健康的躯体。他忽然想：哦，我现在躺着的这块地方，该不会是阿爸倒下的地方吧？

他爱自己的阿爸，像爱这块神奇的土地一样，永远怀着一种赤诚而圣洁的感情。阿爸为了保住这块草地，把一腔鲜血洒在这里，那么，作为齐日麦图的后代，理所应当继承父业，把自己的生命献给这块古老的土地。

正是这个信念，支持着他走过了十年不同寻常的生活之路。

尽管远方有浓浓的雨云缓缓推来，但蓝色的秋空还像水一样明净。大概是最后一支人字形的雁群带着悲凉的啼鸣向南飞去。它们要飞出蒙古高原，找一片气候宜人、景色秀丽的地方度过漫长的冬天。人，当然不能像飞禽一样，哪儿自然环境好就到哪儿去。人虽然有两只脚，但那十个脚趾却和树根一样，它总是固定地扎在一块土地上，哪片土地养育了他，他也应当养育哪片土地，就像是母亲曾经养育了儿子，儿子长大成人又要养育老母亲一样，这叫反哺。

太阳渐渐被云遮住了，轻风卷起几缕枯草，袭来一阵凉意。

阿迪亚闭住眼，他想起了葛根老头讲过无数遍的那个优美的神话故事——

2.

那是很古远的年代，杜尔伯特人就在这一带游牧。在牧场附近，有一座高耸入云的大山名叫纳德山。山顶终年积雪，云缠雾绕，清澈的泉水流淌下来，在山顶的低凹处形成了美丽的湖泊，湖面比水晶还要晶莹剔透。

杜尔伯特部落那时都以狩猎为生。有一个年轻而勇敢的猎人，一次去打猎，追赶一只黄羊一直追到山巅。黄羊倏地不见了。猎人好不扫兴，怏怏地往回走。正行之间，他忽然发现一群仙女正在湖水里嬉戏。他急忙躲到岩石后偷看——哦，正在洗浴的仙女们个个美丽无比，婀娜的身姿白玉般细腻，清脆的笑语撞碎了湖水，在空中欢快地飘飞。猎人惊羡不已，悄悄拿出一副套马用的皮套索，"嗖"地扔了出去，套住了一位他喜欢上的仙女。其他仙女都惊慌地躲进了云端。

年轻的猎人向天女求爱，没有被拒绝……但他们的欢聚是短暂的，由于天上人间有别，两人不得不依依分手。

草黄了又绿，月缺了又圆。天女有孕在身，重返与猎人相遇的山湖边，生下一个男孩。由于有天条管制，她不能在人间常住，只得编了一只小篮子把孩子挂在树上，又请来一只小黄莺为婴儿日夜歌唱。然后，她悲痛欲绝地离开孩子，返回了天上。

那时候，杜尔伯特部落正需要一个具有某种神力或者是先知的酋长，他们四处寻找着理想的首领。一位智者帮助了他们，把他们引到了纳德山。他们顺着鸟鸣的方向，在山湖旁的枝梢上找到了那个孩子。他们便管他叫纳德夫——即纳德山的儿子。

后来，纳德夫长成一名魁梧的男子汉，创立了丰功伟业，成为绰罗斯家族的祖先。

阿迪亚很喜欢这个神话故事，但他更喜欢另一个类似续篇的传说。那还是他童年时跟阿爸一块到草原上来，听阿爸讲的——

3.

纳德夫长大以后，正值部落间开始了连年战争，纳德山下的草原成为一片焦土。此后，数十年来，乌兰古穆草原成了没有草、没有水的可怕荒漠。人们在痛苦的熬煎中啼饥号寒，畜群在干渴和饥饿中成群成群地死去。

这深灾大难使纳德夫五脏俱焚，夜不能寐。他仰望苍天，俯瞰大地，想不出一点拯救草原的办法。

无可奈何之中，他只得用檀香木点了一堆火，向母亲祷告。

冥冥之中，他听到天女的声音："孩子，既然杜尔伯特人选你为首领，你就应该对得起他们。你虽是我生的，却是他们把你养育大的啊！孩子，人间的事我帮不上忙，一切都得靠你自己——用你自己的智慧，用你自己的力量，带上部落的人走吧！再不走，更大的灾难就降临啦……"

纳德夫顿然醒悟：应该把杜尔伯特人带到一个水草丰美的去处。

但是，这牛羊、这毡包，还有这些老弱病残和面黄肌瘦的牧人，该怎么办呢？

纳德夫用他聪睿的大脑想了一夜。第二天，他发动杜尔伯特所有的能工巧匠，用七七四十九天的时间造了一辆巨大的木头车，这辆车能装得下杜尔伯特部落所有的人和财富，不过需要用999头牛、999匹马、999峰驼来驾车。

庞大的杜尔伯特部落开始迁徙了。

多么漫长而艰难的路程啊，他们遇到了想象不到的艰难困苦。终于，在行走到99天的时候，驾车的牛死光了。又走了99天，马也死光了。又走了99天，骆驼也死光了。

杜尔伯特人被困在了更加荒凉的沙漠上，等待着整个部落的灭亡。

这时，纳德夫挺身而出，去拉那辆巨大的木头车。他的力量忽然大得惊人，那车居然被拉动了。

他拉着杜尔伯特部落，走啊走啊，披星戴月，迎着狂风，顶着烈日，冒着暴雨。

第一个99天,他流汗。第二个99天,他流血。第三个99天,他终于把杜尔伯特人拉到一片异常美丽富饶的草原上。

嫩绿而葱郁的牧草,飞翔着天鹅的湖泊,弯弯曲曲的河流,五色斑斓的野花……啊,多美的草原啊!人们高兴得跳起来。

这时候,人们突然望见了纳德山,这才惊异地发现——原来,他们又回到了他们离开的故乡——乌兰古穆草原,只不过这片草原变了一个样子,他们竟没有认出来。

他们忽然想到纳德夫,急忙围到他身边。

此时纳德夫已流干了最后一滴血和汗,他用最后的力量微笑了一下,说:"好好爱惜这片草原吧……你们……"

纳德夫死了。

他死之后,身躯和大山融为一体,嘴变成一眼永不干涸的泉井;那山,后人叫它伊和乌兰乌拉;那井,叫阿尔善;那草原,改名叫白音塔拉……

✎

龙黑子万万没有想到会这么快就遇到那个女人,更没想到十年后的重逢竟没有说一句话。

他到乌鲁尔人的浩特里去讨水喝。那时天刚刚暗下来,蒙古包里已经飘出缕缕白烟。他推开一座蒙古包的门,即刻呆愣住了——拉娃尔正坐在扎登巴的腿上说笑。

他呆站着,像头傻驴。

尽管光线昏暗,他还是认出了那女人是拉娃尔——他十年前的老相好,他的楚鲁图女人!

她轻佻地笑着,漫不经心地瞟了冒冒失失闯进来的汉子一眼。然而笑容渐渐凝固。她的眼睛里掠过一道亮光,像一颗从黯淡的天宇间坠落下来的流星。

扎登巴满腹狐疑盯着他问:"你找谁?"

龙黑子感到浑身发冷,说:"大嫂,给口水吧。"

拉娃尔走过来给他装水。她的步子踉踉跄跄,像喝了酒。她低垂着头,谁也不看。她往他的塑料桶里灌水时,手在微微颤抖。

水灌满后,龙黑子从牙缝里挤出一个"谢"字,匆匆忙忙离去。出门时,他听见毡包里扎登巴压低声音在询问什么,拉娃尔突然爆发地喊:"你滚——你滚吧……"

龙黑子觉得她那是在骂自己。

他对不起她!十年前离开这里的时候,竟没和她告别,悄然离去,连一句话儿也没有给她留下来。毫无疑问,在她眼里,他就是一个无情无义的负心汉!

不由想起了那个阴森森的黑夜——

5

他步履维艰地走出特木沁塔拉,忽地看见了楚鲁图浩特明亮的灯火。他突然有了力量,拼命朝那儿跑去。

他跑进了浩特,跑到了拉娃尔的蒙古包外,看见了从门缝透出的一缕昏暗的灯光。

她在等他啊!

他差点推门进去,但立刻控制住自己那山洪般奔泻的感情,久久立在门外。他听见她在毡房里低低地唱着:

要说红啊
那是萨日伦花的颜色
要讲温静
那是拉娃尔的性格

她总是这样低低地唱，只给他一个人听。那歌声像酒，浓浓的，化不开，散不去，常令他醉倒。

从歌声里他听出来，她已完全沉浸在幸福的憧憬中。她有那么多美好而幸福的向往，只讲给他一个人听。

6.

"你喜欢我吗？"

"喜欢。"

"真的喜欢？"

"向天发誓——不信你问老天爷去。"

"那你娶我吗？"

"娶！"

"啥时候？"

"再过一年吧。"

"一言为定？"

"不信？我再发个毒誓……"

"你喜欢住蒙古包，还是住房子？"

"住蒙古包。"

"为啥？"

"因为蒙古包里有你呀。"

"可我喜欢房子——是那种亮堂堂的很宽敞的大砖瓦房，住着舒服惬意。"

"那好办，你想住，我给你盖！"

"真的？"

"真的！咱不能委屈了咱的媳妇——咱有的是力气，还有手艺，盖个房子算甚哩！"

她扑到他怀里，用头使劲顶着他的胸脯，像一只毛茸茸的小羊在顶架。她的声音羞羞答答从他怀中出来：

"你喜欢男孩还是女孩？"

"都喜欢！"

"我喜欢男孩子！"

"我也是。"

"我准能给你生个男孩儿！"

"我等着……"

"哥，搂紧点儿……"

他不敢使劲搂她，怕把她搂碎。她在他怀里不停地躁动，这使他全身都像着了火似的热起来，低下头去寻她的唇，去吮她的舌。她快乐地昂起头，迎着他。他忽地感到时间凝固了，这一瞬间将成为永恒……

然而，就在那时，几个楚鲁图的汉子突然闯进来，不由分说摁住了他……

7.

蒙古包里，歌声断断续续，犹如一串珍珠散落开来，一颗连着一颗滚落着、碰撞着。

> 要说白啊
> 那是波恩达娃花的颜色
> 要讲白净
> 那是拉娃尔的肤色

他就这样地伫立在毡包外面，像根拴马桩一样僵立着。

拉娃尔在包里一支接一支地反复低唱着，渐渐，那歌里揉进了叹息、揉进了焦虑、揉进了渴望、又渐渐充满了忧郁。他忽然意识到自己不能再听下去了。再听下去，他会控制不住自己，不顾一切地闯进去。他会丧失理智，真的会发疯。

于是，他毅然悄悄而去。没人知道他的脚步有多沉重。

他诅咒——命运为什么让自己在十年之后又见到她呢？

他的眼睛被刺痛了，心在流血——她那轻浮放浪的笑语让他吃惊，让他疑惑，让他痛苦。

她怎么会变成这样？她不是十年前那个拉娃尔，不是！她在他心目中，曾是那么完美，没有一点儿缺陷和瑕疵。

那真的是她吗？龙黑子在一遍遍地问自己。

8

整整一天，龙黑子没心思干活。晚上，他久久难以入睡，思绪如荒草一般凌乱。他望着黑黢黢的夜空，让思绪的野马尽情奔跃，一忽儿上天，一忽儿入地。

蒙古高原的夜永远是寒冷的、荒凉的，密密麻麻的繁星也被冻得瑟瑟发抖。远处的狗吠声断断续续，恍若游丝。他想起了童年，怎样光着屁股在小河里玩水，河水冲走了衣服，他赤条条跑回了村儿，吓得那些小妮们又惊叫又捂眼……他想起了拖拉机的铧犁无情地挑破草地，泛起一片油黑的浪花……他想起拉娃尔怎样在他怀里滚来滚去，给他烧好奶茶，唱着情歌，把一个女人所有的温情都给了他……

啊，这永恒的穹庐，永恒的星系，永恒的大自然啊，在你们的怀抱里，一个人显得多么渺小，和蝼蚁有什么不同呢？当几万年过去，现在睡在这荒原上的人都成了齑粉的时候，这荒漠会变成什么样子呢？大海，还是森林？抑或是一片寸草不生的沙丘？那时的人们会想到在几万年前，有几个可怜的流浪汉曾睡在这露天的荒漠上吗？呵呵，不会有人想到的……

9.

扎登巴这些日子像着了魔，脑袋整天昏昏沉沉的，发胀又发晕。他沉溺于父辈辉煌的业绩中，感到自己越来越狂躁、嗜血和贪婪。一种强烈的征服欲主宰了他。

他是个胜利者！

他终于赶跑了楚鲁图人，独占了这块草场。他觉得乌鲁尔台人已把他尊为英雄，对他奉若神明。他满意极了，经常骑着马，摇着马鞭，到处巡视，俨然是至高无上的酋长。

然而，他很快弄明白他还不是一个胜利者。从苏木发来了紧急公函——有人将特木沁塔拉的械斗反映到旗政府，旗政府在全旗通报此事，并责成苏木严厉处理。近来，争夺草场的事件越来越多，已引起上级领导的重视。苏木领导作出了三条决定：一、特木沁塔拉的这片草场是科学试验草场，任何人不得入内和使用，乌鲁尔台人必须立即从特木沁塔拉撤走；二、乌鲁尔台人和楚鲁图人互赔双方在械斗中损失的马匹和医药费；三、撤除扎登巴乌鲁尔台嘎查负责人的职务，罚款三百元以示惩戒……

几天之内，大部分鲁尔台人都迁走了。特木沁塔拉又开始冷清下来。扎登巴没有走。当他得知跑到旗里告状的那家伙是曾经被他打伤的那个小伙子时，简直气晕了头，发誓要给那小子一点颜色瞧瞧。他寻找着一切可能的机会实施报复。

很快，他发现他老婆似乎有些反常……

10.

当亚的身影在荒漠上消失以后，葛根老头也走出了小泥屋。他先是小心翼翼四下张望一番，确信周围无人，这才迈动颤巍巍的两条罗圈腿，向北方的荒滩走去。他走得很慢，不时停下来喘喘气。这是十几年的老习惯啦。

自从那天，他被几个人背回去之后，老头觉得自己的身子正在出现奇迹——精神竟一天比一天好啦。

除了感谢亚和那女人的精心照料之外，他认为是神在起作用。是啊，那桩心事不了结，他怎么能就这样轻易走了呢！其实他心里明白，这奇迹是生命之火的回光返照，佛留给他的时间不多啦！

也许，这是他最后一次去遨游那辉煌的宫殿了。

雨云在天空上移动，雷声隐隐作响。远处，在隐匿起来的太阳的光照下，一缕缕云絮飞流而下，瀑布般泻在地上——那儿正在降雨。

走了很久，老头停住了脚步。蓦地，他的双眸亮了，干裂的嘴唇因激动而颤个不停："佛啊，你那不诚的弟子又来啦……"

他眼前出现了一座威严宏伟的寺庙。他看得是那么真切：那高高的玛尼杆、那殿门旁的石狮子、那铺着青石的幽径、那绿荫参天的古榆树、连那庙上雕刻的老龙头和庙檐下的壁画，他都看得一清二楚。他甚至听到了飞檐下风铃儿清脆悦耳的响声……

老头放慢了步子，朝着正殿走去。

一进庙门，就能看到里面供着的巨大的金光灿灿的塑像。

老头在这里默立了五分钟，脸上肃穆极了。

"万物的主宰啊，你可看到特木沁塔拉的荒凉？快让绿草遍地萌生吧，快让特木沁塔拉变成一片乐园吧！"老头为亚做了祈祷。

接着，老头又走向第二个大殿——明干殿。

第三座是却日大殿。

第四座，是活佛住的道伦间。

可是，白塔呢？

老头迷惘而困惑地四下张望着。白塔对于他是何等重要啊，他的一切希望和寄托都在白塔下掩埋着呢。

哦，找到了，一座多么漂亮的白塔哟！高耸、挺拔、白净得像用牛奶做成的"查干伊德"，那浑圆而柔和的曲线，显示出何等高超的建筑水平啊。

老头急忙奔到白塔下，用手刨了起来，像个孩子一样认真地挖着土坑。沙石磨破了他的五指，他还是不停地刨着。过了一会儿，他竟刨出个沉甸甸的小匣子，外面用一层层油纸包着，并打着厚厚的蜡。

这就是老头的"全部秘密"。

此刻，老头正站在一片荒凉的废墟上，忘情地凝视着那个小匣子，超然于时空之外，继续沉溺于美妙的神游之中。

那一片败壁残垣，是往昔汗贝庙的遗址。

雨，迅速推过去了，却没有一滴落在这片笼罩着神秘色彩的废墟上。

第五章

爱与恨是人的感情因素中的两种对立统一的基因。有了爱，世界有色彩、有朝气、有欢笑；有了恨，人们才会嫉恶如仇，才会摒弃丑，追求美，使自身日趋完善。

但是，爱得太痴，往往使人无所顾忌，失之偏颇，走向自私；而恨得深呢，又容易使人误入歧途，冷酷无情，自我毁灭。

凡是有人的地方，就会有爱和恨。

然而有时候，正是爱和恨造就了畸形的人生。

人性究竟包含着什么？它永远是一个深奥难解的谜，犹如那古老的谜语，等待我们去探索，去认识……

1

拉娃尔是个被恨扭曲了的女人。

她恨扎登巴，恨之入骨。正因为强烈地恨着他，才故意接近他，挑逗他。

从前，她可绝不是个轻佻的女人。在未出嫁之前，她是一个多么稳重的姑娘啊。她喜欢独自一个人坐在空旷的牧场上，悄悄地唱那首当时在娘家很流行的民歌。那首歌的调子古朴而悲凉，犹如荒原一样，有一种野性的美：

要说红啊

那是萨日伦花的颜色

要讲温静

那是拉娃尔的性格

要说洁白

那是波恩达娃花的颜色

要讲白净

那是拉娃尔的肤色

要说蓝啊

那是赛利姆湖的碧波

要讲柔软

那是拉娃尔的品格

要说粉红

那是天边彩霞的光泽

要讲和蔼

那是拉娃尔的美德

为了这首民歌，她把自己的名字改成"拉娃尔"。她相信自己就是歌中那位文静纯洁的拉娃尔姑娘。

十年前，她认识了生产建设兵团的小拖拉机手赫三龙。那是她第一次真正"认识"了一个男人，她立刻被他吸引住了。后来，发生的一切叫她目瞪口呆，百思不得其解。

和他的认识，是在一棵树下。她常跑到那棵树下，一边照看家里那几头牛，一边看拖拉机耕地。想想看，一个人竟能让那么大的一个铁家伙跑起来，把整个草原都翻过来，可真有本事啊！

她对拖拉机手产生了一种敬畏的心理。

那时，她只顾出神地望着拖拉机，竟忘了自家的牛。聆听着轰隆隆的怒吼，犹如听到一首美妙的音乐。

有一天，一辆拖拉机耕到地头，忽然径直朝她开过来。她不知该怎么办才好，紧紧地把身子贴在树干上，一动也不敢动。她以为那庞然大物会立刻扑过来，把她压在身下。她惊恐地叫起来。拖拉机却戛然而止，停在她面前。

拖拉机手从驾驶室探出头，开心地笑着说："喂，你以为它会吃了你吗？"

她有些嗔怒地望着那个黑脸膛小伙子。小伙子的眉宇间透出一股子英俊之气。她盯着他，没说话。小伙子跳下拖拉机，朝她走过来。他身材挺拔而魁梧。

"你叫什么名字？"他用手套拍打着身上的尘土，似乎漫不经心。

"不告诉你。"她报复地盯着他。

"不告诉，我也知道——你叫拉娃尔。"

"你怎么知道的？"她惊异地望着他。

"拖拉机手们都说，有个叫拉娃尔的姑娘，每天站在树下看拖拉机，她大概想从拖拉机手里找一个丈夫吧"

她瞪了他一眼，却忍不住扑哧乐了："呸，你们这些小伙子真坏！"

"看我咋样？相中了没有？"他从脖颈上摘下水壶，拧开盖子，往嘴里咕嘟咕嘟灌着水，觍着脸笑着问。

"你是说——你想娶我？"她惊呆了，认真地问。两个脸蛋倏地红了，像涂抹上一层胭脂。

赫三龙见她把玩笑当成了真话，连连摆手，笑得喷出了满嘴水："这可是你自己说的！看来，你是想急着出嫁啰？"

这回拉娃尔真生气了，狠瞪他一眼，扭头跑掉了，眼里闪着泪花。她认为这个汉子欺负了她。可那小伙子的笑声却一直跟着她回了毡包，怎么也摆脱不掉。

第二天，她又出现在老树下。赫三龙又把拖拉机开过来。

"昨天真生气了？"他问。

她不说话，扭过脸望别的地方，装出一副不予理睬的模样。

"向你道歉，拉娃尔姑娘。我这个人坏，是个狗不吃的家伙，行了吧？"

拉娃尔忍住笑，不理他。

"气儿还没消？那就骂我几句——让我找不上媳妇，一辈子打光棍，我的儿子孙子也一辈子打光棍儿……"

拉娃尔被逗乐了："你打一辈子光棍儿，哪儿来的儿孙？"

他摸摸头也笑了："只能让他们从石头缝儿里蹦出来啦……哎，你想不想坐坐拖拉机？"

他讨好地问。

"好啊，行吗？"她来了兴趣。

"有啥不行的，上来。"他挥了下手。

"不会把我摔下去吧？"她有点担心。

"不放心？你抓住我，要掉，咱俩一块往下掉，咋样？"

她高兴地向拖拉机走去。上驾驶室时，他从后面搡了她一把。他双手卡住她的腰，像举一个小孩儿，轻轻地把她举了上去。她穿得薄，那两只男性有力的手卡在她丰腴的腰间，使她感到从未有过的兴奋，顿时脸红心跳。

拖拉机启动了。山峦和草原都动起来，向她扑来，又向后退去。拉娃尔从侧面瞧着他，发现他的鼻梁很高，双目很亮。他不时转过头，大声和她说着什么。引擎声隆隆响，震得耳膜颤抖失灵。她太兴奋了，只顾好奇地四下张望着，至于他说的是什么，她一句也没听清楚。

转了一圈儿，拖拉机又停在原来的地方。她愉快地跳下去，向自己的牛走去。

"喂，你的毡包在哪儿？"他在身后喊。

她指着山坡那边："过了坡就看见了。"

"今晚我去做客，咋样？"他又急急地撵了一句。

"随你的便……"她头也不回地说。

那晚，他果真去了。她给他熬了喷香的奶茶。他喝着，盯着她看。她终于不好意思地低下了头。

"谁娶了你，谁有福气！"拖拉机手说。

"我谁也不嫁！"她抬起头，和他对视。

"我不信！"

"等着瞧！"

毡包里散发着酸奶和酥油的气味儿。茶在锅里吱吱叫。包里暖烘烘的，叫人留恋。赫三龙忽然想：也许，这就是我的家呢？在这里，只有我和她在一起……多么令人神往的未来，那是属于我的生活啊！

拉娃尔也在想如果他做了这座毡包的男主人，这里的每一丝空气一定会透出幸福甜蜜的气息呢。

然而不久，出了件大事。

那天，拉娃尔正在毡包里熬茶，忽听得外面一片喧闹。她急忙出去看，只见许多牧民都往一棵树那儿奔去。她听人们嚷嚷说："出了人命啦……拖拉机压死了人啦……"她的心儿猛地跳了几下，一阵不祥的预感使她不顾一切随人们跑去。

翻过山坡，她立刻看见老榆树下停着一辆拖拉机。人们在乱纷纷涌动。人群里忽地挤出一个人——那是拖拉机手赫三龙。他在拼命地奔跑……然而，一个骑手追上了他，马棒呼啸着从空中飞落而下。她的血刹那间冷却了，眼前的景物模糊不清。她似乎看见赫三龙犹如一截木桩子，沉重地倒了下去……她想喊，却没有力量，只从嗓子眼儿里挤出极微弱地呜咽，晕了过去。

她醒来时，人们已经散了。只有一片黑色的耕地躺在面前，冷静而默默地向苍天袒露着绽裂的肌肤。

她开始仇恨起那个骑手扎登巴——他凭什么要这样残忍地伤害她所爱的人？凭什么？她狠狠地咬着唇，眼睛被怒火渐渐烧红。

后来，赫三龙突然失踪了。她以为他会来找她，带上她一起远走他乡。但是，她失望了！她等了一天又一天，始终没见到他的影子，也没听到任何关于他的音讯。

她知道他再也不会回来了，永远……

她失去了未来，失去了幸福。

她挨过了悲愤，挨过了绝望，挨过了漫长的寂寞，却没有挨过仇恨。

她认准了她的不幸是扎登巴一手造成的，她永远记住了他的嘴脸。

2.

傍晚，在一片金黄色的芨芨草滩里，一男一女正在里面低低说话。

男的："叫我来有啥事儿？咱可从来不认识你。"

女的："我可认出了你，赫三龙！"

男的："赫三龙是谁？他早死了……"

女的："是死了，早死在我心里了。"

男的："……"

片刻的沉默。

女的："从你踏进蒙古包的第一步起，我就认出了你……我不相信，不敢相信，可是，我不能骗自己，说我看见的只是鬼魂……你向我讨水喝，管我叫大嫂……这十多年来，我常常在梦中听见你喊我的名字，我差点忍不住要喊出你的名字来，可是扎登巴在那儿……你还记得吗？正是他给我们造成了这不幸……三龙，你不要留在这儿了，这儿太危险了。你必须立刻离开特木沁塔拉，要不，扎登巴或者别的人会认出你来，那样，一切都完了……"

男的沉默了片刻，低沉地说："这我知道，可我不能走，为了我的那些伙计们……"

女的叹息了一声："你呀，还是那么倔！这些年，你是怎么过来的？"

男的也叹口气："一言难尽……"

女的："扎登巴已经注意上你了。"

男的："他认出我了吗？"

女的："看样子还没有。但他很快会认出来的，你必须走……"

男的："要走，我们一起走！我要把你带走，带到一个谁也不知道的地方去，我们在那儿成家立业……跟我走吧，拉娃尔，我这次来，主要是为了你啊！本以为把你忘了，可是没有，从踏上特木沁塔拉开始，我就知道我干什么来了——我是要找回我的女人，带着她一同远走高飞！这些年，我做了不知多少这样的梦，梦见我们俩一块儿在一片茫茫无边的草甸子上奔波，不停地奔波，走啊走啊，像是看见了一个美妙的去处，可总也奔不到头儿……你紧紧拉着我的衣襟，不停地喊我的名字……跟我走吧，拉娃尔，只要你不嫌弃我是个通缉犯，只要你敢和我一道吃苦受罪，咱们明天就走……"

"不行！龙哥，我不能……"

"为啥？你要嫁给扎登巴？你还恋着他？"

"我恨死他了，永远也不会嫁给他。"

"那你……"

"别等我啦，龙哥，你自己走吧！我还得留下，要办一件要紧的事儿……"

"啥要紧事儿？"

"到时候你就会知道的……龙哥，我已经不是十年前的那个拉娃尔了，现在站在你面前的是个下贱的女人，是个魔鬼，她不值得你爱，不配跟你一块儿走！你自己走吧……"

"为甚？告诉我，这是为甚呀？"

"别问，龙哥，真的别问啦……"

"好，我不问了。"

"天好冷啊，龙哥，抱抱我，行吗？"

"嗯。"

"再抱紧点儿……你看，天上的星星有多亮啊。"

"亮！"

"那些星星都是为我们点亮的吗？"

"是吧。"

"真好……可惜，我这一辈子只有这么一个夜晚……"

"拉娃尔……"

3

万宝像是被毒蛇给咬了一口，猛地跳将起来，杀猪般叫着：

"有贼啦，我的地毛……啊呀呀……"

天蒙蒙亮，湿雾正在草地上翻腾，一团团滚动着，将远方的山峦黏黏地笼住。人们还睡着，听见叫声，都从"睡袋"里钻出来，揉着惺忪的睡眼惊疑地望着发疯似的万宝。

"咋的哩？"龙黑子问。

"地毛……全被偷啦。"万宝一屁股坐下，像被万吨重的力量猛地给压扁了。

龙黑子的心一沉——这几天，人们吃了千般苦，受了万般罪，每个人好不容易打闹了十几斤地毛，走时把它系在腰间，睡时放在头底下，一忽儿怕它被雨珠珠给打湿了，一忽儿又怕它给不小心揉搓碎了，简直当成了命根根啊！如果地毛真的让人偷了，那不等于剜了这些伙伴们的心吗？

更糟糕的情景出现了——先是旱獭惊叫起来，接着，有富、换换、根才都哭天抢地嚷成一片，他们装地毛的塑料袋全不见了！

只有龙哥和小六子的没丢。

十几天的心血啊，他们简直像在荒滩上捡头发丝，一根一根地拣了这十来斤地毛啊，可是一觉醒来，甚也没了，像做了一场梦……天呀，谁受得住这么沉重的打击呀！

"真黑心啊！"有富蹦得高高的，破口大骂，唾星子满天飞，好像那贼就在他面前，不这么痛痛快快骂一顿、咒一番，心窝窝里那口恶气就出不来。

"谁偷了咱的地毛，让他狗爪子生蛆，屁股眼儿长疮，让他家兔崽子出门掉井，让他女人养十八个野汉子……"旱獭骂得更狠。

龙黑子阴郁的目光从每个人身上扫过，声音低沉得怕人："家贼难防，这不是外贼干的，外贼没这么大胆子！说，谁偷的？这会儿把地毛拿出来，咱兄弟还是兄弟，没二话！不往出拿，哼，查出来可甭怪咱龙黑子心狠手黑！"

众人惊白了脸，面面相觑，没有一人吭气儿。

草地上的雾正在散去，现在薄得简直像一片片透明的烟。晴朗的天空上飞过来一只花鹞子，警惕地盘旋着，寻找着安全的落脚之地。远处的大红山从雾里显露出来，赫然摊开一片赤红。褐色的土地上静悄悄的，像是一片没有任何生命迹象的土地。

旱獭如梦初醒地倒吸了一口冷气，倏地站起，给龙黑子丢了个眼色，走到了离人们稍远点的地方。龙黑子跟了过去。

两人嘀咕了一阵子，很快返回来。

龙黑子的脸膛更阴得瘆人。他又把众人挨着瞅了一遍："都不认，嗯？昨天夜里个儿，谁起来过？说！"

龙黑子猛吼一声，把众人震了一个激灵。

"我……"小六子浑身哆嗦。

"起来闹甚？"

"屙屎。"

"屙在哪儿？"

"北头……"

"看看去。"

"去看一泡屎？"小六子迟迟疑疑。

"嘿嘿，咱就想看看这泡屎哩！"旱獭冷笑着说。

小六子领着众人跌跌撞撞向北走去。一会儿工夫，他站住了，指着脚下："就这儿。"

龙黑子围着那新鲜的屎转了几个圈，看出点蹊跷说："刨开！"

"这……"小六子犹豫不定。

"刨哩！"旱獭瞪起眼珠子。

小六子战战兢兢地挪开粪便，用手刨起来。沙土很松软。片刻，刨下去个小坑。他的手触到个光溜溜的东西，倏地像被火烫了一般缩回手，闪身跳到一旁。

龙黑子用木棍将那东西猛挑出来。发现那是一小袋地毛，装在一个塑料袋里，约有两斤重，用红毛绳扎着口，是换换的。

他们每个人的地毛都有各自的记号。

所有人的目光都顿时集中在小六子身上。

小六子的双腿筛糠似的抖起来，脸色灰白，嘴巴张大，似乎想说什么。没容他开口，龙黑子早抡起右臂，只听一声呼啸，那小簸箕般大小、岩石般坚硬的巴掌，准确而有力地落在小六子的瘦脸上。小六子像被一股骇人的力量反弹了一下，重重地摔在几米外的草滩上，半天没有爬起来。

鲜血从他嘴角流出。

"好你个贼作的小六子，我瞎了眼，竟把你这龟孙带出来啦……说，把地毛都藏哪儿了？不说，打断你的贼骨头……"龙黑子气得浑身乱抖，脸色乌青。

小六子硬着爬起半个身子，仰起脸。脸上粘着沙粒、柴草和浑浊的泪、污秽的血……他吃力地喘着气："龙哥，你真的认准是我偷的？"

"咋？还想赖？那泡屎明摆着哩，能冤你？再想媳妇，也不能往黑道上走哇！"

"龙哥！"小六子强忍泪水，仰天长叹，"不错，我是想娶媳妇，想兰花花，想弄点钱，可是，我小六子穷死、饿死、断子绝孙，也不会干这号事儿呀！龙哥，我一向敬佩你的为人，跟你出来，我学会了做人……你认准了是我偷的，我不辩，总有一天你会知道我小六子的心是干净的，手也是干净的！"

"给老子滚！"龙黑子跺着脚喊。

"我走，龙哥，我走……"

小六子跟跟跄跄回到露宿的地方，将自个的行李卷背上，然后黯然神伤地望了大家最后一眼，摇摇晃晃走了，像喝多了酒。

他的十几斤发菜丢在地上，没带。

荒漠笼罩着一层荫翳，色调愈加灰暗。几个失魂落魄的庄稼汉呆立着，望着小六子那愈来愈小的背影，忽地感到一阵莫名的慌乱，像失落了什么。龙哥悄悄扭过头去。

小六子在遥远的荒漠上蹒跚而行。

现在，他们剩下六个人了。

这天夜里，正是静得连狗咬声都听不见的时候，拉娃尔的毡房里却荡出一阵笑声。那笑声极富诱惑力，给平静的夜增添了几分不安宁。

"你把人家甘地玛给冷落啦。"

"管她，那娘儿们儿……"

"人家可不甘寂呀。这几天每天都往两间房子那儿跑呢。说真的，那小伙子比你漂亮英俊多了啦。"

"什么？"

"甭假装不知道了——你老婆和那个叫阿迪亚的小伙子……"她故意没把话说完，又开始吃吃地笑个不停。

"胡扯！"

"哎哟哟，还不信？有天晚上，我亲眼看见甘地玛从那房子里钻出来……"

"真的？"扎登巴蓦地坐起，眼里闪过一道野兽般的寒光。

"别人骗你,我还能骗你?"

"是那个叫阿迪亚的家伙吗?"

"一点不错。"

"好哇,等着瞧,等着瞧。竟有人如此胆大,敢向我的马群里甩套杆,我不会让他占到便宜的!"

5

龙黑子一个人在荒漠上走着。

猝不及防的雨把他淋了个透湿,头上扎着的那条破布巾饱满地贮着雨水,沉甸甸、黏糊糊的。

他在寻找小六子。他悄悄地离开了大家,一个人在荒漠上踟蹰着。小六子是他亲手带出来的,他不能把他一个人丢在荒漠上不管。那天早晨,望着小六子的背影消失在荒野尽头,他的心尖尖就开始疼了,疼得发颤。他后悔了。可他又不想让大家看出他的后悔,他想独自去把小六子找回来。

然而他失望了——空旷的荒漠上,看不到一个人影。黑云压得很低,宛如一团团浓烟翻滚着从头顶上卷过去。有力的秋风扫荡着荒野,将稀疏的牧草不停地摇晃着,时而伏在地面上,时而弯成弓状。积雨一片片铺开,闪烁着光亮。雨水被风儿吹得皱皱巴巴,变幻着各种凌乱的波纹。

小六子会上哪儿去呢?也许他已经跑回了村儿?也许他已经越过大红山,或许加入了那边浩浩荡荡的搂地毛队伍?也许他还在特木沁塔拉……他年纪还小,对这里人地两生,离开了大家,怕他连东南西北都辨不清哩,一旦迷失了方向,这里又离边界线极近,他可千万别闯到那里去呀!往东是一片大沙漠,如果他误入了沙漠里,那也肯定凶多吉少……

龙黑子越想越为小六子担心,脸色愈加阴沉沉的。

雨已经过去很远了,然而头顶上还有云。泥泞的草滩很不好走。当他走过一片胶泥地时,鞋底上粘了一层厚泥巴,黏糊糊的甩不掉,使鞋底变得十分笨重,每迈一步都很艰难。

龙黑子走出胶泥滩,四下瞭望,见不远处扎着几顶蒙古包。他知道那是乌鲁尔台人的营地,便走了过去。

他在一座蒙古包前停了脚步,犹豫片刻,推门走了进去。

蒙古包里只有一个年轻女人。龙黑子不知道她就是扎登巴的老婆,只看到她的面容很忧伤。

龙黑子向甘地玛问候:"你好,大嫂,向你打听点事儿。"

甘地玛招呼他坐下,给他倒了碗奶茶说:"啥事儿?"

"你可看见有个年轻的后生从这走过?"

"是搂地毛的吗?"

"是!"

"个头不高,又瘦又小?"

"一点儿不错,你看见过?"龙黑子急切地问。

"前两天,有个男人进来找水喝。我看他饿得可怜,给他做了面条。他一连吃了五碗面。"

"后来呢?"

"后来他泪汪汪地走了,像有啥不顺心的事儿。"

"他往哪儿去了?"

"往北。"

"谢谢你,大嫂。"龙黑子急忙站起,向门外走去。他走得急,出门时腰没有来得及弯下去,头蹭在低矮的门框子上,头上缠着的黑布巾被挂下来。刚一出门,他就急忙把布巾围到头上。

尽管只是一瞬间,但甘地玛已经清楚地看见了龙黑子偶然暴露出来的左耳朵——不,确切地说是没耳朵!黑洞洞的耳朵眼儿周围,聚着些紫褐色的肉瘤子,让人看了心惊肉跳。

她默默目送着远去的龙黑子,若有所思。

6.

阿迪亚被那些粗野的楚鲁图汉子们围在中间。他一点也没有惧色，从容地喝着茶。他们坐在草地上，周围是楚鲁图人的营地。这时候，太阳已经爬到头顶上。风不大，人的脸刚刚能感觉出来。草地是金黄色的，平平坦坦望不到边际。几条狗子在附近追逐，不时叫上一阵子。阿迪亚只顾喝茶。在他身旁，一个高个子的楚鲁图汉子用审问的目光瞟着他。别的人也都这样瞟他。于是便有了一种杀气腾腾的气氛。他已经清楚地感觉到这气氛，只不过竭力装出若无其事的样子。

"凭什么要让我们走呢？我们走了，这片草地可就属于扎登巴了。哼哼，他给你多少钱，让你来干这差事？"高个汉子阴冷地望着他。

"斯旺大哥，你错了，我不是替扎登巴当说客，这点你应该明白。你有一双能识别骏马的眼睛，不应该把人看错。"阿迪亚将碗放在地上时，平静地说。

"就算你不是扎登巴那家伙派来的，为什么要我们走呢？要知道，这块草地是属于楚鲁图的！"斯旺横蛮地说。

"可是你们在十年前就丢掉了这片草场，迁到别的地方去了呀！"亚耐着性子说着。

"没错儿，当年这里的草场已不成样子，所以我们才搬走。可今天，这里又长出草，我们就可以再搬回来嘛……"斯旺剔着牙说。

"我刚才不是已经和你说了吗，这片草场是我十年来播种的结果，这是一片试验草场，不能随意糟蹋。"

"你是说，这草原是你种出来的？从来没听说过草原还能种出来。哈哈哈，傻小子，我们会信你的鬼话吗，哈哈哈……"

斯旺放声大笑。汉子们都哄笑，嘲弄地望着阿迪亚。他们认为这个小伙子简直在痴人说梦。他们那愚钝的大脑对阿迪亚所说的都不能理解。所以他们把他当成了一个疯子或者是一个怀有某种企图的骗子。

"我们不会相信你的，小伙子！如果乌鲁尔台人先离开，我们就走，否则……哼哼，他们砍死了我们的马，打伤了我们的人，我们不会把便宜留给他们的……"

斯旺坚定不移地握住了拳头。

楚鲁图的汉子们都用仇视的目光眺望那个方向，有的眼里喷火，有的在磨大钎刀。他们和乌鲁尔台人的仇愈来愈深了。

"斯旺大哥，听我一句话，不要再和乌鲁尔台人像狼一样争斗不休了。过去，你们是兄弟，为什么非得像仇人一样打来打去呢？"阿迪亚真诚地说，泪花在他的眼眶里闪烁，"扎登巴是恶狼，是疯狗，你们难道也要做恶狼和疯狗吗？"

"不管怎么说，我们不能让他们欺负！"

"对，这口气一定要出！"

"要让扎登巴那坏蛋知道楚鲁图人不是可以随便欺负的！"

"一定要把他们先赶走！"

"……"

楚鲁图的汉子们都嚷嚷起来。他们的声音乱成一片，充斥着阿迪亚的耳膜。他忽然觉得很悲哀——为乌鲁尔台人和楚鲁图人。他意识到自己没有能力阻止这些人互相仇视、互相厮杀，更没有能力保护住刚刚恢复起来的特木沁塔拉。一股无名的怒火窜了上来。他站了起来，感到浑身的血液在不停地骚动，他的耳朵里回荡着巨大的刺耳的"嗡嗡"声。他再也无法忍耐了。他毕竟还年轻，正是血气方刚的时候，所以，他一把抓住了斯旺的前胸，对准他的下巴狠狠来了一拳。

斯旺呆怔住了，默默地擦着从嘴角渗出的鲜血，阴冷地盯着他。

阿迪亚鄙夷地唾了一口，然后正气凛然向外走去。他看见所有的楚鲁图汉子们都呆若木鸡地望着他，好像他是一个十恶不赦的恶棍。

他仅仅往前迈了五步，就觉得一样坚硬的东西狠击在他的膝关节上。他双膝一软，顿时栽倒在草地上。他听到身后响起一片马靴踢踏的杂乱的响动，那是一片愤怒的骚乱。他一点也没惊慌。他知道他们会怎样对付自己的。他把嘴巴紧贴在金色的牧草上，就像是在亲吻着大地，嗅着从草地上泛起的那股子奇异的泥土和枯草混合在一起的气味，平静安然地闭住了眼……

7.

一根羊毛绳子，将甘地玛五花大绑，捆了个结结实实。

扎登巴坐在地毯上，一边惬意地呷着酒，啃着骨头，一边乜斜着甘地玛，一副猎鹰玩弄兔子的模样：

"怎么样，很舒服吧？比在你情人的怀里还舒服吗？"

甘地玛十分镇静，脸上没有一丝惊慌失措的表情。她早就知道会有这么一天，她一直在等待着。她已经做了最糟糕的设想：先设法让扎登巴把自己打个半死，然后她就提出离婚，结束这种早没有丝毫感情的夫妻关系。那时，作为一个彻底自由了的女人，她和亚的爱便不存在任何阻碍和一丝阴影，那是多么美好的结局啊！为了得到属于她的幸福，她就是付出四肢残废的代价又算得了什么呢？

她可以失去一切，却唯独不能失去和亚的爱。

"说吧，你和那个阿迪亚是不是真的？"

"是真的，我喜欢他！"甘地玛昂起头。

"很好，喜欢他，呸，不要脸！"扎登巴操起地桌上吃手把肉用的锋利的蒙古刀，在手里玩弄着，忽然手起刀落，地桌的一个角被齐刷刷地削下来。那小三角木块可怜地滚动着，一直滚到甘地玛的脚边。

甘地玛痛苦地闭住眼睛，斜倚在门旁放酸牛奶的艾里根缸上，心里只有一个念头：哦，有多大的痛苦、多大的耻辱，都给我一个人吧，我能受得住，我能……

扎登巴又呷一口酒，见甘地玛一副视死如归的模样，才把口气缓和下来，说:"其实,我心里明白,自个儿的老婆嘛,能不了解嘛,是那个混蛋先勾引你的吧?或许,是他强迫你的?噢,对,是强迫的……"

扎登巴兴奋起来,紧张地注视着甘地玛:"我相信你,甘地玛,只要你说,是他强迫你的,一切我都不追究,你还是扎登巴的老婆。至于那个坏蛋,我会收拾他的,我要告他强奸……"

"不,是我先勾引他的,是我……"甘地玛噙着泪喊起来,"你收拾我吧,怎么收拾都行,来呀……"

扎登巴沉默了。他心里很明白:他过去没有征服这女人,现在或将来也永远不会征服她。如果她爱上一个人,那么,她就会为那人豁出命。他不可能从这女人这里得到什么……他发疯似的用刀子削着地桌。刀子很锋利,一片片木屑如刨花似的飞落下来,怯生生地落在地毯上。他机械地进行着这一动作,目光里充满了一股兽性般的痛苦和发泄。

他站起,将蒙古刀掖在怀中,向门口走去:"很好,甘地玛,既然你不肯说,现在,我只好去找那个混蛋……当然,我对他绝不会像对你这么客气。上回,我真后悔没把他打成瘸子或瞎子。这次,等着瞧吧!"

"等等……"甘地玛不知从哪儿忽然来了那么大力气,从地上挣扎着爬起来,堵住门口,眸子里闪过一道掩饰不住的惊恐,"我不许你伤害他!我说过了,是我先勾引的他,这事儿和他没关系!"

"没关系?说得轻巧,滚开!"

扎登巴像牤牛一样喘着粗气,恶狠狠地将甘地玛推倒在一旁。

一瞬间,甘地玛觉得世界成了黑森森的一团浊气,将她紧紧裹在里面。她知道扎登巴这一去会干些什么——他会毁掉阿迪亚,这是毫无疑问的。他做事从不考虑任何后果,特别是现在,他又失去了理智。天啊,她必须得拖住他,争取时间,哪怕只有几个小时,这样,她就能想办法给阿迪亚通风报信儿,让他躲一躲……可是,她怎么能拦得住这匹愤怒到极点的野马呢?她有这种力量吗?

扎登巴那笨重的皮靴有一只已经踏到蒙古包门槛外面了。

色的记忆·荒漠

"扎登巴！"甘地玛突然绝处逢生地嚷了声，"听我说，如果，我告诉你件重要的事情……"

扎登巴犹豫了一下，把跨在门外的那只脚收了回来，用凶狠而又狐疑的目光投向甘地玛：

"什么？"

"那个搂地毛的人……叫龙哥的那个，还记得吗？"甘地玛抱着最后一丝希望飞快地说。实际上，她自己也不知道这件事儿是否重要，她只是常听扎登巴提起他十年前的壮举。她不太确信那天见到的那个没有左耳朵的龙哥会是十年前逃走的拖拉机手。她只是想试试运气——也许他们是一个人呢？要不那天他为啥慌慌张张地捂住了耳朵？管他是不是，只要能拖住扎登巴就行！甘地玛觉得自己在绝望中找到了救星。

"龙哥？和我有啥关系？"扎登巴不以为然，用马棒抽着皮靴。

"那个人，没有左耳朵……真的，他用布巾包着，怕人看见……那天，他来找一个叫小六子的人，出门时布巾被门框挂掉……"

扎登巴果然被这个意想不到的情况给强烈地吸引住了，一步跨到甘地玛面前："你看清楚了？没弄错？"

"没错！"

"难怪……我觉着在哪儿见过那小子，哼哼，好一个龙哥！"扎登巴激动地在蒙古包里转了圈儿，最后，又停在甘地玛面前：

"听着，甘地玛，我现在就去乌鲁尔台苏木，两天后才能赶回来。在我回来以前，你不要把这件事儿告诉任何人。"

甘地玛无力地点点头："你把绳子给我解开。"

扎登巴冷冷一笑："那可不行，趁我不在家你又跑到那家伙那儿去，哼哼，想得美！委屈两天吧！两天饿不死！等我回来再收拾你们。"

扎登巴匆匆走了。远去的马蹄声像猛烈的鞭子抽打在甘地玛的心窝窝上。

从蒙古包顶的天窗向外望去，嵌着一块灰暗的天。渐渐，天的颜色愈来愈阴沉，给蒙古包倾注下令人窒息的沉寂。

甘地玛犹如一只将被屠宰的羔羊，无力地蜷缩在羊毛毡子上，狠狠地咬住了又腥又膻的羊毛，无声地哽咽起来。

该死的扎登巴，好狡猾！她告诉他一个秘密，却没有换来她所希望的自由。

谁能帮助她呢？

她忽然又感到很幸福——因为她是在为亚受苦啊！亚，你知道吗？我这是为你、为你啊！只要你不受到伤害，我受再大的苦也值！

她的泪水浸湿了羊毛毡子。她觉得浑身麻木，连疼痛都感觉不到了。黑暗浸泡着她。她无力地呻吟着。后来，她昏昏沉沉地睡去了。

第六章

人类要生存，大自然也要生存。

人为了生存损害了自然，干了许多蠢事。聪明绝顶的人类总是干一些蠢事。而大自然为了生存，就要对人类进行报复。重重劫难轮番袭来，人们手足失措，哭天抢地。

尽管如此，人还是在顽强地生存着。他们在灾难面前所表现的英勇无畏令人惊叹。他们的奋斗有一个明确的目的：让生活更好些。

一代人，又一代人，都是为了这个目的而奋斗、而生死。人世间的恩恩怨怨也就随之而滋生、而消泯。

1.

一种不祥的预感使"天神"越飞越高。

广袤的荒漠在它身下浓缩了。伊和乌兰山脉变成一条狭长的丝绸带子，蒙古包竟像几粒圆圆的小蘑菇；而人，真的像小蝼蚁了。

海拔三千多米的高空上，风寒冷而强劲。潮湿的气流从坚硬的翅膀下滑过，像秋天小河里的水一样冰凉、滞涩。"天神"还在拼命往高飞，它想弄清楚是一种什么古怪而神奇的信息使它如此惊悸不安。

它飞翔的姿势很美，那阔大的苍灰色的巨翼鼓鼓地撑开，一对利爪收缩在灰白的密布着黑色横斑羽毛的肚皮下，黑亮的头部箭一般向苍天刺去，整个身体呈现出漂亮的流线型。它的双目像深邃而明朗的天宇，把大地的一切都无一例外地摄进视野……

空气愈来愈纯净。现在它已经飞到了云层之上，刚才还是高不可攀的云峰，现在忽然跌了下去，看上去像紧贴在地面上移动着的一团团白烟。它的双翼已经感觉不到寒冷了，一股奇异的暖流正在悄悄荡漾着、运动着，像造物主轻轻吹出的气息。

可是，这暖流为什么迅速向南方退去？是什么东西使它们匆忙逃窜呢？

"天神"盘旋着，向那永远是一片苍茫云海的北方极目眺望着，竭力从大气中捕捉着、辨别着从遥远的地方飘来的每一个神秘的信息。

哦，这淡淡的是肯特山脉的青草味，那浓浓的是克鲁伦河泥土的腐殖质味，还夹杂着乌布苏湖的腥味……再远些，似乎是从叶尼塞河上的那些俄罗斯船夫身上发出来的伏特加的气味，还有，森林里特有的浓郁的落叶松的树脂香味儿……

倏地，"天神"从众多纷繁的信息中捕捉到一个从西伯利亚远途跋涉而来的分子。这分子像是在北极圈内冷冻过三年，在大气的暖流中骤然发生了核裂变，形成了一股潜在的杀气腾腾的冲击波。

"天神"的预感得到了证实。

可是，究竟会发生什么事呢？这变幻莫测的大自然要演出什么样的喜剧抑或是悲剧呢？"天神"却无法从这高空上得到任何信息。

它忧心忡忡地俯瞰着养育了它的灰褐色的荒漠，忽然感到一阵莫名其妙的悲哀……

2.

龙黑子面临着严峻的抉择——是回去，还是继续留在荒漠上，带领伙伴们从头干起？

他清楚地知道：回去，对于他们每个人来说，不但是痛的，而且是残忍的。受了这么多天的罪且不说，空手回到村里，咋有脸见父老乡亲呢？他忘不了当他带着后生们离开村儿时，那叫人落泪的送别场面——那时，他们已经走出很远了，可送行的人还站在土岗上不肯回，有老的有小的，女人们哭着，咬住衣襟，老人长吁短叹，银发在秋风里悲凉地飘动着。那一双双默默目送的眼睛里凝聚了多少期待、多少渴求和多少憧憬呀，好像他们这一去定能带回一个美妙的生活……他龙黑子能有负乡亲们的厚望之托吗？能愧对北沟村那片黄褐色的土地吗？

如果不走呢？他相信只要再干上十来天，肯定还会搂到数量相当可观的地毛，单是"褪猪水"那片荒滩上，就够他们搂一阵子了。

可是这些天，龙黑子仿佛总听到来自荒漠下的一种请求，一种痛苦的呼喊，像是齐日麦图的声音。这呼喊不时在他耳边回旋着，使他陷入深深的惶恐不安中。是啊，这片土地太累了！多少年来，它承受着人们强加给它的重压，人们只知道一味地向它索取、索取，却不知道它也像人一样，需要休养生息，过度的劳累同样会使它垮掉甚至暴毙。

每当他用那钢丝耙子搂刮着这荒凉的土地时，他觉得耙子上的钢丝正刺进荒漠的肌肤里，把它划出一道道血迹，就像当年的"东方红"拖拉机的犁铧刺破一片片处女地……

今天上午，他见到了阿迪亚。是阿迪亚主动来找他们的。当那英俊的小伙子站在龙黑子面前时，他倒吸了一口冷气，以为是眼前出现了幻觉——那身材、那脸盘、那眉毛、那紧抿的嘴角，特别是那学者型的气质，多少次出现在龙黑子的梦中啊!

疯狂的拖拉机……

履带剧烈的震颤……

齐日麦图就是这样稳稳地站立着,像一块磐石,像座大山……

面前的小伙子显然比齐日麦图更年轻,鼻梁上也缺少了一副眼镜。龙黑子渐渐恢复了常态,满腹狐疑地打量着这位不速之客,发现他的头上裹着绷带,脸上挂着伤痕。

"我们已经交过草场费了。"龙黑子先发制人。

阿迪亚怔了一下,随即温和地笑了。他说:"你误会了,我是来请几位大哥到我那儿去做客的。"

这意想不到的邀请把龙黑子弄愣了,他注视着对方诚挚的眼睛,发现这邀请是由衷的,不掺半分虚假的。

听说有人请客,万宝、旱獭等几个后生早站了起来。出来这些日子,他们肚子里的那点油水早耗尽了,直到现在还没见个油花花呢,即使是一顿家常便饭,对他们来说都具有极大的诱惑力。

龙黑子不好拒绝这盛情的邀请,便让大家把工具收一下,跟着阿迪亚向两间房那边走去。

正午,天气很暖和,阳婆婆把一年当中最后的余热慷慨地赐给了荒原。阿迪亚正走着,忽然停住了——

面前,展现出一片被刨平了的戈壁墩子。

龙黑子的心震了一下。

阿迪亚没说什么,又向前走去。沉默了片刻,他讲起了从前,当这儿还叫白音塔拉的时候,植被和畜牧业的情况;他还讲了戈壁墩子对于固沙的重要作用。当走到那块草甸子上时,他又讲起了他的宏伟计划,怎么样把荒漠从"死神"手里抢回来,让它变成一个富饶而美丽的绿色王国,而这一设想,经过他的试验已经初见端倪……

尽管阿迪亚讲得有点文绉绉,用了不少畜牧业方面的专业术语,但这几个年轻的农民都听懂了。他们的双脚忽然变得沉甸甸的。

3

阿迪亚果然准备了一顿丰盛的酒宴。他特意杀了一只羊，煮了锅香喷喷的手把肉，还拿出了甘地玛为他腌制不久的葱、野韭菜花，并给每人斟了一碗清凉香醇的奶酒。

饥肠辘辘的人们哪儿顾得上客气，狼吞虎咽地吃喝起来。破旧的小土屋里洋溢着温暖而亲切的气息。

只有龙黑子没怎么吃，他吃不下去。

吃罢，大家喝着奶茶闲聊着。阿迪亚讲起了当年特古斯梅林的故事，又讲了纳德夫拯救杜尔伯特人的神话传说。他讲得动了真情感，竟流下热泪，感叹道：

"你们都爱夸自己的家乡好呀，可我，没法儿夸，只能夸它的过去……我担心，有一天，当我一觉醒来，出门一看，特木沁塔拉已经变成了一片浩瀚的沙漠，没有一根草，没有一滴水，只有灼热的太阳蒸烤着一望无际的沙丘，像新疆的塔克拉玛干沙漠或像非洲的撒哈拉大沙漠那样……那种可怕的景象总像噩梦一样出现在我眼前！所以，我决心一辈子留在这里，为家乡做点有益的事情，否则，我算不上是齐日麦图的儿子！"

"你是齐日麦图的儿子？"龙黑子不由自主地叫了出来。

"是的，我的阿爸就是为这片草地死的。"阿迪亚低下头，黯然地说，"昨天，我为了劝说楚鲁图人被他们打个半死……可我，还是要尽我的力量，来保护这片草原。"

龙黑子冲动地站了起来，刚刚喝下去的那碗奶酒似乎在肚子里燃烧起来，使他感到浑身发热，口干舌燥。他紧握住阿迪亚的手说："兄弟，别的话咱甚也不说了，你的心，咱明白……我也和土地打了多年的交道，知道它有多金贵！放心，兄弟，我们收拾一下，明天就走。"

"龙哥！"阿迪亚激动地握住了龙哥的双手。他觉得这个男子汉通情达理，令人敬佩。这出乎他意料之外。

"走啦！"龙黑子瞪着还在发愣的伙伴们，第一个大步走出门去。

✍

暮色中，一个女人在飞快地奔跑着。

甘地玛像头刚刚冲出栅栏的小鹿，浑身冲荡着自由的欢乐，一种即将见到恋人的幸福感使她陡然增加了惊人的力量。她要一口气跑到两间房那儿去，为了亚，她不允许自己的双腿慢下来……

她无论如何没想到，当她最需要帮助的时刻，给了她帮助的竟然是拉娃尔！

甘地玛在迷迷糊糊中被推醒了。她活动了一下麻木酸痛的四肢，才发现身上的羊毛绳子被人解掉了。惊诧中，她看见黑暗里有个女人的影子在动。

"甘地玛，快逃吧……到你爱的那个男人那儿去，你们一块逃走吧……否则，扎登巴是不会轻饶你们的……他是只狼，懂吗……"

"拉娃尔？"甘地玛恨恨地道，"原来是你？"

"奇怪吗？是我把你和阿迪亚的事儿告诉扎登巴的。你一定认为我是个坏透顶的女人吧？"

"你说对了。可你为什么又要帮助我？"

"因为我和你一样，也恨扎登巴！"

"你也恨他？"

"不错，恨他！"拉娃尔的眼里闪过一道复仇的光焰。

甘地玛感到浑身一阵发冷，她似乎看到了这个神秘的女人身上有股疯狂的破坏性的力量，这力量足可以毁灭掉一切，包括她自身。

当她走出毡包的时候，很快就把这个女人忘掉了。

"亚，我们走，离开这里……"这是她闯进小泥屋时说的第一句话。

5.

阿迪亚记不清是从什么时候开始，他就有了一个朦朦胧胧的意识：这间小泥屋里，似乎应该有个女人啦！

他为自己这古怪的念头而害臊，但又无法克制自己去这么想。

这十年的荒原生活，他和老头各忙各的，似乎早已适应了枯燥和寂寞，无论是凌乱的屋子，还是粗劣的饭菜，还是又破又脏的衣服，他都很快适应了。那时，他的脑子里被牧草啦、植被啦、土壤啦……这些东西塞得满满的，几乎无暇去想别的。

而且，这荒漠上从来没有出现过任何一个异性。

然而，有一天，当他负伤后躺在一片金黄色的芨芨草滩里，昏迷中吃力地睁开眼皮之后，首先看到的是把女式蒙古袍，接着，他发现自己枕在一个女人热烘烘的怀抱里……

就像荒漠上那些再生的牧草一样，当它们萌芽并悄悄拱破土层钻出大地时，那种顽强的生长力是谁都无法遏制的。

荒漠并不只有隆冬的寒冷与严酷，晚秋的大漠，也有一种神奇的春意在萌动着……

阿迪亚第一次感到：在他年轻的生命之中，竟还有一片空白区，亟需要一种什么东西来填充。

所以，当甘地玛带着一阵风一股火，闯入了那间原本是平静的小泥屋的时候，他没有拒绝，默默地接受了这一切……

任何理智在强大的感情面前都是脆弱的！

当那火热的幽会之后，当他趋于冷静的时候，他开始觉得这颇为浪漫的爱情来得太突兀、太仓促，在这爱的背后，似乎还有某种令人不安的危机隐伏着。究竟是什么呢？他不想也不敢去深究。

但是，当甘地玛突然惊慌失措地破门而入，说："亚，我们走，离开这里……"阿迪亚这才意识到他想回避的东西已经来了,再也回避不掉啦。

"出了什么事?"他的心跳着。

"我丈夫……就是打伤你的那个家伙,要来报复你。我们必须马上离开这里。"甘地玛气喘吁吁,扑进他的怀里,仿佛危险正在后面追逐着她,只有在亚的怀里才是最安全的。

"你丈夫?"亚推开她,惊讶地问。虽然他早有了这种猜测,现在不过是猜测得到了证实,但他的心还是猛地一沉。

"原谅我,亚。"甘地玛低着头轻轻说,"我不该骗你,可我也不知道为什么就那么说了……我是个坏女人啊!"

阿迪亚默走到一旁,望着窗外愈来愈浓的夜色,心里乱成一团。一种无形的道德上的谴责像一团浓雾粘住了他,他想甩掉这团令人讨厌的东西,可是不成,他甩不掉。他相信这个女人是真心爱他的,他呢,也喜欢她,可她为什么会突然冒出一个丈夫呢?该死!

"我要好好想一想这件事儿。"亚说。

"但你首先要做的,是应该立刻离开这儿!"甘地玛又一次急切地抓住他的胳膊,"明天,扎登巴就从苏木回来了,那时再走就来不及了……"

"我们往哪儿去呢?"亚茫然地问。

"到阿巴嘎草原——那儿是我的娘家,有草、有河、有湖,我们在那儿会有自己的畜群、自己的毡房,还会有自己的孩子……"

甘地玛说得很快,她已经沉陷到对未来美妙的憧憬中了。她倚在亚的肩头,轻轻抚着他的脸,用梦呓般的声音说。

的确,那是一种颇为诱人的生活,阿迪亚有一刻真被它给吸引住了。但很快,时时潜伏在他身上的那种沉重的责任感主宰了他,他摇着头说:"不,我不能走!我已经把自己交给了这片草原,我发过誓的……扎登巴不会把我怎么样!"

"你这是为什么啊?"甘地玛惊诧地望着他,原来她对这小伙子了解得并不多,"难道,有谁强迫你留在这里不可?"

亚摇摇头:"没谁强迫我。"

"那你为什么非要在这个地方生活呢？这儿多荒凉啊，我怕……"

"你不懂，甘地玛！有时候，作为一个儿子，或者是一个男人，他不能想怎么样就怎么样，他对许多东西负有责任……就是说，他有他的信仰，为了这信仰，他必须忠诚，甚至在必要时牺牲自己！"

"这是那个老头教给你的吧？你也信教啦，当了他的徒弟？"甘地玛真有些闹不懂了。

亚摇摇头："我不信任何宗教，但老头那种献身精神我很敬佩。"

"我不听你说这些，亚，我只知道我喜欢你，你是属于我的，为了我们今后的好日子，你必须马上就走。"甘地玛激动地飞快地说，口气里有一种不容任何人抗拒的蛮横。

"那办不到，甘地玛，真的办不到。"亚摇着头坚定地说，"我的工作还很多，不能半途而废。何况，我走了，老头怎么办？"

"你真的不肯跟我走？"甘地玛狠狠地盯住了他，目光变得有些陌生。

"真的，甘地玛，我不能……也许，最好的办法还是你回到你丈夫那儿去吧……"亚困难地说。

"不，他早就不是我的丈夫了。"甘地玛绝望地道，"他不会放过我们的，他会像疯狗一样，经常来咬你，咬我，直到把我们都咬死，你懂吗？"

亚沉默了。他知道自己一时无法说服她，她也不可能说服自己，唯一的结果是僵持。

沉闷的夜晚，时间像一条滞涩的河流，缓缓而静静地流淌着。窗外的荒漠大概已经睡熟了，只有不眠的情人还在为人世间那抽象的爱而折磨着自己。

甘地玛伤心地哭了。她只剩下一个女人最后的也是最容易打动人的看家本领了。

6.

这大概是晚秋时节最后的一个暖和的日子了。

中午，由于没有云霭和弥漫的沙尘，空气明净剔透，日照十分强烈。远方的伊和乌兰山红得像火炭，给人种很强的感官刺激。

扎登巴骑在马背上，浑身出了不少汗。他解开衣襟的扣子，让徐徐的凉风吹拂着汗津津、毛茸茸的胸膛，感到十分惬意。

整整一夜半天的奔波，他已经很疲惫了。他任马儿小跑着，心中总有点儿缺憾和懊恼——苏木的那些领导，对任何事情都不急不恼、不动声色，他们不紧不慢地说："唔，什么龙哥？没左耳朵……等一等，把话说清楚些嘛！"

他讲了整个事情的来龙去脉，本以为他们会立即通知苏木的派出所，可他们却说：

"这件事情嘛，我们不大清楚，好像是旗里的一桩重大积案。你先回去吧，我们跟旗里联系下，了解一下情况是否属实再说……"

就这样，他被打发出来了，气得他当时真想骂一声。

但不管怎么说，他已经尽到了义务。这又使他感到欣慰。如果那龙哥真是十年前轧死齐日麦图的家伙，旗里肯定会高度重视，很快会把那家伙捉拿归案的，扎登巴深信这一点——旗公安局那么多带盒子枪的棒小伙子难道是白吃饭的吗？

再有一碗奶茶的工夫就到家啦。扎登巴望着灰褐色的荒漠，忽然有了一种孤独感。

在苏木，孟和苏木长狠狠地批评了他一顿。原来已经有人把因争草场而发生的械斗情况汇报到了苏木，苏木的领导现在正在考虑对扎登巴的处分。孟和让扎登巴回去后立刻带人撤出特木沁塔拉。听说这几天不少乌鲁尔台人已经纷纷离去，他们竟敢无视他。甚至连老婆都背叛了他，真是众叛亲离啊！这究竟是怎么回事儿呢？

眼前出现了一片金黄色的芨芨草滩。马儿放慢了步子，小心翼翼地在芨芨草的空隙间穿行着。高高的、柔软的芨芨草像黄缎子一样从马肚子下和马脖子旁滑过，使马儿感到很舒服。

"呔，眼睛朝天的笨牛，难道要把马骑到我身上吗？"突然响起的女人的声音使扎登巴吓了一跳，他忙勒住缰绳，才看见像是从草皮下冒出来的拉娃尔。

今天，她穿了一件漂亮的夹绸袍子，头发松散地披着。

"哦，迷人的拉娃尔，在这儿等谁呢？"

扎登巴从鞍桥上跳了下来。这意外的相逢使他的心情顿时快活起来。

"等你呗，还能等谁！"拉娃尔娇嗔地望着他，"昨天忽然就走啦，都不说声……狠心的男人！"

扎登巴舒心地笑了，把马绊好，走到拉娃尔身边说："你真的是等我，专门为我打扮的？"

"才不是呢，我是为了一个我恨的男人……"

"你呀，呵呵……"

两人走到一块平坦的空地上，坐下。密密的芨芨草在四周拢成了淡黄色的天然屏障，连风儿都透不进来。

扎登巴盘腿坐着，望着一旁的拉娃尔有点儿心神不定。

"瞧，我给你带了什么？"拉娃尔不知从哪儿摸出一瓶白酒。

扎登巴喜出望外地接过来一看，是他最喜欢的俗称"闷倒驴"——草原牌白酒。他满意地笑着，用坚硬的牙齿咬开瓶盖：

"你真是个好女人呀，心里有我……"

"昨天夜里就等你去喝呢。"

扎登巴嘴对着瓶口，咕嘟嘟地灌下几口酒，擦擦沾在硬胡髭上的酒，叹了口气："唉，甘地玛从来都没有想到给我买酒。拉娃尔，干脆，你做我的老婆吧？"

拉娃尔笑而不答，狡黠地眯起眼："想看我跳舞吗？"

扎登巴心荡神迷地点着头："听说，你跳的舞，能把许多男人都迷住呢，想看……"

拉娃尔站了起来，一边哼着旋律，一边开始轻盈起舞起来。她先跳了一段鄂尔多斯舞。这舞蹈热烈奔放，使人激情澎湃。接着，她又跳起另一个舞，她的舞姿顿时变得无比柔韧，每个碎步甚至连每个手指关节都在颤抖，每条曲线都在波动，表达着某种让人心跳的情绪。舞蹈进入高潮时，她开始抖肩……

扎登巴看呆了。

拉娃尔背对着扎登巴，在正午明媚阳光的照射下，在周围金色芨芨草的衬托下，她踩着碎步，两臂平行伸展开，忽儿像水波纹一样不停地起伏波动着，忽儿又像两条蛇在扭曲着。这时她的肩胛开始剧烈地抖动着，扎登巴觉得她身上的每一块肌肉都在富有性感地颤动起来。她边抖肩边跪了下去，身体轻盈地向后仰来。

心猿意马的扎登巴再也克制不住自己那狂荡的野性的欲望，他猛扑过去，紧紧搂住了拉娃尔，几乎使她透不过气来：

"拉娃尔……给我生个孩子吧……"他像是哀求似的说。

7.

阳光仁慈而宽厚地抚摸着荒滩的每一寸土地，似乎由于怜悯而久久不肯离去。风儿略微强劲了一些，使芨芨草拥挤起来，激动不安地窸窣低语着。一只黑色的燕子正贴着芨芨草的梢头低低地翩旋而来，却蓦地惊飞而起，直向高高的蓝色的天穹射去。

渐渐地，太阳无可奈何地落到一块巨大的云幔里，荒漠开始阴暗下来。风，忽地强劲了。

一只酒瓶子歪斜地横躺在地上，里面的残酒已流尽了。流出的酒液很快被贪婪的沙土吮吸得干干净净。

扎登巴觉得自己在噩梦中徘徊着，怎么也走不出来。迷迷糊糊中，他觉得四肢酸痛，浑身冷得发抖。他费了好大劲儿，才睁开被酒精弄得皱皱巴巴的眼皮。他想爬起来，但没有成功，双臂和腿像被什么东西紧紧咬住了。他惊骇万分地朝自己身上望去——赤裸裸的躯体上，紧紧地捆着一根羊毛绳子。他认得那绳子，那是他昨天用来捆甘地玛的……

他急忙朝四外望去：正在黯淡下来的茇茇草滩里什么都没有了——他的衣袍、马靴、坐骑，和那个女人。

他忽然明白了什么，一种巨大的恐惧感使他浑身战栗起来。

是她，那女人，那魔鬼般的女人啊！

8

葛根老头自从上一次神游汉贝庙回来之后，便被一种莫名其妙的恐惧感紧紧地攥住了，他似乎听到了冥冥之中神的咒语，这使他一连几天心惊肉跳。

也许，灾难真的要来啦？

也许，二百年前汉贝庙的第一世活佛班智达的预言灵验了？

汉贝庙的活佛一世又一世地传了下来，当传到葛根老头这儿时，刚好是第九世。

汉贝庙变成了一片废墟，白音塔拉也变成了特木沁塔拉。而现在，葛根老头——汉贝庙的第九世活佛也快离开人世啦。

他并不为自己而忧虑，而是为亚、为甘地玛和许多生活在这里的牧人担忧，为他们感到痛苦。

9

旷野的一块嶙峋古怪的岩石上，蹲着一只鹰，像一个黑色的剪影——敛翅仰首，又像一尊石膏塑像。

阴暗的夜空上，一团团云像黑色的浊浪，从北方翻涌而来。刺骨的寒风吼着，似乎要把荒漠给掀个天翻地覆。

"天神"呆望着这大自然的神奇变化，倾听着从苍穹深处传来的怒号，再一次沉沦到无可排遣的悲哀之中。

它知道自己的猜测已被证实了，但可悲的是，它无法把这不幸的消息告诉那些什么都不知道的人们。

10.

这天夜里，特木沁塔拉黑幽幽的荒漠上出现了一件怪事：一个赤身裸体的男人踉踉跄跄地走着，像一个飘忽不定的幽灵。

秋夜似乎还从来没有这样寒冷过。从北方吹来的冷风，刀子一样割着他的皮肤，刺进他的肉里，狼牙一样撕咬着他。大自然好像故意惩罚这个人，他快要被冻僵了。

他的心里，燃烧着耻辱的火焰。

终于，他倒下了，绝望地倒下了。

不知过了多久，他蓦地望见不远处有一点灯光在隐隐闪跳。他用最后一丝力量爬过去，推开了那扇木门。

模糊，一切都模糊不清……还在那可怕的梦里游荡吗？哦，屋里有两个人，一男一女……谁？我的老婆和她情人？冤家路窄啊，我不能让他们看我的笑话！混蛋，他们大概正高兴地咧着嘴笑呢。

他在昏昏沉沉中又向荒野爬去。

第七章

有一个古老的神话传说：一只巨鸟为了报恩，把它的恩人驮到离太阳极近的一座金山上。那人欣喜若狂，拼命地往口袋里装金子。

太阳快出来了，他必须得在太阳升起前离开金山，否则，将会被太阳灼热的火焰焚为灰烬。

巨鸟不停地催促那人，要他快些离开。

然而，那人欲壑难填，还在贪婪地装着金子。

巨鸟无可奈何地飞走了。

太阳毫不留情地升了起来。于是那人连同他的贪欲都被阳光的烈焰焚为灰烬……

1.

对于龙黑子他们六个人来说，现在每往前迈一步，双脚都是那么沉重，那么艰难。

真像正在重复着那个古老的神话——在太阳出来前，必须得骑到巨鸟的背上，离开那座辉煌的金山，可这无论对谁来说都是残酷的，令人无法接受的！

到了金山，却空手而归，图的是甚啊？

如果不走呢，太阳真的能把人烤死吗？

龙黑子就像刚来时那样，黑沉着脸，不说一句话。他心里明白，伙伴的怨气深着呢，有人可能正恨他：龙黑子，不近人情的黑魔鬼！有的人可能正在心里骂他。这些，他都能理解，即使现在有人当面骂他，他也不恼。是呀，大家的心都流血哩，看到一片片"黑金子"不去捡、不让搂，谁的手不痒痒？谁的心尖尖不疼？

马上就要走出特木沁塔拉了，大红山赫然出现在眼前，在残阳的映照下，红得像一块烧红的铁锭。他们默默地放下行李卷，也没人张罗着点火做饭，大家垂头丧气地闷坐着，像残兵败将。

龙黑子凝视着面前这块正沉向暮霭中的荒漠，再一次在心里问自己：乡亲们含辛茹苦，跑到这儿来，不过是想弄几个钱，想盖房子，想让日子过得更好一点儿，这欲望过分吗？不在理儿吗？

无论怎么想，这些欲望也是正当的、合理的。

可是，这片垂死的荒漠呼唤人们爱护它、保护它，不要随意破坏它，这要求过分吗？不在理儿吗？

这当然也是天经地义的合理。

这样看来，人和自然，双方须得有一方让步，做出牺牲，才能满足另一方的欲望。

"不管咋说，人是知情达理儿的高级动物呀，"龙黑子想，"为了不让后世儿孙恨咱，咱就不能只盯住那几个钱不放。走，咱走！"

他更加确信他们走对了。

换换和有富去刨了几个戈壁墩子，捡来许多干牛粪，点了一堆火。天色愈来愈阴沉，今晚很可能要变天。

荒原的篝火永远是暖人的。一丝丝浓烟在空气中弥漫开来，使人想起了家里烧炕时灶膛里冒出的叫人感到亲切的烟味儿。一时，他们都有些想家了，对故土的眷恋之情使他们懊恼的情绪渐渐淡化了一些。他们都望着火光发起呆来。

换换忙着给大家做饭。自从她显现出了女人的本相之后，总是忙忙碌碌，为大家多干一些杂活儿，她认为干这些活儿是女人的本分。同时，她总是悄悄地观察众人的脸色，生怕别人把她当成一个累赘。

火苗在忽悠悠地闪着，映在换换那张黝黑憔悴的脸上。从这张脸上，很难找到女人的特征。她那对没有光泽的眸子痴呆地望着火苗，轻轻哼起一首让人听了揪心的"爬山调"：

光溜溜的山哟
光溜溜的那个地
哥哥你呀好没情意

万宝听得有点痴迷瞪眼了，喷着烟说："好嗓子哩，放开唱，怕甚！"

山弯弯里等

河湾湾上盼

　　哥哥你好没心肝

　　有富听着，直想掉泪，这熟悉的曲叫他想起了北沟村那光秃秃的山和村外那几棵七扭八歪的老杨树；想起了拉着木犁慢腾腾行走着的老黄牛；想起了在春天的一个大黄风的日子里，一个穿花棉袄的小女子挎着个竹篮篮，在耕地里拣冻山药蛋蛋那孤独的身影；想起了爹那永远佝偻着的脊背和那张木呆呆的脸；想起了冒着热气的莜面糊糊煮山药蛋；想起了露出上身疯跑着的喜女子……

　　"甭唱啦！"有富终于忍不住了，捂着脸呜咽咽地哭起来。

　　"哭甚，哭甚！"龙黑子心烦意乱地跺着脚，"还嫌不够伤心呀？"

　　沉闷了一会儿，旱獭忽然惊异地望着山顶上说："看，山上下来个人哩！"

　　众人一起望去，果然看见一个人影直奔他们而来。

　　"兴许是小六子？"万宝说。这些天，他一直惦记着小六子的下落。

　　片刻，那人来到火堆旁。人们先愣怔了一下，即刻把他围了个水泄不通。他们咋也没想到，来人竟是有富的兄弟有财。他原本打算和龙哥他们一块儿出来，可因为盘缠没凑够，耽搁了几天。

　　"你是咋找到我们的？"有富问。

　　"鼻子底下一张嘴，问呗！山那边搂地毛的都叫我问遍了。后来有个后生说，他见着七个人过山那边去啦。我一想，这七个人准是你们几个哩……"有财兴奋地说。

　　"有财，俺媳妇坐月子了吧？生了个甚？"旱獭急着问。他出来的时候，媳妇快分娩了，所以这些天他总想着这件事。

　　"没哩，你那媳妇硬是不让娃儿出来，说非等你发财回去才往下养哩。"有财半开玩笑地说。

　　众人哄地笑了。

"有财，俺娘的病咋样？"

"你出来的时候没到咱家？"

"有财……"

众人差点把有财给活吃了。

"让有财喘口气，一桩一桩地说。"龙黑子发了话，大家才静下来。

"第一桩，天大的好事，龙哥……"有财激动得满脸绯红，"常瞎子替你照看的那三个砖窑，挣了有个千数来块啦。"

龙黑子点点头，并不感到意外，他早就算计到这个数儿了，如果他不来搂地毛，挣得可能还要多些。

"龙哥，你猜烧砖挖黏土时，从你那块地上挖出甚啦？"有财诡秘地眨巴着眼。

"甚？"龙黑子奇怪地问。

"你做梦都想不到——金子，正经的金砂哩……"有财的嗓子都变了调，"常瞎子说，含金量不低呢。常瞎子真狡猾，谁也没敢让知道，派我连夜来找你，叫你快点回去淘金哩。"有财的声音压得低低的。

人们都听见了。好半天，静静地，没有一个人说话；嘴巴张开了，合不拢。

龙黑子差点哭出来——老天爷啊，咋尽拿他开玩笑呢？他带着后生们跑了几千里路，到这异乡荒漠来寻找"黑金子"，可是，真正的金子就埋在家乡的土皮皮里哩！唉，唉，早知如此，何必当初……他眼里第一次闪出熠熠的亮光来，挥着手向众人兴奋地说：

"都听见了吧？咱明天就回——回去淘咱的金子去。淘出来，我龙黑子寸金不取，全分给大家！"

众人兴奋了好一阵子，沮丧的情绪一扫而光。

"第二件……咦，小六子呢？"有财把几个人都看了一下，才惊异地问。

"咋，他家有事？"龙黑子的心沉了一下。

有财的情绪一落千丈，叹着气，慢慢地说："兰花花……爹真狠心，硬是让口里的汉子把她娶走啦……"

龙黑子心里又是"咯噔"一下,像谁在他心窝窝里踹了一脚,他说:"这么快就办啦?"

"办了还好呢。"有财长长地出了口气,"人呀,娶老婆,嫁汉子,图了个甚?还不就图个你恩我爱!兰花花那汉子比她大二十来岁,长得又丑又老,一嘴大黄牙,兰花花咋能跟他睡一条炕呢?唉,可惜了呀,进了张家口,一下车,就一头扎到了铁轨上……"

"死了?"龙黑子半天不敢相信。

"那还有个活!"

龙黑子站起来,离开火堆。他的眼睛忽地变成了两个骇人的阴森森的洞穴,眺望着特木沁塔拉那黑黝黝的深不可测的夜色,半天没动一下。后来,他忽地转过身说:

"来,咱是七个人,回,一个也不能少!明个儿,咱返回去,把小六子找回来。"

"龙哥,咱听你的!"万宝狠狠地往脚板底磕着烟袋锅。

2.

一切都像是发生在噩梦里——

马嘶人喊的械斗……

拉娃尔的媚眼……

斜扎黑巾的外乡黑脸汉……

五花大绑的甘地玛……

撩人的舞姿……

赤裸裸的男人……

死亡的阴影……

扎登巴终于从那可怕的梦魇里挣脱出来,吃力地睁开了眼睛。一种大梦初醒的轻松使他长长吐了口气。

咦，这是什么地方？温暖而舒适的被褥，空气中飘荡着奶茶香醇的气味，寂静中轻轻响着的铜壶冒气的"咝咝"声。

他想爬起来，可刚一动，浑身一阵难忍的疼痛。

一双手按住了他，有人说："别动。"

他看清了——那是一张年轻而清秀的脸，一双善良的眼睛正关切地注视着他。他那宽阔的额头上有一道显眼的伤痕。

是他，阿迪亚！

"醒了？"

扎登巴听见是一个女人的声音，接着，一碗奶茶送到了唇边。不用睁眼，他也知道这女人是谁。

他躺着没动。奶茶很香，这是她烧的，他只要喝一口便能品出来。老婆啊……他好像又回到了自己的毡包里。

现在，他明白了：昨晚，是他们救了他，是阿迪亚把他背回了这间小泥屋里。他们本可以不管他，让他在荒漠里爬，直到冻死，但是，他们却救了他，这似乎是不可思议的、不合情理的。

扎登巴那简单的大脑怎么也想不明白这个使他困惑不解的问题。在他身上，爱早已泯灭，他喜欢用恨去对待一切。他认为所有的人都一个样，为满足自己的欲望，可以毫无顾忌地去伤害别人——这就是人的本性。所以，当他心底有了一种疯狂的掠夺欲和占有欲的时候，他身上那种近乎兽性的东西复苏了，不可遏制。

过了片刻，扎登巴闻到一股肉香味，并感到有人轻轻坐在了他身旁，用小勺搅着什么。这情景使扎登巴想起了新婚时令人怀念的那段日子。那时，甘地玛每天早晨烧好奶茶，就是这样轻盈地坐在他身旁，等他醒来……唉，后来，他对她多粗鲁呀，几乎没说过一句亲热话。

他心底袭上一阵悔意。

"饿了吧？来，喝点粥！"甘地玛像喂婴儿那样，小心地将勺子放在他的唇边。肉粥放了鲜奶，挺香的。扎登巴几乎一口气将一碗粥全喝了进去。

喝过粥，阿迪亚来给他上药。当他揭开被子刚触到他的身子时，扎登巴的自尊心又一次被强烈的羞辱感刺痛了，他挣扎着，像受伤的野兽般愤怒地呻吟着：

"滚开……"

"不上药，会有炎症，那很危险啊！你的身子大面积冻伤……"阿迪亚耐心地劝道。

"滚……"扎登巴猛地抡起手臂，重重一掌落在阿迪亚脸上。顿时，亚的脸红肿起来，鼻孔里流出了殷红的血。

"你……"甘地玛愤愤地盯着扎登巴，"这是你第二次伤害他了……难道你真的是一只不通人性的狼吗……"

"扎登巴，我知道你恨我，但，药必须得上，如果你想活命的话。至于我们之间的恩怨，等你身体好了咱们再说。"阿迪亚诚恳地说。

扎登巴把头埋在枕头里，含糊不清地呜咽着，身躯因痛苦而抽搐不停。阿迪亚将冻疮膏涂在他的身上。这一回，他不再反抗，也无力反抗了。很快，他又昏睡过去。

不知过了多久，他隐约听见匆匆的脚步声，像在梦中一般。须臾，传来甘地玛紧张而慌乱的声音：

"快过去一下，葛根老头……看样子，快不行啦……"

3

风，像上千条狼在号叫着，在北方的荒漠上肆无忌惮地奔驰着，向空旷的荒原施展着野性的淫威。

"天神"还站立在那块嶙峋的岩石上，迎着风，纹丝不动，像一尊大漠的守护神。这个时候，它想起了母亲留给它的最后的记忆：那漂亮的俯冲，那丑恶地扭曲着的花斑蛇，那强者之间的搏斗……

白色的灾难正从北方缓缓地、稳步地推移而来，那将是一场无法抗拒的袭击。不错，作为飞禽，"天神"是属于大自然的，这灾难对它来说并不重要，但是，它认为自己又是属于人类的，它的命运已经和人类的命运紧紧连在一起。

4.

为了寻找小六子，龙黑子带着北沟村的流浪汉们又返回了特木沁塔拉。

寒冷的风刺透了他们的棉衣。老天爷阴沉着脸子，不怀好意地俯视着他们。他们的鼻孔和嘴里喷出一股股乳白色的气，很快染白了他们的眉毛和头发，使他们突然间都变成了白发苍苍的老汉。

龙黑子的心异常沉重。他没有想到天气会一下子变得这么糟糕，看样子要落雪哩，按节令来推算，这场雪应该是两个月以后才来的啊。这里怪现象太多啦！现在，多在这荒滩上待一天，就多一天的危险。他心里明白，必须尽快领着大家走出特木沁塔拉。

但是，他又为下落不明的小六子而焦虑——一个瘦弱的后生，人地生疏，遇到这么恶劣的天气，十有八九要出事。尽管他做了对不起大家的事儿，可也不能见死不救啊！

自从听到兰花花不幸的消息之后，龙黑子这才猛地记起了小六子，心里头有了悔意，悔不该当时没有按住自己的怒火，打了他，还赶走了他。不管咋说，那也是一条命呀！

龙黑子停住脚步，回转身，神情严峻地看着众人说："咱现在分头去找。中午到两间房子那儿碰头。走吧！"

人们分成几伙，向四面散开了。

"小六子——"

"小——六——子——"

"小——六——子——"

荒漠上，荡起了人们的呼唤。

响午时分，人们陆续在两间房子外面聚齐了。人们大眼瞪小眼地望着，没有一个人吭声。

"奇怪哩，总该有个影儿吧？"龙黑子蹙着眉骂。

"没准儿，他早回村啦，光偷咱的那些地毛，也够他娶媳妇用了。"旱獭猜测道。

他的推理合乎逻辑，有几个人点头表示赞同。

"可不。"

"敢情。"

"那贼作的……"

这时候，荒原更加阴暗了，几片凉飕飕的东西落进他们的脖子里。龙黑子头看看天色，确信这是一场暴风雪的先兆。他见众人又冷又乏，就决定带大家进屋子里休息一会儿，同时，他想把小六子的事儿告诉阿迪亚，让他也帮着寻找一下。

他们向两间房走去。

5

龙黑子推开门时，看见葛根老头正从土炕上吃力地坐起来，阿迪亚和甘地玛从两边扶着他。

老头的脸上笼罩着无比肃穆的色彩，双目熠熠生辉，宛如即将落山的夕阳突然释放出耀眼的光芒，嘴唇不停地翕动着。

几个农民无声无息地走了进来，黑乎乎一片站在地下，他们听到了老头的声音：

"灾难就要来啦……狂风、野火、风沙……"

白色的精灵在窗外迷乱地狂舞着。

雪终于来了。

老头凝望窗外，若有所思。这时屋内静得像坟墓，隐隐能听到屋外风的呼啸。

"你们快走吧，都走，一个不剩……"老头忽然提高了嗓门，喘息着说，"我从来没见过九月下这么大的雪，不祥的兆头啊……灾难……"

一种神秘的恐怖气氛在阴暗的小泥屋里回旋着。人们觉得那声音不像是从老头躯体里发出的；而像是来自极遥远的地方，带着嗡嗡的回声。

"亚……"老头伸出手去。

"我在！"阿迪亚急忙握住那双枯皱的手。

"我有两个请求……我一辈子没请求过谁……你肯答应吗？"

"我答应！"亚说。

"听着，亚，我不行啦，大概是班智达在召唤我的魂儿呢……亚，这些年你在干什么，我懂！可是走吧，孩子，一个人是无能为力的，灾难已经来啦，你快带大家走吧，否则，你们将会被困在这里。你要对这些人负责……领他们走吧……"

"我明白，葛根！我走，领大家走……"阿迪亚用发颤的声音说。

"第二件——我活着，就是为了这件事儿，我一直在寻找一个合适的人……你不会让我失望的……把炕箱打开，对，打开……里面有个小匣子，取出来……"

阿迪亚打开炕箱，见里面有个用油纸包裹着的小盒子。他搬了出来。盒子沉甸甸的。

他有些惊诧：与老人生活了这么多年，却从来不知道在炕箱里还有这么一个小匣子。

"打开……把它打开……"老头的眼睛突然放出光彩。

阿迪亚觉得有些心慌。他小心翼翼地剥掉油纸。全屋子的人都不由自主地惊呼了一声：

"啊！"

那是一个半尺见方金光四射的小匣子，匣子上雕镂着佛像，佛像额中嵌着一粒晶莹剔透的红宝石。这只极精巧极贵重的小匣子使破旧的小泥屋顿时熠熠生辉。

"天哪，纯金的！"旱獭摸着匣子，以内行的口气说，眼珠子快迸出眼眶外。

"那是真宝石啊！"万宝也惊叹着。

"错啦，你们错啦……"老头兴奋地说，嘴巴因激动而翕动着，"金子和宝石不过是它华丽的外表，它真正的价值不在这里……打开，把匣子打开……"

阿迪亚用颤抖的手打开了匣子。里面，装着四本厚厚的因年代久远而发黄的线装书，书名是用藏文书写的，谁也看不懂，但封面那烫金的大字和考究的装潢，人们都能猜测到这是一部何等珍贵的书。

"若论它的价值……无价之宝啊……这是部医书……八十年前，我们苏尼特旗著名的吉格木德·丹金扎布用一生的心血写下了这部经典著作《终瓦嘎吉德》……总共写了八本，流传在世的是前四本，那不过是一般的诊断知识和常用药方，真正有价值的是这四本书啊，还没有一个人看到过它呢……"

阿迪亚轻轻地捧着那宝盒，目光闪烁着光芒。他知道，这四部书是精华之中的精华，绝对是稀世之宝。

"我发誓……"阿迪亚紧握住老头枯皱的手，瞬间感到了一种非凡的肃穆和神圣的庄严。

老头微笑了一下，最后望了阿迪亚一眼，目光渐渐黯淡了。他推开了搀扶着他的手，不再说话，盘着腿直直地坐着，一手掐佛珠，一手化掌放在颏下，像是在向佛做虔诚的祷告。

6.

这是一个寒冷而严酷的夜。

小六子冻得瑟瑟发抖。他躲在两间房子后面，不停地跺着脚，用嘴里的热气呵着快要冻木的双手。

这些日子，他不知道自己是咋熬过来的。再大的苦他能忍，再大的罪他能受，就是忍受不了那可怕的孤独。他拼着命去搂地毛，没事儿的时候就想兰花花……可是，龙哥和伙伴们对他的误解和厌恶，他是咋也忘不掉呵！

他离不开龙哥和伙伴们，总在不远不近地跟随着他们，但他又不能走到他们当中去，不能和他们围着一个火堆吃饭、说笑，这是多么的痛苦！咋样才能证明自己是清白的呢？

今天，他在芨芨草滩里听见了龙哥他们的呼唤，那时他真想跑出去，对着龙哥他们痛痛快快地哭一顿，然后跟他们一起走，可是……

唉唉，咱是个"贼"呀！不洗清贼的罪名，小六子是绝不会回到他们当中去的。他狠着心没有出去。

后来，他悄悄跟着龙哥他们来到两间房的小泥屋。他趴在后墙的小窗口，听到了葛根老头圆寂前的遗嘱。

傍晚，人们把僵硬的老头安放到坐棺里。那坐棺的外形颇像一顶小轿，棺盖像庙顶，顶端有一个红色的庙塔似的圆疙瘩，这是老头早就为自己准备好的寿棺。

阿迪亚、龙哥等人抬着坐棺，向荒漠走去。

在飘飘的雪花中，所有的人都去为老头送葬。

现在，透过雪幕，小六子望见举行葬礼的地方升腾起一堆熊熊火焰。火葬点离这儿不远，他甚至能看清火堆附近晃动的人们的身影。

"葛根老头正在火焰里升天呢。"小六子捂着冻疼的耳朵想，"过会儿，等送葬的人们回来，我该咋办呢？是回到龙哥的身边，还是走我的路呢？"他犹豫地想着。

雪，不是飘，而是在倾泻，大团大团倒了下来。空旷的荒漠一片朦朦胧胧的白光，大自然好像要为汗贝庙第九世活佛举行一个神奇的银色葬礼。

瞧，那是什么？

一个黑影倏地一闪，像狐狸一样敏捷无声，小心翼翼地向两间房子摸来。

小六子揉眼睛——不是幻觉，那的确是一个人影。

那影子很快摸到两间房子门口，四处张望了一下，溜进了屋里。那人脸上蒙着块布，小六子没认出是谁。他但头顶上的帽子却好眼熟啊。他屏住呼吸注视着。过了一会儿，那影子又像狐狸一样溜了出来，怀里抱着个东西。

那东西闪了一道金光。

小六子马上就意识到那是什么东西了——金匣子！装着无价之宝的金匣子啊！

有人想盗走它！

顿时想起了葛根老头的临终嘱咐……

小六子从黑暗中猛地窜了出去，向那贼的头上狠狠给了一拳。这一拳十分有力，那贼摇晃了一下，金匣子甩了出去。

小六子急忙弯下腰，将金匣子抱在怀中。还没等他站稳，他感到后脊背上被什么东西狠狠咬了一口，火辣辣地疼。即刻，脊背上湿乎乎地洇了一大片，是血吗？他被捅了一刀子？

他重重地扑倒在地。

似乎有人正狠命地从他怀中夺那匣子。他死死搂住不放，在用整个生命搂抱着它。

骤然间，他觉得脊背上又被那猛兽咬了一口，几乎同时，他的唇触到几根冰凉的手指，他迅速地咬住其中的一根。

他听见一声惨叫。

他死死地抱着那匣子，吃力地站起来，向空旷的荒漠大声呼喊起来。同时，他奔跑着，向火堆的方向，用惊人的速度跑着。他知道那贼不敢追来，火葬的地点离这儿很近，人们能听得见他的呼喊。他相信人们一定听见了。在奔跑中，他甚至听到了那个贼仓皇逃的脚步声。他欣慰地笑了：

"贼作的，就这点狗胆子——心虚哩！"

铺满白雪的荒漠在他眼前骤然摇晃起来切都在变得模糊……这讨厌的雪……火堆里干柴在噼噼剥剥地爆响……红色的坐棺……老头微笑的脸……浓

烟……红火的高粱……蓝格茵茵的胡麻花。美好恬静的月夜……村外的小树林……兰花花的毛眼眼……

一切都在越来越虚幻，并且慢慢地消失了。

7.

一个极普通的葬礼，但却显得神秘而肃穆。

把坐棺在干柴上放稳之后，阿迪亚划燃了火柴。

柴堆燃烧起来，浓烟冲破雪幕，一直向高空升腾着……

那是一个固执的灵魂在升腾吗？

阿迪亚慢慢向着火堆跪了下去。他不信宗教，也不相信人死后还有灵魂存在，但是，为了和老头生活了十年，为了那段相依为命的岁月，他应该跪下，应该为一个并不存在的魂灵祈祷。他从来没把老头当成活佛，只把他当成一位善良的老人。老头的死，对他来说并不十分难过——生与死本来都是正常的，但老头留下的那极宝贵的医学遗产却使他激动不已，几乎把老头视为圣人。

龙黑子望着正在燃烧的坐棺，望着这个跪在雪地上的年轻人，一种雄浑而悲凉的感情使他激动不已。他长长地吸了口凉丝丝的空气。

啊，曾在这片土地上生活过的老人，和正在这片土地上生息的又一代人，他们是多么不同啊，然而，在某些方面却又如此相似：他们都为同一块土地而忧虑，都在为各自的信仰奉献着什么。

不知为什么，他想起了北沟村那片黄褐色的土地，想起了被他砍了当柴烧得白杨林，想起了他那三座虎踞龙盘的大砖窑。

人们默立着。在扑朔迷离的雪花中，他们望着越烧越旺的棺木，感到一阵阵的惶恐。对于北沟村的山民来说，一个活佛的葬礼本身就有种神秘莫测的色彩，何况又是这样一个大雪之夜。

火舌越拉越长，似乎想去舔吻那高空中阴沉沉的雪云。橘黄的、紫红的和蓝幽幽的火苗在坐棺周围跳跃着，先是试探性地去抚摸那质地很好的棺木，然后大着胆子向上窜去，将棺木紧紧搂抱在自己的怀里。坐棺像冰雪一样消融了。

蓦地，烈焰中爆出一声巨响，使所有送葬者吃了一惊。人们望去，只见坐棺一侧的木板倒下了，在通红的火焰中，他们分明看到了葛根老头端坐的身姿，他似乎在笑着。随着棺木的，老头似乎在微微颤动，不知是因为痛苦，还是因为幸福。

就在这时，龙黑子听到一声令人难以置信的呼叫声。

他一怔，随即，另一声更刺耳的呼唤又传了过来。

众人似乎都听到了，愕然回身望去——

大雪纷飞中，一个瘦小的身影正踉踉跄跄向他们跑来。

那人起初跑得十分快，速度简直惊人。可是，他渐渐减慢了速度，似乎在竭力保持身体的平衡。到后来，他简直是在费劲地挪动双脚了。有几次他倒了，可很快又歪歪斜斜地爬起来……近了，明亮的火光终于照在他身上，人们看清了那张苍白的脸，那干皱得像树皮一样的唇，还有他怀抱中的金匣子……

"小六子！"

人们一起惊叫起来。

小六子已经没有力量回答他们了，他的身子向前一扑，如一截笨重的木头栽倒在铺着软雪絮的荒漠上。人们看见那干巴巴的脊背上有两个被刀子捅出来的血窟窿，黑紫色的血浆还在地向外涌着，几片洁白的雪花落在上面，立刻变成鲜红的冰花，又很快消融了。须臾，又有新的雪花扑上去，再次由白变红……

龙黑子只觉得心儿要跳出胸腔，来不及细想一下这一切到底是怎么回事，急忙撕破自己的棉袄，拽出一团棉花，往火堆里一挥，然后迅速将棉团黑乎乎的灰烬捂在小六子的伤口上。他把小六子的头放在自己的膝盖上，愣愣地看着那张没有血色的灰白的脸。

火在燃烧，在叫，一片红光，一片血色。

血终于止住了。小六子慢慢睁开眼，疲惫地望着众人。看到阿迪亚，他吃力地把那金匣子递了过去。他的声音低极了，像蚊子在哼哼，却是极清晰的：

"那贼作的……跑啦……匣子……要保护好……"

"兄弟！好兄弟……"阿迪亚明白发生了什么事儿，哽咽着不知说什么才好。

小六子的目光又停在龙黑子脸上："龙哥……小六子是穷，可是，心是清白的……手也是……清白……的……"

"我信！"龙黑子使劲点着头，"我信哩。"

"小六……"有财颤抖着伸过手去。

"有财哥，你也来啦？"

"嗯……"

"兰花花……好吗？"

"她……好，好着哩……"有财噙着泪说。

"哦，兰花花……我一直惦记着她呢……"小六子的瞳孔反射着明亮的火光，脸上凝固着一个凄惨的笑容，"龙哥，别扔下我……我想和你们一块回村儿呢……我想家呀……人活着，多有意思……兰花花……还等我哩……"

小六子，刚满二十岁的小六子啊，北沟村的一个平凡的年轻农民，带着对人生的无限眷恋，带着对未来质朴而美好的希冀，在荒漠上一个寒夜里，就这样走向了一个永恒而不可知的世界。

燃烧的火堆里，葛根老头消失了，彻底消失了。

而这时，火光却更加炽热、更加旺盛。

雪原骤然又明亮起来。雪团落在灼热的灰烬上，"吱吱"地响着，像来自上苍的悲吟。

广漠的天与地已难以区分了，整个天宇间透射着暗紫色的庄严的光。大自然似乎要把一切痛苦和忧愁全部融到它那无比深邃的怀抱里去…

龙黑子从冰冷的土地上艰难地站起来，用火炭般的目光从每个人身上扫过。这时，他才发现：不知啥时候，他们当中少了一个人。

是的，旱獭不见了！

第八章

人和严酷的自然灾害展开了较量。

谁是胜利者？谁是失败者？难以回答。

人们被迫退出那块荒漠，却得到了比财富更为重要的东西。

他们忍痛离开这里，每迈一步都是那么艰难。

为了生存，人们身上所显示出的坚毅与顽强令人吃惊。只有在这时，人们才意识到以往的争斗和恩怨是多么可笑，多么微不足道。

为了生存，他们必须得结成一个整体，同心协力，脱离险境……

1.

"天神"在人们头顶上飞翔，像一只领路的神鸟儿。

它看到了一切——葛根老头的葬礼、小六子的不幸……纷纷扬扬的大雪使荒漠的人们好一阵骚乱。

黎明时，所有的乌鲁尔台人、楚鲁图人和搂地毛的汉子们都聚在一起，在阿迪亚的带领下，他们赶着牛车，拉着辎重，走向白茫茫的雪原。

这是一场艰难的迁徙。

雪已经有一尺多厚，牛车的木轮子艰难而缓慢地转动着。人们吃力地从积雪中拔出一双双棉皮鞋和马靴。一步步走着。人们拼命地抽打着牲口，怒骂着，吆喝着。不时有羊或者马陷在深深的雪窝里，绝望地哀叫着，挣扎着，但没有人去救它们，人们已经顾不上畜群了。他们艰难地开辟着道路，在风雪弥漫的荒原上缓缓行进着。

他们能走出这充满凶险的特木沁塔拉吗?

"天神"为人们忧虑。

它高高地飞翔起来,顶着强劲的风雪,寻找着一条走出特木沁塔拉的捷径。它扇动着阔大的翅翼,不时俯冲下来,又高升上去,辨别着方向和危险,引导着人们向伊和乌兰山脉走去。

2.

第二天,他们仍然没有走出特木沁塔拉,这四五十人的队伍在茫茫的雪原上露宿了。

人们从厚厚的积雪下找了些干牛粪和柴草,拢了几堆篝火。

他们默默挤到一起,盯着火光出神。明天,他们能越过伊和乌兰山吗?每个人都在思考这个问题。

他们看见两个人的脸色格外庄重,格外严肃,篝火的红光把他俩的脸映得黑红明亮。他俩一直在低声商议着什么。人们有了希望——只要这两个人没有垮下去,那么他们就能走出雪原,脱离危险。

人们不敢让篝火熄灭,不停地往火堆里添加着牛粪和柴草。无论是乌鲁尔台人还是楚鲁图人,现在已经完全谅解宽恕了对方,目光中不再有丝毫敌意。

北沟村的庄稼汉们聚在一起,不停地跺脚,搓手,往手掌里哈气。这样冷的天气他们还没有经受过,他们的耐冻力也远远抵不上那些牧人。幸亏楚鲁图人给他们送来了热茶,他们猛喝了一阵之后,才略略感到有些温暖。

后半夜,人们昏昏欲睡。雪停了,但冷风却一阵紧似一阵。冷风袭来时,挟带着一团团冰雪,一下子就能刺穿人们身上的棉袄。微弱的火苗被风雪扫荡得摇来晃去。

龙黑子没有丝毫睡意,正望着苍茫的雪原发呆。他在惦记着一个人——她现在在哪里?是已经走出这片荒原,回到了她的故乡了呢,还是依然在特木沁塔拉?这女人究竟被什么迷住心窍,竟然干出那样残忍的事儿来?她是在为自己复仇吗？为什么非得选用这种复仇方式呢？唉，这个女人，一定是被爱的火焰烤得饥渴难耐，又被恨得冰雹砸得失去理智，所以才干出那事儿来。

在这茫茫雪原上，她能听见我发出的呼唤吗？回来吧！回来吧，拉娃尔，你走得太远了！你离开了我们，一个人在雪原上是活不下去的！这些天我一直在寻找你，一直在呼唤你，可就是听不到一丁点你的回音。我又不能离开大家单独去寻找你，我对他们负有责任，我要把北沟村的这些伙伴们安全地带回去。我已经断送了他们当中的一个好后生的性命，怎么能丢下他们不管呢？

可是拉娃尔，你究竟在哪里呢？我们这次相见只有那一个夜晚，只有那么几句话，从此便再也没有见面……

龙黑子把目光投向躺在火旁的扎登巴。他是坐着一辆牛车才走到这里来的。这两天他像一具僵尸，呆呆地躺在牛车上，一言不发。拉娃尔给他的创伤太深了！

唉，人啊！

龙黑子在心底叹息着。

火快要熄灭了。他正要往火堆里再加些柴草时，却发现天已大亮。

这是一个没有霞光的早晨，天是灰蒙蒙的，地也是灰蒙蒙的。松软的雪絮被风卷起，形成一片片迷蒙的雾霭。渐渐地，平坦而光滑的雪原被弄得皱皱巴巴，出现了无数个海浪般飞涌跌宕的小雪丘。伊和乌兰山已经失去了它的本色，在厚雪的覆盖下，像一座巨大的不可逾越的冰山，笼罩着一层令人恐惧的荫翳。

3

他们又开始了艰难的移动。

阿迪亚知道这是最关键的一天。如果今天能坚持下来，只要能翻过伊和乌兰山，那么，他们就能遇救，否则，他们这支四五十人的队伍可能就会被埋葬在这冰冷的雪原上。

阿迪亚走在最前面，拉着牛车的缰绳。他总是寻找着雪层最薄的地方给大家开辟一条易走的道路。

凭着他忠实的伙伴——"天神"的帮助，有了它在天空带路，他们才没有陷到那些十分危险的雪沟里去。那里的雪已经积到十几米深了，一人掉下去，便等于掉入了冰雪的坟墓里。

甘地玛跟在牛车后面，每走一步，都要扶着牛车大口喘息着。她几次都差点倒下去。可是，一看见亚的背影在风雪里摇晃，她便顿时又有了力量，顽强地向前走去。

有亚呢，我必须跟着他，一步也不能落下。

阿迪亚狠命地拉着牛鼻绳，驾车的黄牛的鼻孔快被他拉穿了。龙黑子几个人在后面推着牛车。但筋疲力尽的黄牛却一步也走不动了，终于栽倒在雪地上，再也没有爬起来。

牛车上坐着扎登巴。自从他被搬上牛车时起，就没再说过一句话。他的脸色木然而无表情，像一具僵尸。

他凝视着那头垂死的牛——那头牛眼睛瞪得很大，呆滞无神地望着他，显得愚笨而又可怜。忽然，他发现牛的眼睛下有几滴浊泪——它知道自己就要死啦，唉唉，连这可怜的畜也懂得悲伤呢！

阿迪亚束手无策地望着不能再动弹的牛车。两天来，他们扔掉了畜群，扔掉了一切用具，为了扎登巴，只留下这辆牛车。现在，牛车也只得扔掉了，可扎登巴该怎么办呢？

"扎登巴大哥，现在感觉怎么样？能下来走吗？"阿迪亚小心地问。

扎登巴稳坐着，漠然望着远方的雪原，像什么都没有听见。

"扶着你走怎么样？"阿迪亚又问，"我们得赶快走出特木沁塔拉，到山那边去……"

扎登巴还是不肯开腔，像坐化了一样。

"喂，你死了吗？难道让大家都陪你在这儿等死不成？"甘地玛愤愤地注视着扎登巴。尽管她从来没把他当成自己的丈夫，可现在这种紧要关头，她不能再沉默了。

扎登巴是死了。自从经过那个可怕的寒夜之后，过去那个扎登巴便僵死了，尽管躯体还活着。一个新的灵魂会在这躯壳里诞生吗？

"我们走，随他的便好了！"甘地玛恨恨地转过身子。

"不，扎登巴，我们不能把你丢下不管，因为你也是个人！走吧，无论生或死，我们都在一起！"阿迪亚走到他面前，蹲下身子，将他背在自己的肩上。

扎登巴木然地听任摆布。阿迪亚背着扎登巴跟跄而行。

"亚……"甘地玛叫了一声。作为一个妻子，哪儿能不晓得丈夫身体有多重呢。对一个体格并不很强壮的青年来说，在平地上背着走尚且不是一件易事，在这没膝深的雪原上行走简直不可想象，熊一样笨重的扎登巴很快就会把阿迪亚压垮的，她清楚这一点，可又无法劝阻亚，因为他是对的。她的心在矛盾的痛苦中受着煎熬。

刚走了几步，阿迪亚就有些支持不住了，背上似乎是压着一座山。他咬着牙，从深深的积雪中吃力地拔出脚来，一步步向前挪着。

他喘得很急，心脏跳得很猛，像有一只小鹿在胸腔里蹦跳，随时有闯出来的可能。

他已经整整一天没吃东西了，浑身软弱，像匹跑了两天两夜的马。他不知道自己能走多远，也许，再走几步，便会可笑地倒下去。

但他觉得有一种深沉的责任感在给他力量，他没有任何理由停下来，只能领着大家不停地走啊走啊……纳德夫，那美好的神话……

雪地上，深深地印下了他的脚印。

多漫长的路啊！

多辽阔的雪原啊，海海漫漫，望不到尽头。雪浪一个接着一个，似乎永远这样翻涌着。

太阳出来了，雪地上闪耀着无数金灿灿的光斑。那些金色的光点在广袤的雪海上跳跃着，荡漾着，令人目眩……哦，在永恒的大自然面前，人显得多么渺小，多么无力！然而，人又是多么倔强，多么崇高啊。

阿迪亚居然没有倒下，仍背着扎登巴在一步步向前走着。他低着头，不知道自己走了多长时间，走了有多远——好像走了一个世纪？

扎登巴闭着眼睛，觉得这时阳光真是暖和极了，童年的一些美好的回忆蓦地闪进了脑海，他想起了母亲那仁慈的布满鱼尾纹的眼角，和欢快跳跃的小马驹；想起了绿茵的草地，和潺潺流淌的小溪；想起了他第一次骑马被摔在松软的沙滩上，他躺着不肯起来，那匹通人性的马怎样用喷着热气的嘴巴磨着他的手背和面颊，使他又舒服又痒痒……

一个人挡在阿迪亚面前说："这不行，你就是把他背出特木沁塔拉，也背不过大红山。"

阿迪亚停住了，抬头，见是龙黑子。

万宝、有福等人也赶了上来，把扎登巴从他背上扶了下来。

"龙哥，让我背吧……我们不能再耽搁了！不能因为他而拖累你们……"阿迪亚喘息着。

龙黑子没说话。他从万宝手里要过那根柳木棍子，然后打开自己的行李卷儿，用两根木棍和一条被子迅速扎了一副简易的担架。人们把扎登巴放在担架上，阿迪亚在前，龙黑子在后，两人抬着担架向前走去。这样一来，他们行走的速度显然加快了许多。

傍晚，他们仅仅走到了伊和乌兰山脚下。休息时，龙黑子才发现不知什么时候，他的布棉鞋丢了一只，已经冻木的脚上裹着个冰坨子。他悄悄走到一个没人的地方，找了块石头，砸碎了脚上的冰块，又用雪把冻成紫黑色的脚板子搓了好半天，从破棉袄里撕下些棉絮、布条，将脚裹好。

人们用最后一点力量扒开雪层，找到了一些枯树枝和干牛粪，拢了一堆救命的火。北沟村的农民又将手中的木棍砸断投到了火堆里，为了不让火熄灭。

他们颓丧地坐在火堆旁，发呆的目光没有一丝光泽。每个人对自己的处境都十分清楚：翻不过大红山，他们就无法摆脱死亡的威胁。

从今天早晨开始，他们的干粮就吃光了，每个人都饥肠辘辘，肚子因饥饿而发痛。明天，他们能有足够的力量爬上那陡峭的山脉吗？而且，他们还带着一个不能走路的人啊！

尽管事实是明摆着的，可龙黑子咋也不相信他们陷在了绝境之中。受苦人的命硬着哩，哪儿能轻易地说丢就丢呢！他相信他的伙伴：有富、换换、万宝……他们这些庄户人是能坚持下去的，因为他们知道北沟村有亲人在等着他们，一种新的生活在等着他们，他们一定要回去，一定能回去！现在，当紧的是赶快弄点吃的，让人们的体力恢复过来。

龙黑子望着他的伙伴，他们身上除了行李卷之外，甚东西也没了。可有一样东西谁也没舍得丢——一小袋地毛。他们的地毛被偷后，龙哥把自己那份和小六子那份分给了大家，他们自己又搂了一点，每人都有个三四斤。龙黑子心头一亮：

"万宝，把地毛给我。"

"做甚？"

"吃！咱来个雪水煮地毛，让庄稼佬也尝尝这金贵的东西。"

没想到平时老实蔫巴的万宝却发作起来，如一头怒狮："甚，吃地毛？龙黑子，你吃我吧，吃我吧……我就是死了也不能吃这'黑金子'，咱的嘴没那么金贵！你是想让咱空手回村，让乡亲们笑话咱，你……"他竟心地哭起来。

自从小六子死后，他一直没能从悲痛中解脱出来，并且有点恨龙黑子。

"有富——换换？"龙黑子站起来，恼怒地瞪着其他人。

有富、换换和根才都紧紧搂着那一小袋地毛，用可怜的、央求的目光望着龙哥。龙黑子突然明白了：他们并不是小气。并不是贪图那几个钱，现在，这一小袋地毛已经成了他们的安慰和寄托，如果连这最后的慰藉都失去了，他们会失去活下去的精神支柱，他们会彻底发疯的。他理解口外的农民啊，他们宁可活活饿死，也绝不会去吃一口地毛。

龙黑子叹了一声，颓唐地坐下了。他知道众人已经不信任他了；他不配当他们的头儿，他应该对小六子的死负责——起码他自己是这样认为的。

木棍子也快烧尽了，那堆火正渐渐暗下去。龙黑子躺在火堆旁，茫然望着越来越暗淡的天空，努力什么也不去想，但思绪却乱成一团麻。他的右脚开始疼痒起来，这更增加了他的忧虑：明天，他们该怎么办？

他听到了去寻找柴草和牛粪的阿迪亚、甘地玛回来的脚步声，听到了他们放下柴粪时的喘息声。他懒得去看，仍然望着飞雪的天空。

一只苍鹰从天际处飞来。

它飞得很急，巨大的褐色的羽翼上下动着。它开始滑翔，越滑越低，龙黑子看见它的利爪下有一团毛茸茸的东西。他惊讶地坐起来。

"是'天神'！"甘地玛喜出望外。

苍鹰落在了阿迪亚身边，将爪下的猎物抛在火堆旁。龙黑子看清了，那是一只很肥的足有五斤重的野兔子。

"天神"又匆匆飞去了。十几分钟后，它又一次降落到人们身边，又抓回了一只野兔……

大自然的奇迹？还是人们用爱创造出的奇迹？在伊和乌兰山下，几十个遇难者正处在饥饿难挨的关键时刻，一只苍鹰从天而降，为他们送来了食物。

这不是神话。这晚，他们果真美餐了一顿喷香的烤野兔肉。

4.

当"天神"第一次在天空出现时，扎登巴也看到了这只鹰，觉得有点儿眼熟。

"天神"第二次为人们投下野兔之后，他那颗麻木的心似乎被什么柔软的东西轻轻地撞了一下，颤动起来。

阿迪亚把一条烤得喷香的野兔腿儿递到他手里时，他的心又抖了一下。

"'天神'，就是那天被你用火枪打下来的那只鹰……可它现在正在救你的命！"甘地玛用怨恨的目光盯着扎登巴说。

扎登巴的心第三次开始战栗起来。他简直不敢相信，在这之前，自己都干了些什么？他把自己近几年的所作所为一桩桩一件件都回想了一遍，第一次看清了自己——原来是一个那么可耻可恶的家伙；为了自己，他伤害了许多人，还有动物啊！他开始为此而羞愧：我简直不是人，是野兽，不，野兽还通人性呢，连一只鸟都知道帮助人们，我连野兽都不如啊！

他躺在离火堆很近的地方，身上盖着阿迪亚的大皮得勒，周身都很温暖。但他睡不着，他在不停地忏悔着自己的罪孽……

夜色正浓，寒冷的荒原只有夜风发出断断续续的哭泣。几片被风卷起的雪花落在篝火里，发出像叹气似的"咝咝"声。北沟村的农民互相依偎在一起，已经睡着了。

一阵窃窃私语飘进了扎登巴的耳朵里。

"……我真发愁，明天怎么办？抬着他，我们怎么能翻过伊和乌兰山？"甘地玛的声音。

"总不能丢下他不管啊。"阿迪亚说。

"也许，他能走路，是故意为难我们呢？"

"不会吧？你把他想得太坏了。"

"不管怎么说，明天让我来抬他。亚，我真怕把你累垮，再也爬不起来呢。"

"不怕，我身体结实着呢。"

"可是我怕……你说，我们能走出去吗？我们不会死在这里吧？我觉得我已经没有力量爬上伊和乌兰山了……"甘地玛在轻轻地啜泣。

"不会的，别哭……只要我们能翻过山，就有救了——山那边就是乌鲁尔台苏木。"

"唉，如果能让乌鲁尔台苏木的人知道我们被困在这里，他们就会来救我们……"

"那不可能，除非出现奇迹。"

"那我们只好等死了？"

"不会的，甘地玛，你要相信我！"

"我相信，因为你是齐日麦图的儿子，你会像你阿爸一样勇敢。"

齐日麦图？

扎登巴努力回忆着这个名字，很快想起了那个惨死在拖拉机之下的草原专家，想起了他为了草原而献身的英勇行为。当年，他曾狂热地崇拜过那个人——那是一条真正的好汉，像特古斯梅林一样。为保护草原，他带领牧民去拦截拖拉机。当年二十岁的扎登巴也跟去了。

原来阿迪亚是齐日麦图的儿子呀！

在小泥屋养伤的那几天，扎登巴已经知道阿迪亚在荒漠上干什么事情了，并知道了他们和楚鲁图人争的那块草甸子竟是这青年用手一株株种出来的。为了种那片草地，他用了近十年的工夫，把自己的一切都献给了那片荒漠，他是在继承父辈们未竟的事业啊！可自己，作为特古斯梅林的后代，又做了些什么？

扎登巴自惭形秽，恨透了自己。是的，甘地玛猜对了：他只要咬咬牙是可以自己走路的。可自从拉娃尔伤害了他的男子汉的自尊心之后，他始终处在麻木不仁的痛苦状态中，他甘愿像一具僵尸任人们去背、去抬。现在，他好像刚刚才清醒过来，深深吸了一口冷气。他似乎感到一种失落已久的珍贵的东西回归自己空虚的体内，使他忽然充实起来。他已经十分清楚自己应该去干些什么。

后半夜，人们全睡熟了，扎登巴爬起来，加旺了篝火，然后走到甘地玛和阿迪亚身边，将那件皮得勒轻轻盖在两人身上。他凝视着甘地玛那憔悴忧伤的脸庞，一种不曾有过的柔情使他很想弯下腰去吻吻那张被火光映红的脸，但他克制住自己，扭过头去。

忽地，他觉得自己的面颊上有一点冰凉的东西，用手一摸，竟是一粒快要冻住的小水珠。

难道是泪？

扎登巴居然也会流泪？

他觉得这真是不可思议！

第二天黎明，当人们醒来的时候，扎登巴不见了……

5.

还是在氏族部落的时候,乌鲁尔台人的祖先们就学会了用狼烟报警。后来,狼烟报警的方法不但用于战争而且用于各种危难之际,如预示自然灾害,或狼群袭来,或发生荒火,或马群炸群,或大雪封山——某个乌鲁尔台人遇到危险。

乌鲁尔台人将这古老的报警方式流传下来,他们每年秋天在伊和乌兰山顶上的秘密地点埋下用几层蜡纸包好的干狼粪和火种,只有乌鲁尔台的男人们才知道准确的埋藏地点。任何一个乌鲁尔台人只要看见伊和乌兰山顶上冒起三缕白烟,就必须立刻奔向出事地点,去抢救遇难者。虽然已经有很多年没人点过狼烟了,但就像任何一种神秘的宗教仪式一样,每年秋天所举行的埋狼粪和火种的秘密仪式一直为乌鲁尔台的男子汉们所遵循。

这天早晨,雪原上纱幔般迷蒙的雾气消散之后,在乌鲁尔台苏木,不少人都看见伊和乌兰山顶上升起了三缕醒目的袅袅的狼烟——

山那边,有人遇难了!

6.

最先倒下的是两个女人——甘地玛和换换。

被冰雪覆盖的伊和乌兰山脉如一条横卧在荒漠上的不可逾越的巨龙,反射着凄惨清冷的寒光。从远处望去,隐约可见有几点黑色的人影如几粒小黑豆嵌在半山腰上。起初那黑影还在向山顶移动,后来便停住了,许久没再动一下。

龙黑子仰头望了一望——他们离山顶还远着哩,尽管他们选了一处最低的山脊来翻越山脉,但平时很轻易就能越过的地方,现在每走一步都是那么艰难。他低下头去看那两个倒下的女人,她们极困难地喘着气,目光里透出绝望、惊恐的光芒。

男人们都默默地站立着，注视着两个倒下的女人，虽然严峻的时刻早就来临了，但只是现在，他们才清楚地看到了正在迫近的死亡的阴影——也许，再过片刻，男人们也会一个接一个地倒下去，等到春天过去，冰雪消融，人们才发现这几具腐烂的尸体。

这难道是大自然对人的惩罚吗？呵，这未免太残忍了！

"把身上的东西，统统扔掉！"龙黑子命令道。

人们把身上最后的一点东西——行李卷、空饭盒，全扔下了山谷。山谷很深，很陡峭，扔下去的东西裹着雪团飞落下去，转瞬便小得不见踪影，只听得山谷里隐隐荡起一阵隆隆的轰鸣。

"地毛也扔掉！"龙黑子黑着脸又命令道。

万宝和有富愣了一下，然后，不声不响地解开了紧系在腰间的装地毛的小塑料袋，用微微发颤的手将地毛投下了山谷。

数天来的心血，多少年的梦想，无声无息地坠落到山谷里。

唉，财富毕竟不如命值钱啊！

"听着，现在我们几个男人，轮流背着女人往上爬，只要有一口气，谁也不能停下来！"龙黑子的目光里闪着寒光，"咱都得活着回去，活着！家里人都盼着你们平安地回去呢！"

人们从龙黑子的话里获得了一股子力量。有富背上换换，龙黑子背着甘地玛，阿迪亚抱着葛根老头交给他的金匣子，他们又一寸一寸地向山顶上爬去。

陡峭的山坡上铺着一层冰雪，踩上去像滑梯一样，每进一步都得付出巨大的力量。

龙黑子觉得右脚越来越疼痛，那剧痛似乎正沿着骨头往心里钻。他嘴唇发青，眼前不时冒起一片金星，每往前挪一步，那只脚都像有千斤重。他狠咬住下唇，强迫自己不要倒下去。

甘地玛伏在龙黑子肩上，忽地感到一阵愧疚不安。

龙黑子打了个趔趄，差点摔倒。阿迪亚急忙将手中的匣子交给身旁的万宝，扶住了龙黑子。然后他接过甘地玛，背在身上。

龙黑子直起腰喘了口气,刚要跟大家继续往上爬,却见前面的万宝一脚踩空,滑了下来。他急忙伸手拉住了万宝,由于惯性过大,两人同时倒在地上。

几乎同时,他听到一阵物体滚落声和万宝的惊呼:

"金匣子!"

装着珍贵医书的匣子顺着山坡飞快地向下滚落着,很快便看不见了。

万宝目瞪口呆。

阿迪亚回过头,束手无策地望着身下幽暗而深邃的雪谷,脸变得灰白——他本打算把这无价之宝带出特木沁塔拉,将它献给国家,可现在……

龙黑子向着雪谷里注视了片刻,回过头对阿迪亚说:"别急,兄弟,我下去,把它找回来。你先带大家走吧。"

"不行,龙哥,这太危险了。"阿迪亚抓住他的臂膀,"让我去……"

"龙哥,去不得呀!"万宝、有富等人一起喊起来。

"住口!"龙黑子怒喝道,"你们知道那是什么吗?那是小六子的命啊!为了对得起小六子,对得起葛根老头,对得起齐日麦图,我非下去不可!"

他不容众人再说什么,甩开阿迪亚的手,神情庄重地向山谷里走去。

自从小六子死后,旱獭下落不明,龙黑子就被一种深深的愧疚和痛苦折磨着,现在,他似乎找到了一个赎罪的机会,便不顾一切地走向充满凶险的雪谷。由于走得急,他被绊倒了,不知是他控制不住自己的身体还是有意地向下滚去,越滚越快,后来,人们只能看见一团银色的雪在向下滚落着。

"龙哥——"

"龙——哥——"

人们惊惧万分地呼着。

但是,他们已经看不到龙黑子的影子了,只能望见那一片片腾起的雪烟正像流云般地消散,只能听到雪谷里隐隐传来的隆隆的回声。

从山腰向远方望去,平坦无垠的特木沁塔拉白茫茫的一片,泛着青色的寒光,犹如没有生命的北极冰川,那么宁静,那么沉寂,那么冷酷。

终于,男人们也使完了最后的力气。他们一个接一个地瘫倒在半山腰的雪坡上，发出轰隆隆的粗重的喘息，静静地等待着那最后的时刻。

这时候，荒野静极了。碧蓝的天宇澄清如洗。无边无际的雪原没有一点生命的回声。一切都凝固了。一旦运动停止，世界便不复存在。

今天是个挺不错的天气，然而一切都将在这明媚的日子里彻底终结……

突然，有人微弱地惊呼了一声。

伊和乌兰山顶上冒出了一个人影，接着，又一下子冒出十几个。

一群乌鲁尔台人从山顶上向他们跑来……

第九章

关于淘金者的故事，人们已经讲了很多。

从那些浪漫的传奇故事里，我们会发现许多铁铮铮的硬汉子。财富、爱情，还有别的……但这不是全部！

无论生者还是死者，都曾在同一块土地上生存。

生命将永远延续，大自然还会给这世界献出永恒的生机。

1

乌鲁尔台人在伊和乌兰山顶上找到了扎登巴已经冻硬的尸体。

在三堆狼烟的灰烬旁边，扎登巴仰躺着，半个身子埋在雪窝里。他的面容十分安详、平静，似乎还带有某种令人不解的欣慰。看得出他死前是轻松的，没有受到巨大的痛苦的折磨。他的一只胳膊奇怪地竖立起来，那五个略微弯曲的手指似乎在向深邃的苍天召唤着什么，或是祈求着什么……

乌鲁尔台人肃立在他的周围，没有一个人敢上前去触碰尸体。

人们发现一个奇怪的景象——在尸体周围，整整齐齐地摆着一圈野兔子，像是献给死者的祭品，又像一个灰色的花环……

人们在附近的一块岩石上发现了一只蹲立的苍鹰。那鹰直挺挺地仰首凝望苍天，羽毛上裹满了霜花和冰凌，看上去像一尊涂着银粉的雕像。

后来，一个女人走过去，轻轻抱起它，发现它早已经冻得僵硬。

"天神"把最后的一丝希望送给了扎登巴——那个曾经伤害过它的汉子。

抱鹰的女人走到扎登巴身旁，慢慢下去，吻着他冰凉的额头，几滴泪落在死者苍白的脸颊上。

"哦，他总算活了……过去，他一直死着，可现在，到底活了……"女人说着谁也听不懂的话。然后，她疯疯癫癫地奔向苍茫的雪野。

2.

北沟村的几个农民和阿迪亚、甘地玛在雪原上寻找着龙黑子。他们跌跌撞撞地行走在冰冷的旷野上，徒劳地向无边的雪原喊出一声声急切地呼唤。

"龙——哥——"

然而大地久久沉默。只有伊和乌兰山隐隐回荡着那撕裂人心的呼唤。

3.

龙黑子现在只能往前爬了。

生命，有时是极其脆弱的，大自然一个小小变化，就足可以叫芸芸众生一命呜呼；可有时，生命又是极其顽强的，无论严酷的大自然怎样百般蹂躏和摧残，也不会轻易地丧失那神奇的活力。

一切都记不清了——他滚到雪谷底，咋找到了金匣子，又怎样以惊人的毅力翻过大红山，辨明方向，朝乌鲁尔台苏木爬去。

现在他只有一个信念：活着，必须活着爬回去！伙伴们在等他，阿迪亚在等他，北沟村的乡亲们在等他，他还有许多事情要干哩！

右脚上裹着的布条和棉絮不知啥时候丢失了，整个脚板子已变成乌黑的颜色，像个冻梨。奇怪的是他居然觉不出疼痛。

这只脚完啦，保不住啦！十年前，我在这片荒漠上留下了一只耳朵；今儿个，看样子还得留下一只脚……我和这荒漠的缘分太深了。

是孽缘吗？

山这边雪不大，雪絮挺薄，平时若是爬起来可能不咋吃力。可现在不行，每往前爬一步对我来说都是一次严峻的考验。他还抱着一个匣子，竟如抱着一座大山那般沉重……虽然是山，也得抱上，决不能丢掉，不能……哦，小六子，有种……男人，就该这样……

离乌鲁尔台苏木没有多远了，顶多二里路，他已经清晰地看见了苏木的砖房、土房、蒙古包、篱笆圈、牛粪垛……可是，这两里路等于二十里啊。

爬吧！

恍惚间，好像有人跑来了，好多人呢。他们是马万宝、王有富、林换换、李根才……

是幻觉吗？

他摇摇晃晃站了起来。

"龙哥！"

"龙哥——"

真是他们啊！

龙黑子高兴极了，一股热浪在胸中奔涌着，几颗珍贵的泪珠儿在眼眶里打着转。整整十年了，他从没流过一滴泪，难道今天要破例？

活着自由地活着，多好哇，他欣喜地想。

北沟村的伙伴们疯了一般奔跑着，呼叫着。整整两天，他们不吃不睡，木呆地守在荒原上，无论乌鲁尔台人怎样劝说，就是不肯回到温暖的屋子里去。他们可以没有地毛没有财富，但不能没有龙哥。乌鲁尔台所有的骑手都出动了，在伊和乌兰山两侧满滩遍野寻找着，却没有一点消息。

现在，他们看到龙哥居然奇迹般地自己爬回来了，简直欣喜若狂，团团围住了龙哥，扶着他，摸着他，注视着他，却都沉默下来，不知该说啥好了。

就在这时，一辆警车怪叫着，车顶闪烁着红灯，从乌鲁尔台苏木驶出来，直奔他们而来。小车在人们身旁停住了，从车里跳下几个警察。

龙黑子的心猛地一沉，预感到要有什么样的事情发生了。

4.

他很坦然。

过去，他最害怕的、最担心的就是这一时刻，而当这个时刻真的到来的时候，他却长长地松口气：是啊，没必要再躲啦，既然自己是清白无罪的，也该让这段历史的遗案结束了。

"你们是北沟村的吗？"一个警察问。

北沟村的农民还没见过这个阵势，傻了。

龙黑子站着没动，甚至连头都没回，他在抓紧最后的一点儿时间，他把手中的金匣子交给阿迪亚说：

"兄弟，书，都在里边哩，一本没少。"

"龙哥……"阿迪亚眼里闪着泪花。

"喂，谁叫赫三龙？"警察又问。

龙黑子把头转向万宝说："万宝兄弟，有件事只得托付给你了——回村儿后，告诉常瞎子，把烧窑的钱、淘金的钱，全都分给大伙儿……记着，一定要给有富分上两千块……以后呢，大伙帮着把砖窑拆了，把地平了，在上面都种上树，种满树……咱要对得起那片土地啊。"

"龙哥，你这是？"万宝和伙伴们吃惊慌乱地望着他，又望望走到他身边的警察，似乎明白了点什么，可又什么都弄不明白。

"你就是赫三龙吧？"警察看着龙黑子的耳朵问。

"不错，十年前，我叫这个名儿。"龙黑子将裹在头上的肮脏的黑布巾扯下来，扔到地上，坦诚地望着阿迪亚说：

"当年，你阿爸齐日麦图，死在我的拖拉机下……可是兄弟，那丧尽天良的事儿不是我干的，你相信我吗？如果有一天，事情弄清楚了，我能出来，阿迪亚兄弟，我想和你一块来种草，一块儿改造特木沁塔拉。兄弟，你答应吗？"

阿迪亚郑重地点点头，双眼噙满泪水，握住龙黑子的手说："我等你，龙哥，我相信你是个好人，轧死我阿爸的不会是你……"

还是在特木沁塔拉的时候，甘地玛就把龙黑子没有左耳朵的事儿告诉了阿迪亚。他听后沉思了很久，关照甘地玛不要把这事儿告诉任何人。因为他曾听阿爸的老朋友讲过，那个轧死父亲的人在自杀前曾留下一份遗书，承认轧死齐日麦图的人是他，但这份遗书后来下落不明。所以，阿迪亚一直在观察龙黑子。这几天他们患难相共，龙黑子那正直的品德、坦诚的胸襟和英勇无畏的举动，使他深深地喜欢上了这个男子汉——他有一颗金子般的心灵啊！在龙黑子为找金匣子而下落不明的这两天，阿迪亚心急如焚，曾在心中千万遍地呼唤着愈来愈被他所尊敬的名字："龙哥——龙哥啊，你在哪儿呢？我一定要找到你……"

他们终于找到了龙黑子，但龙黑子却不得不为十年前的一桩旧案而去坐牟，这是多么令人难以接受的事实。

龙黑子不等警察发话，一瘸一拐地向警车走去。走了两步，一下瘫倒了。

"龙哥——"

人们忽然意识到这又是一次吉凶未卜的生离死别，忽地涌了过去，扶起龙黑子。

"龙哥犯了什么罪？你们不能抓他呀，求求你们，开恩放了他吧……要不，让我替他去坐牢吧……"万宝紧紧抓住一个警察的胳膊哀求着。

"你们行行好，先把龙哥送医院吧，你们看他的脚……"换换哭着跪在警察面前，"可怜可怜他吧，他在雪地里冻了几天几夜，这条命是刚捡回来的啊……"

警察说："你们放心，我们会先把他送到医院去疗伤的。"

龙黑子在两个警察的搀扶下上了警车。在警车启动的那一刻，他们听到了龙哥颤抖的声音：

"我龙黑子对不住……大家啦……"

"龙哥……"万宝追着汽车。

"龙哥……"有财有富呼喊着。

"龙哥……"换换哭叫着。

"龙哥啊——"北沟村的农民一起追着警车而去。

警车远去了，扬起一片白雾蒙蒙的雪烟。最后，警车已经看不见了，北沟村的庄户人还在那片未散的雾烟里徒劳地追赶着，仿佛只要他们追下去，就一定能追回他们的龙哥。

5

现在，空旷的雪原上只剩下两个人了。

阿迪亚用鹰隼般的目光盯着甘地玛，问："是你出卖了他？"

"我只告诉了扎登巴……"甘地玛慌乱地躲着亚的目光，觉得自己真是卑鄙透了。

"真没想到你……"

"听我说，亚，因为我爱你，怕扎登巴去伤害你，实在没办法才……我这是为了你呀……"她觉得自己的辩解是那么苍白无力，不值一驳。

"为了自己的爱情，难道就可以去伤害一个好人？"亚痛苦地扭过头去。他简直不知道该对这个女人说些什么才好。

他默默地站了一会儿，望着远处白色雪雾中奔跑的黑影，感到心口堵得发慌，浑身热血激荡。

他回过头，凝望着宛如白色屏风般的伊和乌兰乌拉，那种沉睡在他心中的一个男子汉的责任感渐渐顽强地苏醒了，使他感到了愧疚和不安。他仿佛听到山那边的来自特木沁塔拉的召唤。

是的,他们在召唤他——齐日麦图、葛根老头、"天神"……他们已融在了荒漠之中,荒漠就是他们的血肉之躯,他们呼唤着新的后继者。

是啊,我是属于那块古老土地的,我没有任何理由离开那里,我的事业不能半途而废,我应该回去,去保护和改造那片荒漠……

阿迪亚觉得此刻双脚已不由自己支配,像被磁石吸引着向伊和乌兰山走去。

"你要干什么?"甘地玛惊慌地追上了他。

"回特木沁塔拉。"他坚定地说。

"什么?我们刚从那地方死里逃生,难道你……"甘地玛惊了,越来越觉得亚是个难以捉摸的人,她对他真的不理解。

"是的,我要回去,我应该回去。"阿迪亚望着雪山,像是在自言自语。

"可是,你答应过我——我们一块儿到阿巴嘎草原上去,在那儿建立一个家庭的啊?"

"我是答应过。那时,我只顾想自己的幸福,我被那场大雪给吓住了,我被葛根老头的临终嘱咐给束缚住了,我动摇了,可耻地动摇了……现在,我明白了,无论什么时候,或发生什么事情,我都应该坚守在那片荒漠上,而不能当一个可耻的逃兵。"

"可你一个人,在那儿是没法生活的,你会被冻死、饿死,让野兽吃掉的……你简直发疯了。亚,干吗要毁掉自己啊?"

甘地玛挡在亚面前,紧紧搂抱住他,声泪俱下地喊着。

"我能生活下去,我已经在那儿生活了十年。"阿迪亚轻轻推开甘地玛,又向前走去。

甘地玛伤心绝望地追了上去。

"如果你非要去,那就带我一块去吧,亚……"

她的眸子里像有一团燃烧的火焰,闪着不可遏制的激情——那是爱的火焰,只有在一个被爱情熬煎得要发狂的女人的瞳孔里,才能见到这种火焰。她再一次抱住阿迪亚，乞求道：

"我不能没有你，不能……"

阿迪亚摇头，并不看她。

"为什么不让我跟你一块儿去？"甘地玛惊讶不解地问，"因为龙哥的事儿，你恨我？"

阿迪亚还是沉默不言，慢慢走着。

"因为扎登巴？因为他刚死？"

依然没有回话，只有他的脚步在雪上的"吱吱"声。

"你怕我过不了那种艰苦的生活，是吗？为什么不说话呀？"

他停住了，回头凝视着她："甘地玛，我对不住你，不能和你一块去阿巴嘎草原了……把我忘了吧，甘地玛，找一个真正爱你的男人，重新开始你的生活，你还年轻……"

"为什么，为什么啊？"她近乎疯狂地喊起来。

"因为——我不爱你，就是这样……"

阿迪亚再一次推开甘地玛，十分困难而又低沉地说完了这番话之后，迈着大步迅速走开了。

他的唇紧咬着，双眉因为痛苦而紧蹙着。他知道，若不说出那一句绝情的话，甘地玛是不会死心的。

她呆立在雪原上，宛如听到一个振聋发聩的霹雳，把一颗柔弱的心给震碎了。

她伫立着，眼里没有光，没有泪，看不到痛苦，也看不到欢乐……一切的一切：荒漠和雪山、幻想和憧憬、希望和热恋……全不存在了，她的心正在剧烈地变冷、变硬、变得麻木而没有任何知觉。

他不爱她——原来一切竟是如此简单！

他不爱她——一切就这样可悲地结束了。

这是真的吗？

但他，分明正在离开她，向那高耸的山脉走去……狠心的男人，甚至连头都不回一下。

他虽然走得很慢，但每一步都那么坚定，那么自信。她知道自己没有一点力量能让那步子停下来了，他正在远去，像疯狂的宗教徒，固执地走向那个属于他的世界。从此之后，她不会再见到他了，再也不会了，虽然彼此都活着，但这却是永诀啊！

阿迪亚的身影正在渐渐缩小……

甘地玛忽地感到小腹一阵剧痛，无力地跪到了冰冷的雪地上，发出一阵微弱的呻吟。这几天，她已经知道自己的身体里发生了什么事情：那种使万物得以延续的生命的奇迹将要在她的躯体里出现。这使她感到惊喜，又感到害怕，感到慌乱而无主见……在她今后的生活中，她将成为一个完整的女人，去爱一个属于她和亚的新的生命……

她双手捂着小腹，慢慢将腰弯下去，直到额头贴住冰凉的雪中，像所有虔诚的女人做祷告时跪拜的模样，久久地趴在雪地上，从喉咙里滚出一声悲怆之极的呼唤——

"亚啊，我们要有儿子啦……"

6.

凄清的夜色中，火车站高悬的水银灯发出刺眼的白光。站台上，横七竖八地躺着身穿黑衣的庄户人。他们紧搂着一袋袋发菜，有的打着香香的呼噜；有的说着梦呓；有的则围成一圈，默然而坐；有的因寒冷而将双手揣进袖筒里，不停地跺着快要冻木的双脚，哼唱着《走西口》或是《挂红灯》；也有的因交了好运而有说有笑；有的因为被警察没收了地毛而咒天骂地，或发出一阵沉重的叹息。

由于提前落雪，上万名搂地毛的农民突然涌入车站，使客运量突然暴增，一时无法运送走这么多乘客，他们在小站上已经困了三天。

第一天，饥渴的人们像水一样挤进车站仅有的一家小卖部，挤塌了水泥柜台，挤翻了货架子，将仅有的几斤点心一抢而光。在拥挤中，有人被挤倒踩在脚下，有一人被踏成重伤，两人负了轻伤。

第二天，有几个归心似箭的搂地毛人决定徒步回村。他们在雪原上迷失了方向，从此下落不明。

第三天，有一位搂地毛的老汉忽然患了肠梗阻。人们慌了手脚，七手八脚地往医院送。但没到医院那老汉就断了气儿……

就在这天傍晚，铁路局紧急决定：增加几趟车次，专门运送这些被困在小站上的人们。

快后半夜了，天气愈发冷起来。星星在天空上冻得发抖。远方的山峦隐约可见一片银光。有人不知从哪儿弄来一大抱木柴，拢了一堆很旺的火。顿时，浓烈的烟味钻进人们的鼻孔，火堆被严严实实地围住了。

在这黑压压的人群里，很难找到北沟村儿那几个年轻的农民，他们已将自己重新融入农民的队伍里，像鱼儿归到了水中。他们将和所有被困在这里的农民一样，乘上火车，回到属于自己的土地上去，然后重新握起自己的锹镐犁耙、镰刀，去开拓他们自己的生活。

启明星将要跳出地平线时，人们忽地听到使人的精神为之一振的汽笛声。坐着的和躺着的人们忽地站起来，乱成一锅粥。

一束明亮的灯光剪开厚重的夜幕，带着热情和希望，投到了上万名农民的身上。几乎同时，他们听到了火车头巨大的轰响，并感到脚下的土地在剧烈地震颤着。火车头嘶吼着驶过之后，十几节空车厢慢慢停在人们面前。

又是此起彼伏的呼唤、咒骂，夹杂着被踩痛脚的呻吟。

十分钟后，火车驶出了车站。

于是一切都被带走了——发财的梦想、淘金的狂热、日日夜夜的提心吊胆、不幸者的懊恼和失意、几个月的辛勤劳累……

北沟村的庄稼汉们把脸紧贴在车窗的玻璃上，凝视着窗外闪过的白色的荒漠，痴痴呆呆，久久不动。

是的，他们空手而归，失去了地毛，失去了行李，失去了发财的梦想。在这片荒漠上，他们什么都没得到，却在这儿留下了他们的兄弟，也留下了他们永恒的怀念。

龙哥，保重吧，咱记着你哩！

龙哥，咱北沟村的乡亲们等着你呢！你说得对哩，金子就埋在咱们的土地里呢，靠着咱这庄户人带茧的大手，还愁掘不出来吗？咱听你的——咱要对得起那片养育咱的土地。

换换最先哭泣起来。

有富鼻子酸酸的。

万宝只是一个劲儿抽着烟袋，谁也不看，把头垂了下去。他的心尖尖疼得发颤。三个人啊，丢开旱獭不说，小六子，多好的一个后生，那般仁义，那般忠厚，为了他喜欢的女子，才到这荒野来受罪，可最后……唉，小六子啊，不知你的魂儿相跟来没？你可一定要跟咱回呀，万莫做那异乡的鬼。

还有龙哥——天底下最好的汉子，能把心交给任何一个朋友，可他，竟然因为一个人命旧案被通缉……

来时咱齐刷刷七个人，可现在呢？来时咱带着一个叫人热血沸腾的美梦，可现在呢？

咱的脑瓜子太笨了，想不明白，真想不明白！

也许，会有想明白的一天吗？

火车终于喘着粗气从荒漠上消失了，一切都重归于平静。这片平坦而广漠的土地将开始它的漫长的冬。第二年的春天，它也许会变得很绿，在人们为它流下血和汗的地方，会长出许多美丽的小野花；在伊和乌兰山顶上，也许还会飞过一只矫健的苍鹰……

7.

楚鲁图苏木的清滩队在离国境线很近的地方发现一具男尸。那人死状很惨，赤裸着上身，脸上凝固着魔鬼般的笑容，双臂紧紧搂着半麻袋发菜，像搂抱着热恋中的情人。人们想尽一切办法，也没能扳动他僵硬的胳膊，无法将麻袋从他怀中取出来。人们只好将他和半麻袋发菜一起草草埋葬。

在尸体附近，扔着一顶肮脏的旱獭皮帽子，帽子上的毛已经被磨得光光的……

8.

同一时刻，在遥远的北沟村里，一个孕妇分娩了。

阵痛过去之后，她安详地躺在热烘烘的土炕上，聆听着婴儿的啼哭。在昏暗的油灯的摇曳下，她脸上充满了幸福的甜蜜。

后来，她吃力地坐起，抱着婴儿，轻轻哼着一支充满了无限希望的催眠曲：

　　睡吧，小宝贝
　　睡吧，小心肝
　　等你从甜甜的梦中醒来
　　你爹爹就会回来
　　宝贝宝贝把门开
　　爹爹在远方发了财

与此同时，远在天边的荒漠上，一个年轻人踽踽而来。当他望见远方那座小泥屋时，他的眼睛里顿时溢满了泪水。

慢慢地，他跪了下去，跪在了那片荒漠上。他双手合十，对着苍天叩拜起来。

后来，他俯下身子，亲吻着他膝下的那片土地……

【附：搂发菜的破坏极大，会毁坏草场。加上庞大的人群涌入草原后造成的经济损失，和国家每年因搂发菜造成的环境经济损失近百亿元。

二十世纪八十年代初，我国北方草原地区大规模搂发菜，给生态环境和社会安定造成了极大的危害：草原植被受到大面积破坏，原本十分脆弱的生态环境进一步恶化，加速了草原沙化并且致使一些珍稀物种濒临灭绝。

由于发菜的开采已经对生态造成了严重破坏，中华人民共和国国务院在2000年发布了《国务院关于禁止采集和销售发菜制止滥挖甘草和麻黄草有关问题的通知》，并要求严禁发菜的采集、收购、加工、销售和出口……并且在《中国国家重点保护野生植物名录》中把发菜的保护级别从二级调整为一级。］

猎 火

原载《草原》
选载《小说选刊》

> 火神米扎荣呀,
> 你把坚硬化为松软,
> 你把黑暗变成光明。
>
> ——引自《祭火祝词》

1.

年轻的猎人哈尔·波利迪尔又往篝火里加了几块干枯的树枝,一缕缕火舌仿佛忽然获得旺盛的生命力,快乐而勇敢地向上蹿跳起来,热烈地吻着架在火堆上的紫铜锅。锅里熬着的茶快要沸腾了,发出吱吱的响声。

夜空似乎比刚才更加阴暗了。这是一个罕见的阴森的冬夜,没有星光、月色,甚至辨不清哪一块是乌云。天空上到处是灰蒙蒙的颜色,隐隐泛着一片寒冷的白光，低低地向草原挤压下来。白日里显得威严高耸的达尔罕乌拉大山，现在只留下一道虚渺的黑影，像个被降服的怪物横卧在荒野。山东西两侧，是一片开阔而平展的塔拉（草场）。冷酷的大自然傲然地统治着荒原，只有山麓西面背风处那一点熊熊的猎火，表明还有人类敢于蔑视它的权威。

　　紫铜锅里的茶沸腾了，溢出一些茶沫。哈尔取下铜锅，用锋利的刀把一条黄羊腿划成肉条，撒上细盐粒，放在火上烤起来。不一会，他喝着茶，吃起了香喷喷的烤黄羊肉。他满意的向四外望去——唔，不错，哈尔，你干得不坏！第一次出猎就打到三只黄羊，还活捉了一头小狍子，好运气！当然啰，这得感谢漂亮的"猎马"——亚马哈。那是遥远的牧场养牛专业户的阿爸，用卖草原红牛的三千块钱给买的。这辆摩托果然无可挑剔，无论是力量还是速度，都叫最优秀的猎马望尘莫及。瞧，他现在昂首挺胸站立在那儿，黑亮的烤漆反射着耀眼的火光，简直像一个穿着黑盔甲的勇士。只是立在一旁的那杆老式猎枪太相形见绌了，尽管擦去了铁锈，配上了新榆木把，可他毕竟太老了啊，放一次枪装一次火药、铁砂，射程又不远。唉，如果有一杆装子弹的双筒猎枪……

　　不管怎么说，这次出猎收获不小，足可以向吉格米德爷爷证实：哈尔·波利迪尔不再是毛孩子了，完全可以单独狩猎了，而且用的是他扔掉的那杆破猎枪。在这个事实面前，吉格米德爷爷会怎么样呢？

　　一想到吉格米德爷爷，哈尔心中刚升起的喜悦立刻消失了。他是瞒着爷爷偷偷出来狩猎的。他想象不出那位脾气古怪的老人将怎样对付自己，是暴跳如雷，是不语默认，还是转怒为喜？唉，这位比犟牛还要倔强的老人呀，只因为有过那么一段伤心的往事，说什么也不肯让小爱孙重操他的旧业，到达尔罕乌拉山下的塔拉上来过一个真正的猎人的生活。老人是被自己对着额尔腾河曾经发下的誓言紧紧束缚住了，可他难道就不知道：达尔罕乌拉大山里的游猎生活，对于一个刚满二十岁的剽悍青年，是多么富有诱惑力呀！

　　生活在达尔罕乌拉大山里的人，世世代代以狩猎为生。

　　达尔罕乌拉山顶上，不时响起一阵狼嚎似的怪叫，那是凛冽的寒流正从山顶上掠过。这里却没有风，高高的山崖和附近一片茂密的树林挡住了来自西伯利亚的寒流。这个山坳是吉格米德爷爷过去狩猎时露宿的地方，爷爷不愧是名扬草原的猎手，连他选择的过夜的地点都这么令人满意。

现在，吃饱喝足的哈尔把一个很大的皮得勒(袍子)铺在火堆旁，卷了一个筒，又把雨衣盖在亚马哈上面——他估计后半夜会有一场大雪，也许会是猛烈的暴风雪呢。小狍子拴在附近一棵树下，他走过去检查绳子是否结实，吓得那可怜的小家伙惊悸不安地蹦跳了好一阵儿。哈尔准备用它的皮给吉格米德爷爷做条皮褥子。

一切都安排妥当，哈尔把猎枪放在伸手可以摸到的地方，这才钻到皮筒里。吉格米德爷爷的皮得勒真不错，简直抵得上真正的鸭绒睡袋，即使睡在冰天雪地中也不会感到寒冷。

可是，哈尔很快听到了一种隆隆的声音，这声音使他睡意全消，坐了起来。他侧耳听去，一阵更清晰的汽车引擎声传了过来，一道车灯的光柱不时地从头顶上扫过，划破了浓厚的夜幕。哦，这是那辆小"丰田"正在追黄羊呢。轰鸣声骤然减弱了，一定是车停了，车上的人正在瞄准。那只傻乎乎的黄羊现在正呆头呆脑地站在车灯的光圈里，根本不知道一杆崭新的双筒猎枪已经对准了它……

"砰！"

果然传来一声清脆的枪响。

拴在树上的小狍子惊跳起来。

没打中！听枪声就可以判断出来。哈，笨蛋，你们不会打到什么的，连根黄羊毛也碰不着！达尔罕乌拉草原的野味儿有那么容易捞么？

哈尔觉得很开心，痛快，仿佛出了一口恶气。

那是黄昏时，哈尔驾驶着亚马哈，驮着两只黄羊正往回走，遇见了那辆浅绿色的小"丰田"。哈尔一眼就认了出来，那两位坐在车里的，从城里来的"猎人"，是阿拉布吉和他的儿子艾力布。

"喂，小伙子，山东边的黄羊多吗？"艾力布把戴着漂亮的羔皮帽的脑袋探出车窗，喷着烟圈，神气活现。

"那还用问，瞧，都是撞在枪口上的。"哈尔指着身后驮着的黄羊说。其实，山东边的黄羊一到晚上都跑到山西边背风的塔拉上去了，他故意让他们空跑一趟。

小"丰田"拖着一道烟尘开走了。

一股强烈的憎恶感使哈尔的脸色骤然阴沉下来。是的，在这个世界上，他可以饶恕任何仇人，却唯独不能饶恕这对坐在浅绿色汽车里的父子，他们曾给吉格米德爷爷带来过不幸，也给他——哈尔带来过痛苦……

2.

似乎是很遥远的往事了。

吉格米德爷爷的老伴儿病危了。这个给达尔罕乌拉大山里的猎人当了一辈子贤妻的女人，像一盏已经熬干油的灯，马上就要熄灭了。临终前，她只有一个可怜的愿望：想吃一口很久未尝到的黄羊肉。

为了这个愿望，吉格米德爷爷背起了落满灰尘的猎枪，悄悄翻过达尔罕乌拉山去狩猎。

那时，吉格米德爷爷和其他几位老猎人都被集中到农业队去种菜园，狩猎是绝对被禁止的。

吉格米德爷爷没想到事情会那么巧，他刚刚撂倒一只黄羊，一辆吉普车就径直向他开来。从车上下来的是阿拉布吉，他下来转转，打点野味，没想到搂草打兔——捎带着抓了一个狩猎的。

老猎人被带回了浩特，在阿拉布吉的主持下召开了大会。黄羊被没收了，猎枪被砸烂了，德高望重的老猎人低头站在几百号乡亲们面前，只觉得天旋地转，耻辱像一群凶狠残暴的恶狼无情地撕咬着他。他再也支撑不住了，沉重地倒在会场上。

躲在人群里的小哈尔把拳头攥得紧紧的，嘴唇咬出了血，死死地盯住了戴黑边眼镜的阿拉布吉。呵，是他把奇耻大辱的污水泼在爷爷身上，等着瞧吧！

那天夜里，月光把一层清冷的霜雪铺在草原。冷寂的旷野上，吉格米德爷爷抱着老伴儿的尸体跟跟跄跄走着，浑浊的老泪打湿了前胸。突然，他对着苍天，对着汩汩流淌的额尔腾河狂怒地呼喊起来：

"我算什么猎人呀！今生今世我要是再摸一下猎枪，就叫我在自己点燃的猎火中烧死吧！"

他把被砸烂的猎枪扔到了额尔腾河里。

年幼的哈尔一直悄悄尾随着吉格米德爷爷，看到了这令人悲愤的一幕。一粒仇恨的种子深深埋在了心底。等到爷爷走后，小哈尔跳进了冰凉的河水中，捞起了那杆破猎枪。他相信总有一天，当自己长成一个强有力的男子汉的时候，他就能修好这杆猎枪，并扛上它翻过达尔罕乌拉大山，像吉格米德爷爷那样，去过那充满了惊险和浪漫色彩的猎人生活……

3

灰暗沉重的夜空隐隐透出一片神奇而迷蒙的白光。空气骤然沉闷起来，一丝温暖的气息在悄悄荡漾。带浓烟的火舌像是预感到什么不祥，拼命向高空窜去，似乎想和藏匿在夜空后的那个神秘的精灵较量一番。

哈尔呆呆地坐着，不知是变幻莫测的天气使他心慌意乱，还是附近那辆小"丰田"搅得他心神不安，他脑子里乱哄哄。往日的宿怨在他本来很平静的心田掀起了一场可怕的暴风雪，一股强烈的复仇欲从心底升起来，热血涌上了面颊。他完全沉浸在一种狂热的状态了。

忽然，小"丰田"的轰鸣戛然而止，很像一匹正在吼叫的野牛突然断了气。接着，传来马达一阵阵的打火声，那声音简直就像一个丑老太婆在尖着嗓子干号。引擎欢快均匀的轰鸣声却始终没再响起。沉默了片刻，响起一声显然是由于失望而把车门摔得很响的声音。

无边的旷野开始了漫长的沉寂。

哈尔欣喜若狂，几乎要跳起来。呵，这两个家伙总算受到惩罚！毫无疑问，不是机器出了难以排除的故障，就是汽油烧光了。太妙了，让他们困在这方圆百里没有人烟的荒原上，吃上些苦头，扫一扫狩猎游玩的雅兴，最后像遇难的野狗垂下神气的尾巴，那情景太叫人开心了！

哈尔一骨碌钻进了皮"睡袋"里，朝着汽车灭火的方向扮了个鬼脸，喊道："笨蛋，你们干着急去吧，我可要睡觉啰！"

哈尔还没有闭住眼睛，就听见一阵越来越近的脚步声。他坐起来，看见一个脚穿黑亮的马靴、头戴漂亮的黑羔皮帽的小伙子走进了篝火的光圈里，手里拎着一只加仑桶。他就是艾力布，长得眉清目秀，细皮嫩肉，是哈尔最看不惯的那种女人相的白面青年。

"您好！"艾力布把加仑桶扔在火堆旁，坐在桶上，伸出手烤着，脸上带着明显的愁容，"小兄弟，帮帮忙吧！我们的车没油了。本来带着一加仑桶油，可是盖儿没盖严实，颠开了，油全流光了。"

"我能帮什么忙呢？"哈尔警觉地望着他。

"你带汽油了吗？我只借半桶。我想你不会不带汽油的。"

借汽油吗？哈尔心中好不得意：我当然带油啦，带了满满一塑料桶，足可以装满你的扁铁桶！为了保险起见，我把它藏在远离火堆的树林里了。借你半桶？做梦去吧！如果换个别人，我会把一桶油白送给他，救人之危，是猎人的本分。可对你就完全是另一回事了！你凭什么总那么趾高气扬呢？好哇，你原来也有有求于人的时候，瞧着吧，我哈尔会叫你懂得什么叫做报应！

"汽油当然有。"哈尔狡黠地笑了。他不想立刻使对方失望，他要先给他希望。希望的破灭才会带来更深的痛苦。

"噢，太好了！这下有救了，阿爸刚才急得骂我……现在好了，我们肯定能在天亮前赶到额尔腾浩特了！"艾力布的眼睛里放出光彩，搓着手站了起来。

"你准备借多少呢？"哈尔歪着头问。

"半桶。一桶更好！"

"那好，你自己去取吧。"

"到哪儿去取？"艾力布站了起来。

"从这儿一直往北走，在二十里处，有一个公社的加油站，我的汽油都在那儿存着呢。"

"啊？"希望的光泽从艾力布的瞳子里消失了，继之而来的又是焦急和愁闷。他颓唐地坐回到油桶上，把那顶羔皮帽握在手中，狠狠地揉搓着。

哈尔惬意极了，继续捉弄对方："怎么，不借了？没有油，你们可要被困在这里了。后半夜要落雪，在荒原的风雪中冻上一夜可够受的。你还好说，上岁数的人可要吃苦啰。"

艾力布似乎是下了决心，蓦地站起，把羔皮帽子戴上，拎起加仑桶："一直往北走吗？"

"一直往北。"

"你能不能……"艾力布盯住了那辆亚马哈，迟疑地说，"把摩托借我用用？好兄弟，帮帮忙吧，我阿爸病得厉害，怕坚持不了多久了。"

弥天大谎！既然病得厉害，还有闲心出来打猎？这小子以为我是乡下人，会相信他的鬼话。见鬼去吧，漂亮的小帽！

"对不起，我的亚马哈从来不外借。"

"好兄弟，你能见死不救吗？求求你！"艾力布抓住哈尔的手哀求道，他那双漂亮的眼睛里似乎闪着泪花。

噢，原来你也有低三下四的时候？你也有装出一副可怜相的时候？你的高傲呢？你的优越感呢？哈尔才不会因此而动恻隐之心呢。

"借也可以，如果萨日娜也可以借给别的男人，我的亚马哈就借给你！"连哈尔自己都没料到，他竟会说出这么刻薄歹毒的话来。

艾力布惊呆了，不相信地问；"这话是你说的？"

"是我说的，哈尔说的。"

"你污辱我？"

"不错，污辱你！"

"为什么？我和你素不相识，无冤无仇！"

"不为什么，因为你是阿拉布吉的儿子，萨日娜的丈夫。"

艾力布果然被激怒了，双拳紧攥，眼喷怒火，一步步向哈尔走来："你再说一遍！"

动手吗？太好了！哈尔曾经多么渴望有这样一个机会啊！没想到他却主动把这个机会送上门。真该谢谢你，艾力布，你给了我一个复仇的机会。好，现在让我们试试吧，看谁更像一个真正的男子汉，谁的肌肉骨骼更坚实些，谁的力量更强悍些！

在这罕无人迹的荒原上，我敢向达尔罕乌拉大山发誓，我要让那顶漂亮的羔皮帽在我的脚下变成碎片，让那张女人似的脸庞变得丑陋不堪，连萨日娜见了都会讨厌。来，试试吧……

在红色火焰的映照下，两个相互虎视眈眈的青年紧握双拳，喘着粗气，就像两条怒不可遏的牤牛拉开了架势，准备拼个你死我活。是的，艾力布不认识这个年轻的猎人，可年轻猎人却一直恨着这个夺走了萨日娜的人……

虽然已是往事，但并不遥远，仿佛就发生在昨天。

4.

萨日娜是达尔罕乌拉草原上最美丽的姑娘，她究竟有多美，谁也说不清。有这样一个传说——额尔腾河岸有一只美丽的天鹅，每天都要到河水里去梳理羽毛，映照洁白的身姿，孤芳自赏。可是有一天，天鹅看见了到河边去打水的萨日娜，它惊呆了，围着她飞了一圈又一圈，终于被她的美貌折服，大概因为自惭形秽，竟恼怒地用嘴巴撕破了光洁的羽衣，然后悲哀地啼鸣着飞向远方，一去未回。

姑娘的美貌羞跑了天鹅，却引来了小伙子们的注目。萨日娜无论走到哪里，总有一帮小伙子围着她转。她也真有魔力，再强悍狂傲的小伙子在她面前都会变得服服帖帖，不敢有任何非分的举动。

萨日娜当然不会想到，在那群拖着清鼻涕的小弟弟的队伍里，竟也有一个她的崇拜者，他就是哈尔。她从来没有注意过小哈尔，可哈尔却像丑小鸭崇拜天鹅似的崇拜着这位大姐姐。

终于有一天，哈尔修好了吉格米德爷爷那杆破猎枪，悄悄带着它跑到牧场上。正巧，几个年轻的牧人正在追捕一条小牛犊那般大的野狗。这条野狗近日来没少往死咬羊羔。野狗被追急了，忽然掉过头，瞪着血红的眼睛反扑过来。小伙子们纷纷后退了，落荒而逃。正在这时，响起一声震耳欲聋的枪声，野狗倒下了。小伙子们跑过来，像抬一位英雄似的把他抬回了浩特。在看热闹的人群里，哈尔瞥见了萨日娜投来的叫人心跳的目光……

在那一刻，哈尔惊异地发现自己长大了，真的长大了——高高的个头，结实的肌肉，像汗毛那样柔细的胡须，最主要的是一个男子汉应有的胆魄和力量，他都具备了。从那一天起，萨日娜在他心目中不再是一个可亲可敬的大姐姐了，而是一个具有神秘魅力的女性了。他身上似乎萌动着一股奇异的力量，他对萨日娜由崇拜变为爱慕。当然，那只是爱的启蒙，是一种纯洁得没有一丝瑕疵的爱，一种近于天真的爱，这种爱是不能表白的，只能深藏在心底。他只觉得从今以后，他就有保护萨日娜的义务了，不管是谁都不能对她有一丁点损害。

可是，他开始不安起来——他经常看见一辆浅绿色的小"丰田"停在萨日娜的蒙古包前，一个戴着漂亮的羔皮帽的小伙子越来越频繁地出现在萨日娜身边。哈尔打听到那个司机经常到达尔罕乌拉草原上来收皮毛、鲜奶，和这里的姑娘们混得熟透了。每次来，都到全浩特最富裕的蒙古包里去做客，吃手把肉，喝奶酒。有几次他趾高气扬地从哈尔身边经过，眼皮都没抬一下。

一次，哈尔到浩特西面的树林里去找马，意外地发现萨日娜被一个小伙子紧紧地搂抱着。尽管小伙子背对着哈尔，可他还是认了出来，那是艾力布。顿时，无名的怒火蹿上来，他准备走过去狠狠教训教训那个胆大妄为的家伙，但当他看见了萨日娜投来的嗔怪的目光时，一下慌乱了，迟疑片刻，最后还是悄悄走开了。他怎么也想不明白，萨日娜怎么会爱上艾力布？

时隔不久，艾力布开着一辆花花绿绿的彩车把萨日娜娶走了。前来迎亲的队伍十分庞大，全浩特的人都跑去看热闹。只有哈尔没有去，远远离开了人群，坐在潮湿的河岸发呆。

两只天鹅亲热地叫着从附近飞起来。他突然恶从心底起，怒向胆边生，不顾一切地举起猎枪，瞄准了天鹅。天鹅正在射程之内，打下来是有可能的。可是哈尔觉得自己的双手颤抖得厉害，哦，那是他的心在颤抖呀！残忍无情毕竟不是他的天性。两只天鹅越飞越远，终于完全消失在达尔罕乌拉山后面那层乳雾似的白云里，他才勾动了扳机。

"轰——"沉闷的枪声像一个巨人发出的悲痛已极的呼喊，久久回荡在额尔腾河上空。

5

"住手！艾力布，干什么？混账！"

就在两个青年正要决斗的一瞬间，响起一个低沉而威严的声音。原来是阿拉布吉赶到了，插在两人中间。他披一件军大衣，面容苍老憔悴，满脸被岁月蚀出的皱褶很容易使人联想到将要枯萎的榆树皮。他几乎站不稳了，忙用手中的双筒猎枪去支撑着摇摇晃晃的身体。

艾力布急忙扶着他在火堆旁坐下了，焦急慌乱地问："不要紧吧，阿爸？"

"不要紧……汽油……"阿拉布吉沉重、艰难地喘息着，在火光映照下，面孔更苍白了。

"汽油会有的，阿爸，离这二十里有个加油站，我这就去借。可你……你一个人待在这儿，万一……"

"没事！"阿拉布吉摆摆手，"有这位小兄弟和我做伴儿呢。你快去吧，天亮的时候我们还得赶到额尔腾浩特呢。"

"那你……"艾力布犹豫着。

"走！"阿拉布吉瞪起眼睛，命令道。

艾力布拎起加仑桶，走了几步，又回过身来，默默地走到哈尔面前，诚恳地望着他，眼窝湿润了说：

"小兄弟，如果刚才我有什么地方冒犯了你，你就狠狠打我一拳吧！"

"打你？"哈尔反倒不知所措了。

"对，打也行，骂也行！"

"不……"哈尔向后退去。

"我只有一个请求，小兄弟，在我回来之前，帮我照看阿爸，和他在一起，行吗？"

面对这发自心灵的祈求，哈尔心中的怒火不知为什么减弱了。哦，达尔罕乌拉大山里的猎人面对猛兽毫不后退半步，可以比猛兽还凶狠，但面对带泪的恳求，却再也无法发泄心中的怒火了。他转过身去，往篝火里添着树枝。沉默就是同意。

望着那顶漂亮的羔皮帽一晃一晃地消失在苍茫夜色的深处。哈尔几次想张嘴把他喊回来，双唇却像灌了铅似的沉重，始终没有张开。

不错，二十里处是有个加油站，但在两天前已经撤了。哈尔知道这个情况。可是，那么深的旧怨能一笔勾销吗？无论是阿拉布吉还是艾力布，都应该为这旧怨付出代价。白跑二十里路，然后失望而归，这代价对于他们实际上够便宜了。

6.

艾力布走了没多久，在天空徘徊了很久的雪云终于开始向荒原上倾泻了。一片片雪花飞舞下来，像硕大的白蝴蝶，很优美地飘旋着，仿佛伴着夜的旋律在跳"白色圆舞曲"。有时，一团团雪花像扑灯蛾扑向篝火，通红的火舌立刻吞噬了它，并发出一阵贪婪的"滋滋"的"咀嚼声"。

阿拉布吉心事重重，凝视着火光出神。哈尔懒得理他，钻进了皮"睡袋"里，欣赏起漫天雪花。一切都那么静谧，那么轻缓、慵懒，仿佛是在一个如幻似梦的童话世界。

"这是你打的黄羊吗，小伙子？"阿拉布吉开腔了，"哟，还活捉了一头狍子？真有本事！能卖不少钱吧？"

"不卖！"哈尔冷冷回道，"那是送给吉格米德爷爷的，他有风湿性腰疼病，需要一张狍皮褥子。"

"他老人家的身体还好吗？还能出来打猎吗？"阿拉布吉关切地询问。

"打个屁！他的猎枪早被摔碎了，他已经对着达尔罕乌拉大山发了誓：一辈子不再打猎了。"哈尔愤愤地说。

"你知道那个下令砸猎枪、开会的是谁吗？"

"听说那家伙现在还在旗里呢。我想，他的良心一定让狼掏去了。"哈尔也斜着阿拉布吉说。

阿拉布吉沉默不语了。

不知什么时候，轻轻飞舞的雪花有些迷乱了，开始拥挤起来，碰撞起来，那是一股心怀叵测的风闯进了雪幕里，制造了小小的骚乱，也许会酿成一场大骚乱。但愿不要出现那样可怕的局面。

"这鬼天气……去加油站那条路该不会……小伙子，你说会有暴风雪吗？"阿拉布吉坐立不安，不停地絮絮叨叨，脸上布满担忧的乌云。

"难说！"哈尔阴郁地回答。他也没想到天气会一下子变得这么糟糕。去加油站那条路要经过一片沙丘地带，如果有暴风雪的袭击，那片沙丘很容易使人转向迷路。艾力布从来没走过那条路，如果他迷了路，在这么恶劣的天气里，很可能会被冻死……

哈尔不安了：他的行为是否有些太卑鄙，太残忍？

不祥的预感很快被证实了——一场暴风雪的大骚乱开始了。狂风像一匹匹谁也控制不住的野马，肆无忌惮地在雪原上奔驰着，似乎要把一切东西都撕成碎片。雪花被风挤压成一堵堵厚密的雪墙，很快又崩溃了，像高山的雪崩那样倾泻下来冰雪的瀑布。达尔罕乌拉大山里的暴风雪原来这么可怕，这么使人惊心动魄！

哈尔和阿拉布吉全都惊呆了。

突然，阿拉布吉死死抓住哈尔的双臂，目光透出惊骇，大声嚷道："艾力布！艾力布！他会出事的！我们应该把他找回来……你知道吗，他的妻子就要临产了，可能就在今晚或明天早晨。我不该把他拉出来啊，艾力布……"在暴风雪的呼啸中，他的声音竟那么弱小，无力。

阿拉布吉向弥漫的风雪里冲去。

在那一瞬间，哈尔的心灵被强烈地震撼了，一个猎人纯朴善良的天性主宰了他的灵魂，一团炽热的火融化了他那结满了仇恨冰霜的胸膛，他的良心战栗了：呵，正在分娩的萨日娜，刚刚降临人世的婴儿，艾力布的小帽，一个多么美满幸福的家庭……然而，这一切立刻就要被无情地摧毁了，一场悲剧马上就要发生了。

是谁一手制造了这家破人亡的不幸呢？在弥漫的风雪中，哈尔看见了萨日娜那对美丽的、忧伤的、射出怒火的眼睛……

哈尔跳起来，拉回了阿拉布吉。他原来那么虚弱，哈尔只轻轻一搡，就把他扔在皮得勒上。哈尔奔到亚马哈前，一把掀去盖在上面的雨衣，用惊人的速度发动着了摩托。

"喂，听着，你必须守在这里，替我看住那头狍子。要是它跑了，我回来再和你算账！"

亚马哈一阵怒吼，它的声音竟压倒了暴风雪的呼啸，车轮下喷溅出一条雪浪。

7.

达尔罕乌拉草原的暴风雪来得快，去得也快。当黎明把它的不易觉察的熹光投到冬云后面时，风停了，雪停了，一切都恢复了原来的平静，除了荒原上多了一层晶莹的雪絮之外，你几乎不会想到这里在几分钟前经历了一场毁灭性的袭击。

哈尔几乎用尽了全身力气，推着沉重的亚马哈向前走着。唉，这个铁家伙平时那么轻巧、坚实，像一个充满青春活力的棒小伙子，从不懂得什么是疾病，什么是疲劳，可现在，经过一场艰苦卓绝的搏斗，它却输给了暴风雪，大概是"心脏"出了毛病。

亚马哈上驮着艾力布。哈尔找到他时，他果然迷了路，正在风雪中乱闯，不知什么时候把一只马靴丢了，他还不知道，那只脚已经冻麻木了。哈尔抽出刀，从自己身上的皮袍子上割下一块羊皮，给他包上了。艾力布的脚一步也不能走了，亚马哈却偏偏熄了火。只能让他坐在摩托车上，再推着摩托车一步一步往回走了。

真累啊！哈尔觉得身上的每一块肌肉都变得那么酥软，酸痛难熬，额上的汗水流成了小溪。现在，只要他一松手，准会像一团稀泥立刻软瘫下去。

哈尔呀，你真是自作自受！唉，我是不是有点傻？他的父亲给爷爷带来过耻辱，他夺走了你的幸福，你完全有理由让暴风雪来惩罚他们，即使出了什么事，也与你无关啊！

"兄弟，让我下去……"趴在摩托上的艾力布发出微弱的呻吟，"你把我扔下自己走吧，我能爬回去……"

一个念头像电火花从哈尔脑子里闪过：丢下他，自己走？是啊，哈尔，你已经尽到责任了，你确实没有一点力气了，如果倒下，可就再也爬不起来了，那样，两个人都得冻死在这雪窝里，还不如……呵，不，不！哈尔怎么能干出那么可耻的事情，那是给达尔罕乌拉的猎人丢脸啊！吉格米德爷爷若知道了，也不会饶恕你呀，还有正焦急地等待丈夫归来的萨日娜……

哈尔愧疚地低下头，发狠地推着亚马哈向前走去。厚厚的积雪给他添了不少麻烦，脚下很滑，常常蹬不住硬地，白白耗费了不少力气。

他总觉得已经走完一段漫长的路程，可回头一看，实际只走了几米远。

"好兄弟，你不该扔下阿爸来找我，我担心他会出什么事的……"艾力布的声音有些哽咽。不用回头，哈尔也知道他的眼泪出来了。

哈尔忽然烦躁起来，怒冲冲地说；"你们真是十足的傻瓜，在城里住腻了，非要到这儿受罪。你阿爸病成那样，你还有闲心拉着他下来打猎！"

"我劝过，可没用，老头子倔得很。他说这是他最后的一个愿望，如果不了却这桩心事，他就没脸去走……"

"他得了什么病？"

"癌症，恐怕没有几天了……"艾力布的声音更低沉了，"阿爸从小就参加革命，从来没干过违背良心的事。可是有一次……那是阿爸刚刚从干校回来，他陪同盟里来的领导到达尔罕乌拉草原来散心，碰巧发现了偷猎的吉格米德爷爷，就……唉，用不着替他遮掩，他干了对不起良心的事。人啊，真是复杂的动物，总会在一定的时候暴露出这样或那样的弱点，也许是致命的弱点呢。"

沉默。松软的积雪在哈尔的脚下和两个胶轮下发出了痛苦的呻吟。

"多少年来，那件事成了阿爸的一块心病。阿爸打听到吉格米德爷爷还在种菜，许多天都愧疚得抬不起头来。等到他得知自己的病情以后，他要做的第一件事，就是用去北京看病的路费买了一杆双筒猎枪——阿爸说什么也不去北京看病，硬逼着我开车来到达尔罕乌拉草原。他想打两只黄羊，等天一亮赶到额尔腾浩特，把猎枪、黄羊一块儿送给吉格米德爷爷，向他赔罪，请他宽恕，然后请他到达尔罕乌拉大山里来点一堆猎火……"

有如冬日里听到一声响雷，哈尔全身震动了一下，停住脚步，像一尊石像伫立在一片银装素裹的雪原上。原来是这样！原来是这样！可我却干了些什么呀：混账，哈尔！你的心地竟那么狭小，你竟用看野兽的眼光去看别人，你这个应该得到诅咒的家伙啊！

忽然，哈尔身上爆发出一股巨大的力量，他推着亚马哈疯狂地奔跑起来……

8.

无边的冬云终于裂开了，露出一抹熹光，雪原得到这一点光亮，骤然明朗起来。

哈尔和艾力布呆呆地站在那堆已经熄灭了的灰烬前,惊慌的目光对视一下,向四周望去——

阿拉布吉不见了!

小狍子也不见了,只有半截绳子还拴在树上。

雪地上留下了狍蹄印和一行脚印。

毫无疑问,身患绝症的阿拉布吉追狍子去了,哈尔想起了自己离开时曾给他下的"命令"。

悔恨?叹息?自责?不,没有时间!哈尔像一股狂怒的旋风顺着脚印卷去。一瘸一拐的艾力布也跌跌撞撞跟着跑去。

翻过一道低缓的山坳,哈尔发现那行脚印变成了一道雪沟。哦,一定是阿拉布吉抓住了系在狍子脖子上的绳索,被拖倒了。

"阿爸——"焦心如焚的艾力布向着空旷的雪原大声呼喊。

"乒——"回答他的是一声格外清脆的枪声。

艾力布和哈尔急忙奔向枪响的地方。

在前面不远的山坡下,他们找到了已经昏迷过去的阿拉布吉。那头累得吐出舌头的狍子瘫倒在他身旁,它脖上绳子的另一端牢牢地系在阿拉布吉的手腕上,把腕子勒出一道血沟。洁白的雪地被染红了一片,像绣着一朵鲜红的五个瓣儿的梅花。双筒猎枪紧紧攥在他的另一只手里。

"阿爸,你醒醒!你醒醒啊……"

"大叔,我真浑啊,全怪我呀……"带泪的呼唤在雪原上荡起经久不息的回声,终于把几乎走进死亡的人唤醒了。他表情安详而平静,幽暗的目光突然显得那么明亮,简直像两团越烧越旺的火焰。双唇蠕动着,声音虽微弱,却很清晰:

"孩子,一定要把这杆猎枪……送给吉格米德老人,我,愧对他啊……请他到达尔罕乌拉山里来吧,如果他肯宽恕我,请他……替我点一堆猎火……火,是最圣洁的……能驱走一切邪恶……净化……灵魂……"

9

　　如火的云霞布满了天际，把庄严的玫瑰色铺在洁白的雪原上。阿拉布吉躺在没有一丝污染的雪絮上，忽地看见飘动着花白胡子的吉格米德老人正缓缓走来，在他身旁点燃了一堆猎火——那一缕直直的、肃穆的青烟向着高远无际的天空飘去，飘去……

　　他欣然露出一丝微笑，在艾力布和哈尔的低泣声中，慢慢地合上了眼睛。

祭 火

原载《草原》
选载《小说选刊》

蒙古族崇敬火，认为火神可以赐以幸福与财富，故有祭火的古老习俗。

——题注

一、苏米娅构思了这样一个舞剧

夜色像一块巨大厚重的黑牛皮，覆盖了古老的荒原。天和地混浊地搅为一体。黑暗和寒冷如两个狼狈为奸的恶魔，在茫茫的原野上肆无忌惮地奔驰着……

骤然间，低沉的定音鼓闷雷般地从天边卷来。浑浊的宇宙间蓦地闪亮一点火光。

火，燃烧起来了！

光明诞生了,生命诞生了!

火神圣母乌托用她柔美的唇徐徐将微弱的火苗吹旺。荒原上,光明击退了黑暗……

柴堆架得小山一般高,篝火燃得太阳一般亮。火堆旁,屹立着五个雕塑似的汉子,腰间扎一块兽皮,袒露出鼓鼓的胸肌,黧色的肌肤被火光映得黑光油亮,每人手中高擎着一支燃烧的火把。

一位鹤发童颜的老人双手捧着一个佩着长长哈达的银边木碗,徐徐向火堆走来。他庄重地在火堆旁站定,用比音乐还美妙的嗓音朗诵起一段祝词:

当太阳还在宝疙瘩山下沉睡时,
当月亮还在西热图湖底萌生时,
火神米荣啊,
你把智慧的双手变成了火石,
你把圣洁的躯体变成了火炬。

老人虔诚地把木碗高高举过头顶,将碗中的奶酒黄油洒进篝火里。五个小伙子一声欢呼,举着火把,围着篝火跳起了粗犷奔放的舞蹈……

他们赞美火,崇敬火,因为火赐给了荒原温暖和光明。

他们笃信火,热爱火,因为火赐给了牧人智慧和财富。

二、伊和迪勒山坳里的女人

苏米娅勒住了马儿,向前望去——

哦,总算赶到伊和迪勒山口了。伊和迪勒山(大马鬃山)正如它的名字一样,颇像千万匹飞舞起来的褐青色的马鬃。山脊是连在一起的,而山尖却分开了,在蓝天上画了一道不规则的曲线,形成了奇异的波峰浪谷。远远望去,莽莽苍苍,宛如一片深不可测的原始森林。

伊和迪勒山环抱着一片水草丰美、气候宜人的草地——伊和迪勒草原。

她在狭窄的山口里走了喝一碗奶茶的工夫，眼前豁然开朗，平坦富饶的伊和迪勒草原尽收眼底。这种地理环境，与陶渊明笔下的世外桃源颇有相似之处。所以在整个乌珠穆沁草原，只有这里还保留着原始的风俗。

冬日的夕阳如一个冷血美人，脸庞虽娇媚明净，却无多少血色和温情。冬天，是个吝啬的季节，万物都在冬眠，不愿意再向人们奉献什么。

她骑着马又往里走了一段路程，远远望见一个小山坡上孤零零地立着一间小土屋，门前有一根高高的旋转的测风仪和用三条腿架立起来的乳白色木头箱子。显然，这是一个简陋的气象观测站。苏米娅纵马奔了过去。整整奔波了一天，对一个城里女人来说，的确太累了。

她给马儿松了肚带，把它系在门外的木桩子上，然后弯腰进了小土屋。迎接她的却是一个女人的哭声。

女人的哭声大体可分为两种：号啕和抽泣。她的哭声属于后一种。这哭声，伤心和哀怨交织在一起，又掺进了母爱的温存，是很容易使人感动的。屋里光线很暗，她只看到一个女人搂着一个男孩子，埋着头嘤嘤低泣：

"他们还说什么了，丹毕？"

"他们说，明天晚上去浩特要让我也去。"

"他们要把你带走？"女人惊恐地抬起头，把孩子搂得更紧了。她有三十岁左右，瓜子脸，柳眉，身条不错。

"我不跟他们走，额吉！他们不是我的阿爸和额吉，他们骗我，对吧？"孩子怯生生问。

"是的，他们坏，骗你！"女人泪流满面。

这生离死别的场面把苏米娅弄呆了。她隐约觉得，这间小土屋里曾发生过或正在发生一个感人的故事。

"你——？"

不知什么时候，女人停止了抽泣，发现了站在门口的不速之客，惊愕地望着她。

苏米娅忙做了自我介绍。

"唔，盟歌舞团的编导，来体验生活的吗？"她的眼睛很明亮，透出一丝刚毅，也不乏女性的妩媚。她显然不是个牧妇。

"听说伊和迪勒浩特明天要举行规模盛大的祭火活动？"苏米娅问。

她点点头："是啊，已经十几年没祭火了。可最近，乌尼嘎大叔突然要在腊月二十四感谢神灵对伊和迪勒草原的赐福，还特意从贝子庙请了几个喇嘛呢。唉，这几年他们都富了，钱烧的！"

"太好了！"苏米娅在土炉上烤着手说，"我总算能亲眼看到场面，一饱眼福了。"

"只怕你看不到！"她突然变得忧心忡忡。

"为什么？"苏米娅愕然了。

"三天之内，要落一场罕见的大雪。"

"白灾？"

"比白灾更严重，恐怕整个伊和迪勒山坳都要被大雪埋没了。"

好个耸人听闻的消息！埋没伊和迪勒山坳，这可能吗？屋外，晴空万里，找不到一点云影，怎么会有大雪呢？

"你的预报有什么根据吗？"

"当然有科学根据！"她突然激动起来，提高了声音，把一本本写满数据的资料和牧草标本重重地甩到苏米娅面前。"我是搞牧业气象研究的，这是门新型的科学。我在这个山坳里生活了近十年，哪儿有风吹草动我全熟悉。今年气候反常，种种实验和观测都证明……"

"那——浩特里的牧人知道这个消息？他们应该立刻倒场搬迁才对呀！"苏米娅担心地问。

"我已经通知他们了。可他们非要祭火不可。在三天的时间里，是不许倒场搬迁的，老辈人很讲究这些。"她无可奈何地叹了口气，颓唐地坐了片刻，突然又坚定地站起来，将长长的灰毛围脖围在头上，不知是对苏米娅，还是自言自语地说：

"不行，我一定要想办法说服乌尼嘎大叔。那个倔脑壳即使包着硬牛皮，我也要把它说透气。"

她竟不顾城里来的客人，扭身匆匆走了出去。

三、固执的老人和痴心的情人

苏米娅走进乌尼嘎老人的蒙古包时，迎接她的又是女人的啜泣。看来伊和迪勒草原真有不少多愁善感的女人呢。

抹泪儿的是乌尼嘎老人的宝贝女儿南斯丽玛。她长了一张可爱的娃娃脸，无论从哪个角度端详，都不难看。

"哭，哭，哭顶个屁用！"乌尼嘎阴沉着脸在吞云吐雾。"驯不服烈马，只能怪骑手窝囊；征服不了男子汉，只能怪女人笨蛋。赫西夫不喜欢你，叫我有什么办法！"

"他本是喜欢我的……"南斯丽玛哽咽道，"真的，他喜欢……有一次我……"

"哼！"老人重重咳嗽了一下，皱起眉。

"后来……那个寡妇勾走了他的魂儿，真的，是她把赫西夫勾引走了，他就不喜欢我了……"她忽然停住了。原来是发现了立在门口的苏米娅。

"喂，你这个人好没羞，怎么悄悄进来偷听人家说话？出去！"她怒目圆睁，像一头发怒的小母牛向苏米娅逼了过来。

"住嘴，南斯丽玛！"乌尼嘎厉声喝道，"对远方来的贵客怎么能这么无礼！"

老人欠欠身子，请苏米娅在他身边的皮褥子上坐下。苏米娅取出盟文化局的介绍信给他看了。他喜出望外地摇着介绍信冲女儿嚷道："瞧瞧，盟里都知道我们要举行祭火仪式，派记者来了(他把编导当成记者了)。我当初怎么说，定要搞得热热闹闹，让这位女记者同志多照几张图片，登在报纸上，嘿！"

老人脸上的一一道皱褶都舒展开来。他忙命女儿取出奶酒肉食，来招待女客人。

毡包的木门轻轻开了，走进来一个垂着头的体格十分强壮的汉子。

"赫西夫！"南斯丽玛惊喜地叫了出来。

赫西夫慢慢走到桌前，也不答话，一屁股坐下了。他坐得好重，苏米娅感到皮褥子下的土地震颤了一下。

他接过南斯丽玛递来的酒碗，低着头默默喝起了闷酒。南斯丽玛并不忌讳陌生人在场，竟用痴情的目光紧紧盯着赫西夫，那目光简直像两团火，恨不能把这五大三粗的汉子融化了。

"我来……大叔，是有一件事想求您……"赫西夫开腔了，显然是想了很久该怎样用最好的语言来表达自己的意思。

"瞧你，男子汉嘛，怎么像女人一样扭捏。马不骑要发胖，话不说，放在肚里可会发霉的哟，说吧！"乌尼嘎老人爽朗笑道，他现在的心情格外好。

"我想……其实这完全是我自己的意思，能不能把时间推迟几天？"

"为什么？"乌尼嘎的粗眉挑了一下。

"您难道没接到哈丽娅契的通知？这几天要落一场大雪，我们应该赶快倒场，走出山坳。"

"噢，那个寡妇的话，你信以为真了？"南斯丽玛又怒不可遏了。

"人家是气象局的，专门研究天气，不会瞎说的。我看，我们还是赶快走吧，迟了恐怕走不出山口了！"赫西夫说。

"是啊，现代科学很发达，天气预报的准确率也越来越高。大叔，您还是相信的好，免得让畜群遭受损失。祭火可以晚几天举行嘛！"苏米娅也在一旁劝道。她现在才明白，刚才遇到的那个女人叫哈丽娅契，赫西夫是她搬来的说客。

老人呷了口酒，朗朗一笑："谁说我不相信天气预报？喏！"

他指指放在红炕箱上的四个喇叭的立体声收录机说："每天晚上七点四十分，收听盟里的天气预报，人家广播得才准哩，有个叫胡燕的气象员，专门预报咱们这一带的天气，回回准，我算服了。如果见了她，我非给她磕三个响头不可。去年春天,她说那天晚上有十级大风,我听了立刻加固了棚圈,把牲口赶到避风的地方。结果,夜里果真来了大风。可那个寡妇的话,就是说破天我也不信。十年前,如果不是听她胡吹,怎么会发生那么惨的事儿呢。"老人的脸色骤然阴沉下来了。

"您莫用老眼光看人,大叔。她现在是凭科学根据。她是为了我们浩特不受损失……"

"噢,原来你是替那个寡妇说话来了!"南斯丽玛跳起来,一下子扯住赫西夫的耳朵,把这五大三粗的汉子拽了起来,"你走,我不听!她给了你什么好处?你替她说话!你替她说话……"胖胖的娃娃脸气得铁青,泪珠儿在眼眶中转着。

木门"砰"地关住了。

"祭火一定要按时举行,这是全浩特牧人们的意愿,谁也不能违背!"乌尼嘎端起酒碗,像是宣布重大国际新闻般的庄重肃穆。

四、女人的心是一个丰富的世界

乌尼嘎带苏米娅到阿格旺家借宿。

阿格旺是一个四十多岁的沉默寡言的矮胖子,眼睛总爱盯在一个地方发呆。相形之下,他老婆倒很灵活,也很热情,不停地张张罗罗、絮絮叨叨,也不知说些什么。乌尼嘎在毡包里坐定,便和阿格旺研究起明天的准备事项。后来,他们的声音压低了,神秘而紧张。

"她如果不给呢?"阿格旺的声音。

"抢!"乌尼嘎的声音。

"行吗,不犯法?"

"自己的儿子,犯什么法!"

"可是丹毕从小就……"

"嗨,鞍子归马背,儿子归父母。她抚养过小丹毕,这不假,可以给她抚养费嘛。然后就把她赶走……"

"那明天——"

"这么着……"

声音低得听不见了。苏米娅顿时不安起来，心儿怦怦跳。

小丹毕，哈丽娅契，阿格旺夫妇，他们之间究竟是怎么回事？

有一点她是清楚的：他们要把小丹毕从哈丽娅契那儿夺走，天！

她急忙找了个借口溜出毡包，同情弱者大概是人类的一种本能。她急于要把这个消息告诉哈丽娅契，同时也解开满腹疑团。

从伊和迪勒浩特到气象观测站的小土屋，有很远一段路。

这时，天色已黯淡下来，伊和迪勒山像一堵高耸的城墙，在幽蓝的天幕上划了一道弯弧。弯月带着霜雪般的寒意正在吃力地从山脊往上爬着。天空还是那么平静，会有雪吗？

苏米娅带着一阵寒风闯进了那间小土屋。哈丽娅契正在油灯下写着什么，慌乱地站起来，警惕而惊愕地望着她："有事吗？"

"有事。"

"唔，请坐吧。"

土炉子里的干牛粪烧得正旺，屋里暖烘烘的。小丹毕已经在土炕上进入了梦乡。一切都显得和谐而静谧。

"我想问一件事，"苏米娅单刀直入地说，"小丹毕是您的儿子吗？"

她抬起眼帘默默向苏米娅注视片刻，静静地说："他们都和你说了？"

"没有。可我听他们说，明天，要从您这儿把小丹毕带走。"

她浑身战栗了一下。

"您能把自己的一些事情讲讲吗？"

她沉默了很久，才抬起头。

"我知道迟早会有这么一天，总会有这么一天……"她轻轻抚着熟睡的小丹毕的面颊，喃喃道，"我是个有罪的女人，罪孽深重啊……"

油灯的光焰一阵摇曳，迷蒙的橘红色在她脸膛上闪跳着。她望着油灯陷入沉思之中。

"十年前，我来到这片草原上插队落户。我热爱大自然，对气象预报有浓厚的兴趣，所以，我就收集了几十条牧业气象谚语，投给报社，竟发表了。没想到这么一来，我竟一下子成了知青先进代表。"

她的声音很低，充满了梦幻般的情调。"那时候，我真幸福，因为我恋爱了。他，是和我一块下来的知青，热情、英俊、谈吐风趣，对古今中外的名人轶事无所不晓。我真喜欢和他在一起，听他用富有魅力的男低音娓娓动听地谈天说地。有时，望着他那宽阔而聪睿的前额和炯炯有神的眼睛，我真想投到他的怀抱里去，但是我不敢……

后来，我成了盟气象局的业余天气预报员。报纸上登我的所谓事迹，总吹我预报如何准确，从无差错。不久，盟气象局给了一个指标，推荐我上气象学院。我高兴坏了，一时心血来潮，临走时搞了一个'百天天气预报'。其实，那算什么天气预报啊，没有一点科学根据，完全靠主观猜测。

"那天，他领了一个戴眼镜的中年人来找我，说那人原是气象专家，如今到伊和迪勒草原。那人毫不客气哟，他说我预报的'百天之内风和日丽、无风无雪'完全是胡扯。他已测出：最近几天伊和迪勒草原上就有一场特大暴风雪。他要我立刻赶回到气象局，更正自己的预报。我为难了——如果照他说的去办，那就等于承认自己报错了，上大学肯定要受影响。

我的竞争对手还是很多的。我见天空很晴朗，以为凭侥幸不会有什么大问题，加上可恶的虚荣心作怪，我竟……

我上大学走的第二天，果然落了一场罕见的暴风雪。天哪，那风雪简直像一群群恶狼，要把伊和迪勒草原吞进它的肚子里去呀！就在那个可怕的暴风雪之夜，他，我爱过的那个知青，和那位戴眼镜的气象专家，为了帮牧民截回一群被暴风雪吹炸了群的马，整整追了一夜。他……后来迷了路，活活冻死在雪窝里；那个专家被马群踩断了腿，成了残疾……"

灯光又不安地摇曳起来，像一个不幸者在瑟瑟发抖。屋子里静极了，空气凝成了固体。

"他死了，死了……我的心也死了！是我害了他啊！那些日子，我简直像一个活尸，呆呆地坐了三天三夜。我的泪流干了，骂自己，恨自己，诅咒自己，可又有什么用呢！罪孽啊，我一辈子都不能饶恕自己……"

哈丽娅契捂着脸说不下去了。

"唔，你是为了赎罪，所以才一直留在条件这么艰苦的地方工作，是吗？"苏米娅有些明白了。

哈丽娅契点点头："从那时我才认识到：科学，的确容不得半点虚假，也容不得一丝私欲。唉，人啊……这间小土屋是他插队时住的地方。我毕业后虽然分配在盟气象局，但我主动要求到基层的观测站来工作，从事牧业气象研究。我要把真正的科学知识带到伊和迪勒草原上来。"

"这么说，你一直没结过婚？"

她点点头。

"那么，小丹毕是？"

"捡来的。"

"捡的？"

原来是这样！

"起初，我到处打听婴儿父母的下落，可是谁也不知道。阿格旺那时已经到很远的牧场走敖特尔去了。我就抚养了他……

"一个没结过婚的女人，抚养一个来路不明的孩子，真难呀！光浩特里的那些风言风语就让人受不了。有些男人真以为我是个风流寡妇，常常骑着马来纠缠……唉，我真不知道是怎么熬过来的。

"后来，小丹毕会爬了，会走了，会说话了，一天变一个样，真招人爱哪！他简直成了我的生命，我的寄托。我再也不感到寂寞了，每天工作起来，身上有使不完的劲儿。就这样，七年一转眼就熬过去了……"

女人的心是相通的。苏米娅听了哈丽娅契这一大段的讲述，开始同情、钦佩这个几经生活磨难的女人了，继而又为她愤愤不平起来："小丹毕不能给他们。你辛辛苦苦这么多年，把他拉扯大了，让他们领回去，没那么便宜的事，决不能答应！"

"不，要是他们同意立刻倒场，走出伊和迪勒山坳，我准备把小丹毕还给阿格旺。"

"你？"苏米娅大惑不解地望着这个女人。

世界上，能割弃母爱的女人，有吗？

五、男人的爱比女人更深沉

整整一天，赫西夫的脸色都阴沉着。

乌尼嘎在牧人心目中的地位，只有这一天才真正充分显示出来了——他有条不紊地指挥着众人，做祭火前的各种准备：派小伙子们去砍干柴。派孩子们去拾牛粪。派女人们去捏面羊、面牛。派老人们煮祭祀用的手把肉、全羊，炸黄油果子。请贝子庙来的喇嘛选地点……每个人都在忙碌着，脸色是肃穆庄重的。神圣的仪式使这一天变得不平常了。

赫西夫的心情十分沉重。他避开了南斯丽玛热辣辣的目光，向那间小土屋走去。南斯丽玛追上了他。

"你又要去找她？"

赫西夫没说话。她服软了，用闪着泪花的眸子久久注视着他，然后把可爱的娃娃脸慢慢贴在他胸前，轻轻去抚摸他的耳朵："原谅我，赫西夫，我昨晚不该那么对待你，还疼吗？你打我一下消消气吧，打吧……我太喜欢你了，太喜欢了！"

赫西夫一言不发地推开了她，继续往前走去。南斯丽玛呆呆地站在草地上，泪，默默地流。

在伊和迪勒草原上，有谁知道赫西夫的心呢？那颗男子汉滚烫的心浸透了多少爱情的苦辣酸甜呢？说也奇怪，他虽是在草地上长大的男子汉，却不喜欢南斯丽玛那样大胆的女子，而爱上了沉稳内向的哈丽娅契。

这种爱给他带来了不幸。

哈丽娅契爱小丹毕，爱气象事业，除此之外，她把那扇女人的心扉关得紧紧的，决不让任何一个异性闯进。她好像根本没察觉赫西夫的一片痴情。这使赫西夫心底的渴望更加膨胀起来。男人啊，越是得不到的东西，就越要拼命地追求。

傍晚，当畜群归牧的时候，从西天际涌起一团黄浪似的乌云，又颇像一群蒙面海盗偷偷地爬了过来。空气里忽然有了一些暖意。赫西夫找到哈丽娅契时，她正愁得六神无主。

"瞧见那片云了吗？那是一场灾难，正朝我们飞过来呢！"

"他们马上就要祭火了啊！"

"该死，伊和迪勒山口一旦被大雪堵住，谁也休想走出去。"

"他们只信收音机里的天气预报，只相信那个胡燕。"

"嘎查的电话线从昨天就断了。我已经和气象局断了联系。"

"那怎么办？"

"必须让乌尼嘎停止祭火，带领乡亲们撤出伊和迪勒山坳。"

"那是条老倔牛，不会听你的。"

"没时间了，走，进浩特！"

赫西夫本有一肚子情意绵绵的话要对她讲，可这时只好忍住了。

雪，已经零零星星飘落下来，在渐渐加厚。天空已经被又重又厚的乌云捂得严严实实。赫西夫和哈丽娅契进了浩特。

在一块空草坪上，架起了五捆系着彩绸的芦苇，中心是一大堆劈成细条的柞树条。牧人们正向这里聚拢。乌尼嘎和阿格旺陪着三个穿绛紫色袈裟的喇嘛徐步走来。

雪像白色的网幕，把人们罩在里面，显得人影绰绰。人越聚越多。祭火仪式就要开始了。

乌尼嘎点燃了一支柞木火把。

哈丽娅契的心儿顿时高悬起来。她知道那堆柞木条一旦被点燃将意味着什么——意味着在三天之内，牧人们谁也不能倒场搬迁；意味着全浩特的人将被困在这伊和迪勒大山里面。她一个箭步跳上前去,从乌尼嘎手中拿过了火把。

乌尼嘎被这种越轨的举动气得浑身颤抖起来。这还了得!阿格旺带着几个鲁莽的小伙子围上来。哈丽娅契毫不示弱,将火把扔在雪地上。火把熄灭了。

"揍她!"矮胖子阿格旺怒喝一声。

重重的一拳落在她的肩膀上,第二拳、第三拳……赫西夫像一头被激怒的雄狮般吼了一声,冲了过来,将哈丽娅契紧紧搂在怀中,用自己的身体挡住了凶狠的拳头。

南斯丽玛又羞又急,捂着脸尖叫一声。

"你们怎么这么野蛮?"苏米娅从人群里挤出来,怒斥阿格旺,嘴唇气得颤抖。

僵持,剑拔弩张的僵持。

"乌尼嘎大叔,您听我说,"哈丽娅契艰难地从赫西夫有力的双臂里挣脱出来,喘息着说,"我知道你们讨厌我,不相信我的话。因为我十年前的错误,你们不肯饶恕我。可是这一次……如果今晚大家还不离开这里,大雪就会堵死伊和迪勒山口。"

众人一阵骚动。

"要我相信你说的是真话,除非你肯答应我的两个条件。否则,不推迟!"乌尼嘎斩钉截铁地说。

"您提吧,我全答应。"

"好!第一,小丹毕本来是阿格旺的儿子,你在今天晚上还给他。"

"我答应!"她的脸惨白,声音带着哭腔。

"第二条,你必须离开伊和迪勒草原。我们这儿不需要你。还有,你必须保证不再纠缠赫西夫。答应吗?"

"大叔,只要你能领大家立刻撤出伊和迪勒山口,我一定离开你们……你放心,我不会嫁给赫西夫的!"

赫西夫摇晃了一下,像喝多了烈性酒。

乌尼嘎心满意足了。赶走这个女人,正是他多年的愿望。这些年,他对这个女人的一举一动都不能容忍——当年为了上大学，她乱编天气预报，把那么好一个小伙儿给活活冻死了；她没结过婚，却要收养孩子；她靠着她的姿色，把草原上男子汉的心给搅乱了，包括他的意中女婿——赫西夫。

他实际上也看出了这场大雪的危险，但他想乘着机会把她赶跑。现在，目的已达到，他威严地举起曾驯服过无数匹烈马的手臂，宣布道："立刻回去倒场，走敖特尔！"

六、爱情会使人干傻事吗

庞大的畜群的骚乱过去了。装满生产生活用具、蒙古包的勒勒车队过去了。慌乱的人流过去了。

现在，一切都归于平静了。伊和迪勒山坳里已空无一人，只有纷纷扬扬的雪花在静静地飘落。整整一夜，来势凶猛的大雪丝毫没有减弱的意思。

哈丽娅契疲惫地回到了她的小土屋，全身无力地瘫坐在炕沿边上，失神的目光久久盯着桌子上的一张照片——胖乎乎的小丹毕正向她傻笑。

啊，再也不会见到他了，再也不会听到他亲昵地喊她了。真像做了一场梦啊！整整七年啊，她把自己的全部感情都倾注在他身上。每天晚上睡觉时只有把他紧紧搂在怀里才睡得香甜，睡得安稳。

世界上还有什么比母爱更强烈的呢？

但是，就在刚才，她竟那么狠心地把小丹毕从怀里推了出去。

"去吧，孩子，那才是你的亲父亲、亲母亲，找他们去吧……"她哽咽着说不下去了。

小丹毕哭得像个泪人，拼命在阿格旺短粗的臂膀里挣扎，要扑向她的怀抱。他的哭声像刀子一样扎在她心上。

她的心碎了。

阿格旺脸上带着不知所措的歉意，惶恐地递过一沓厚厚的钞票。她觉得受了莫大侮辱，猛地夺过那沓钞票，狠狠甩在阿格旺那张油腻的胖脸上。阿格旺呀阿格旺，除了金钱，你还懂什么？它能买到铭心刻骨的母爱吗？它能使一颗破碎的心归复吗？它能补偿一个女人七年的心血吗？

灯油熬尽了。幽幽的灯火闪跳了几下，终于慢慢熄灭了。

她坐着没动，感到一阵寒冷，浑身战栗，一股强大的孤独感紧紧包围了她，挤压着她。她终于控制不住了，扑倒在土炕上哭泣起来。她觉得自己流下的不是泪，而是血。

赫西夫啊，原谅我吧！她在心里哭诉道。我过去对你太冷淡了。实际上，我每天都在盼你来啊，只要能看到你高大的身影，只要你在我身边，我就仿佛有了依靠。我刚过三十岁……唉，我多么喜欢你这个老实的男子汉啊，我甚至幻想过将来我们在一起生活时的情景。可是，我竟当着全浩特牧人伤了你的心，我对不住你！你把我忘了吧……

该走了，天快亮了。再不走，大雪要把伊和迪勒山口堵死了。还有许多贵重的仪器、资料需要收拾、装车。可是，她现在没有任何交通工具，乌尼嘎答应派人送牛车来帮她搬家，为什么还不见人影呢？没有车，这么多资料、仪器，她无论如何也送不出伊和迪勒山坳。

迷迷糊糊中，哈丽娅契隐约听到一阵轻微的响动，一个高高大大的身影在眼前晃动，她惊愕地坐了起来，闻到了一股男子汉特有的汗味和烟草味混杂在一起的气息。

"赫西夫！"她惊喜交加地喊了一声，不顾一切地扑到他怀里。他的胸膛宽阔、坚实，散发着男子汉那热烘烘的不可抗拒的诱惑力。她浑身战栗着，从他怀中慢慢扬起头，期待着。赫西夫紧紧搂住了她，轻轻地、生怕惊吓着她似的俯下身去……

"你……怎么还没走？"赫西夫问。

"我在等车，我不能丢下这些资料仪器。这是我七年的心血！赫西夫，你不恨我吧？刚才当着那么多人的面……"

"我知道，你为了全浩特人的生命财产，准备牺牲自己的一切，包括爱……"

"哦，只有你理解我，赫西夫，我的赫西夫呀！"

"你冷吗？"

"不……噢，再把我搂紧些。"

"外面雪好大呀！"

"是啊，真大！"

"哈丽娅契，我们结婚吧！"

"现在吗？"

"现在！"

"不行，大雪会把山口堵死的。赫西夫你快走吧，要不，会有危险的！"

"不，我不能把你一个人丢在这里。"

"……"

窗外，一团团欢乐的雪花簇拥着，拼命扑到玻璃上，像一群嘻嘻哈哈的闹洞房的淘气鬼，趴在窗口向屋内窥视着。

一张惨白的娃娃脸在窗口闪了一下，消失了，窗外的雪地，留下两行凌乱的牛车的辙迹……

七、祭火，不是为了祭祀神灵

庞大的畜群和长长的勒勒车队像一支逃难的队伍，乱哄哄地涌出了伊和迪勒山口。

苏米娅在混乱的人群中穿行着，向每一个牧人打听哈丽娅契的消息。

"见到哈丽娅契了吗？"

"那个女人吗？唔，没见！"

牧人们都这样回答她。

"怎么，哈丽娅契还没有出来？"乌尼嘎问道。现在，他那牧人纯朴的心里，善良正在慢慢苏醒，悔恨的痛苦正搅得他六神不定。经过伊和迪勒山口时，雪已经有一尺多厚了，峡口两侧陡峭的岩壁顶上，不时有巨大的雪块坠落下来，堵塞着去路。经过一场紧张的激战，他们总算走出了山口。他出了一身冷汗——如果再晚走半天，不，只要再晚走几个小时，恐怕就要被困在山坳里。幸亏听从了哈丽娅契的劝阻，否则，后果不堪设想啊！假如全浩特的人都困死在里面，他乌尼嘎岂不成了千古罪人了吗？唉，应该承认：是那个女人救了伊和迪勒浩特。而我呢，却那样不公正地对待她，要把她从草原上赶走，心胸太狭小了，太狭小了！

牧人的心胸应该和草原一样广阔啊！特别是刚才，当苏米娅告诉他：哈丽娅契正是经常在广播中出现的那个气象员胡燕时，他简直像被一个惊雷给震呆了，嘴巴久久没有合拢。胡燕吗？那可是伊和迪勒草原上最令人敬仰的女神啊！牧人哪一天晚上不留神收听她的天气预报呢。可为什么就没想到胡燕就是哈丽娅契呢？实际上一切是多么清楚明白啊——哈丽娅契，意思就是胡燕嘛！

怨恨早已烟消云散，代之而来的是感激、敬重的愧疚。他现在急于要找到哈丽娅契，向她请罪。

"喂，南斯丽玛，我昨晚不是让你去给她送牛车吗？你去了吗？"乌尼嘎忽然记起昨晚混乱中，哈丽娅契曾请求他派辆车帮她运走那些贵重的资料和仪器。他当时把这事委派给了女儿。

"我去了。"南斯丽玛呆坐在勒勒车上，脸上没有一丝血色。

"她呢？"

"她早赶着牛车走了，在我们前面。"南斯丽玛的眸子里闪着复仇的凶光。

"她一个人？"

"还有赫西夫。"

"噢。"乌尼嘎和苏米娅放心了。要不然的话，他们还得立刻返回到山坳里去接她。南斯丽玛的胸中此刻正燃烧着一团愤怒的毒焰，把她的理智、善良和一颗少女的痴心全烧焦灼了。不，她无论如何不能原谅赫西夫，不能饶恕那个女人，不能容忍他们在那间小土屋里犯下的叫人羞于启齿的罪孽……她认为全浩特的人都上了哈丽娅契的当，那个女人只是为了找机会和赫西夫在一起，才故意编造耸人听闻的天气预报，把所有人赶出伊和迪勒山坳，只剩他俩好在那里做那种令人羞耻的事情……天啊，让神灵惩罚他们吧！

她扑倒在勒勒车上，剧烈地抽泣起来。

苏米娅凭着一颗女人敏感的心，看出南斯丽玛的神态有些反常。从走出伊和迪勒山口时起，她就开始寻找哈丽娅契，担心她一时走不出来，困在山坳里。她赶到队伍前面，在雪地上没找到牛车的辙迹，也许被鹅毛大雪埋住了。但她仍不放心，觉得事情有些蹊跷。

大雪仍然在天地间悠闲地飞舞着、飘落着。天已大亮了，但天空仍是铅块一样沉重的灰白色。大自然正用冰雪细细雕琢着这个世界。

苏米娅也坐到乌尼嘎的勒勒车上，轻轻抚着南斯丽玛的肩膀，柔声细语地安慰着她："南斯丽玛，有什么伤心的事别总闷在心里，告诉大姐好吗？我也许能帮上你呢。"

"不，谁也帮不了我！"她哭喊道。

"是赫西夫欺负你了？"

"他……根本不喜欢我……他和那个女人正在伊和迪勒山坳里过新婚之夜呢……"她终于爆发地喊了出来。

苏米娅呆愣了。

老乌尼嘎也呆愣了。忽然，他用粗糙有力的巴掌狠狠给了女儿一记耳光，怒声骂道："混账，你知道他们还在山坳里，为什么不早说？为什么不把牛车给她留下？"

"我恨她……"南斯丽玛捂着脸恨恨地说。

老乌尼嘎仰望苍天，悲怆地喊道："救救我们这些可怜的人吧！"

半个小时之后，老乌尼嘎、苏米娅、阿格旺和几个剽悍的小伙子骑着马，如一阵旋风卷向伊和迪勒山口。狂怒的马蹄搅起一片冰雪的烟雾。

他们来晚了一步———

伊和迪勒山口已经被严严实实地堵死了，足有十几米高的雪墙牢不可破地挡住了通向山坳的唯一的去路。

雪，仍在落着。大地死一般沉寂……

黄昏降临了。

伊和迪勒浩特的全部人马都聚集在伊和迪勒山口外。人们从雪层下刨出了干柴、树枝、牛粪，拢了一个柴堆。

突然，一声尖利的撕裂肺腑的哭叫紧紧攥住了人们的心。南斯丽玛披头散发扑向峡口的雪墙，发疯地用双手刨着雪，谁也拦不住她。

"赫西夫，你在哪儿？我来了！我对不起你啊……"

一个孩子喊着扑上前去，滚成了一个雪人儿："母亲，你快出来吧，我要母亲！"

苏米娅啜泣着扭过头去。啊，生活中的悲剧要比舞台上的悲剧感人得多、深刻得多啊！

老乌尼嘎沉痛地举起了火把，点燃了那个巨大的柴堆。

火，熊熊燃烧起来了。那滚滚的浓烟挟着火舌，如一个疯狂的精灵直向云天冲去，似乎要烧透那厚重的雪幕。

苏米娅忽听得身后一片阵响动，她擦去满眼泪花回头望去——

啊，火堆旁，黑压压的牧人向着伊和迪勒大山齐刷刷地跪了下去，像是对大山的朝拜，又像是对神灵的祭奠……

魔 火

原载《草原》

火，具有永恒之魔力，
既能毁灭一切，
亦能净化一切。

——题释

第十五天

"不能再这样下去啦，杭喀拉的乡亲们！"老头子道格楞（瘸子）憋紫脸，嚷着。唾沫星子炮弹似的喷散开。

气氛极肃穆极庄重，没有一个人敢偷偷笑一下。

"再这样下去，草原的末日就到了！你们，应该明白这一点——杭喀拉的乡亲们。我们不能坐在这里死等，等什么呢？什么也等不来！你们瞧瞧，草原上还是长不出青草，牛羊瘦成一把骨头，为啥？就因为那帮人抽走了地油，地油！知道吗，最珍贵的东西，那是我们杭喀拉的财富，被他们抽走了，所以今年草场才这么糟糕。我们不能再这么下去啦……"

"赶走他们！"哈森举起手中的套洛棒。松木棒上缠着铁锈色的牛皮条。他挥棒的姿势很潇洒，很有力。棒头倏地指向苍天，把一块夹裹着雷暴的乌云挑到人们头顶上。人群沸腾，像烧开一锅混浊的奶酒。

"赶走！"

"让他们滚！"

空旷的杭喀拉荡起雷暴的回音。备好鞍子的马儿暴躁地用蹄子刨着干燥的土地。人们的头顶上飘浮着一团烟尘。

"我们决不能让祖宗留下的草地受到任何破坏，不能！有热血的男子汉们，跟我走！"

"上马！"

哈森用有力的臂膀将老道格楞扶上鞍座。赤豹马急不可耐地挪动四蹄。枯黄的小草在纷乱的蹄子下可怜地歪倒挣扎。道格楞听到一阵冰雹落地的骤响，上百名骑手几乎同时骑到鞍上。他用苍老遒劲的目光扫视着杭喀拉的男子汉和喀拉草地，心底蓦地喷出一股炽热的岩浆——好啊，这才是杭喀拉的儿子！这是一阵狂风，一股洪水，谁也阻挡不住！他用仅有的一只脚狠狠踩住铁蹬子，一抖缰，激情澎湃地举起拐杖：

"走啰！"

他引导着狂风，引导着洪水，向杭喀拉草原深处的巴音蒙杜河冲去。赤豹高亢地嘶了一声。他分明看见了那嘶声是怎样从马的咽喉里滚出来，挤着柔软的长舌，擦着雪白的牙齿，像一枚带尖的炮弹越过枯黄的草地，飞过巴音蒙杜淖尔，落在湖畔的一眼深井里，"轰"地炸裂了，大气中久久震荡着爆响的余音。他回头瞟了一眼，惊奇地发现众多杂乱奔驰的马蹄底下，都闪耀着电弧光似的火花……"我的杭喀拉哟！"他眼里聚着泪花。那颗曾经无数次有力搏动过的心儿像泡在一碗烧酒中，热热的，辣辣的，然而又是甜甜的……泪在眼圈挂了一道晶莹剔透的幕帘，变幻着水晶和彩虹的光色。透过这层美丽而迷蒙的光晕，他看见了高耸的怪模怪样的铁塔和几顶白帆布帐篷，并闻到一股难闻的气味儿。

地油，他们抽走了草原的地油！

杭喀拉就要被他们毁啦，孽种！

第一天

哈伦脱掉那件蓝色夹克式工作服，只穿一件鲜红的背心。天真热，刚刚六月。天上的云成了炸群马，不知逃窜到什么地方。工作服搭在肌肉饱满的肩头。他嗅着布纹里散发出的熟悉的亲切的石油味儿。到自己故乡来勘探石油，多有意思！他慢慢走着，很想唱点什么。

"杭喀拉，我回来啦！"当他爬上一个山岗，眼前骤然涌来一片金灿灿的广袤无际的塔拉时，他激动地停住脚步。多好的牧场呀，做梦都想你呢！是啊，连每一丝空气都是油香油香的。举目四望，哪一块草地上没印着童年的记忆呢——在草棵子里寻觅斑头雁的蛋，在芨芨滩里追兔子，在山岗后的平地上偷骑阿布的赤豹，在敖包山下的绿草地上和哈森哥摔跤，摔得面红耳赤……多快活的日子哟，可惜，都是十几年前的事情了！

哈伦快步向山岗下走去。日头已经很毒了，它用细密的牙齿啃咬着祖露皮肉的地方。脚下的土地热乎乎的，他能感到那股奇异的地热正穿透皮靴底，沿着小腿往上爬。那年，他去远方的城市上学，离开杭喀拉的时期，已经很冷了。远远望着拄着拐杖立在山岗上目送他的阿布，他只觉着浑身瑟瑟发抖，胸中无限悲凉。

一切都是老样子——那两顶圆圆的蒙古包，那篱笆围的牛圈，那蹲立在一旁的勒勒车，甚至连拴马桩还像从前那样歪斜着，像个醉汉。两条黑狗窜出来，气势汹汹，却不敢真的来咬，还是那副外强中干的窝囊样。哈伦滚烫的心骤然凉下来，恍惚回到了几年前。

"回来啦……"老阿爸坐在一条黑狼皮褥子上，吧嗒着烟斗，仅仅撩起皱巴巴的眼皮瞄他一眼。目光很犀利，像跳跃着冷光的刀刃。辛辣的浓烟在他的呼吸道里匆匆运行。吞下烟时，庞大的硬石块似的喉结"骨碌"一动，像吞下一块肥肉。连这，都是老样子，没改一丝一毫。

"回来啦！"哈森直起腰，用同样的腔调重复阿爸说过的每个字，决不多加一个，也不减少一个，从语调中，听不出热情，但也听不出冷淡。他蹲在地上收拾马鞍子。鞍子很漂亮，鞍桥上嵌着镂着花纹的银条，鞍鞯黑亮黑亮，铜钉花闪着金灿灿的光芒。

老道格楞终于抽完那袋烟，摸过拐杖，站起，挪到哈伦身边。

"阿爸……"哈伦想说点什么，忽又什么都不想说了。

道格楞伸出手去，摸着儿子的肩膀。他的手很大、很厚实，用它攥碎一块石头，估计问题不大。他用这只粗大的手摸着儿子的肌肉和骨骼，挑剔地眯着眼，摇着头。

"女人一样……唉，和女人一样软……非要离开草原，离开马背，孽种啊！你瞧哈森，你的哥哥，他的胳膊足有你的腿粗……他毕竟是鹰的儿子啊……"实际上儿子的肌肉和骨头都像檀香木一样硬实，他心里明白，可心底总有一股子不满意。

哈森故意把鞍鞯和皮梢绳弄得直响，用得意的、狡黠的目光乜斜着哈伦。他有着略卷的头发和直挺的鼻子。他知道这样漂亮的头发和鼻子容易讨女人的欢心。

老道格楞忽然一用力，哈伦感到自己被一股迅猛的力量冲击了一下，踉踉跄跄向前扑去。他忽地想起每年打马鬃倒马时，阿布就是这样猝不及防地一拽马尾，再强悍的烈马也会失蹄倒地……他用尽全力保持住身体平衡，竟奇迹般没有倒下。回过头，见阿爸嘴角隐约有了笑意。

"哈森，把我的赤豹牵来！"

赤豹绊在不远的草滩上，哈森很快牵了过来。老道格楞接过鞭绳，爱抚地摸着马儿光滑如绸缎的皮毛，回过头瞧着哈伦，什么话也没说。哈伦明白阿布的意思。这是个刁钻暴烈的精灵，绝不是任何一个骑手都能骑得了的。对高明的骑手，它百依百顺；而对骑技拙劣的人，常常开冒险的玩笑。

哈伦甩掉肩头的工作服，接过缰绳，毫不迟疑地跨上马去。赤豹很驯服地走了几步，突然猛地蹉回身子，企图将鞍座上的陌生人闪下去。哈伦将身子粘在鞍子上，并在刹那间扯住了嚼子。赤豹飞起后蹄，身子像一叶颠簸在惊涛骇浪中的小船。哈伦伏下前身，任它尽情地尥蹶子。它又跑，突然收拢前蹄，整个躯体直立起来，发出一阵骇人的长嘶。它的长鬃垂下来，皮鞭似的抽打着他的脸。哈伦狠狠拽着缰绳，在这绳子上准确地使着力量……过了片刻，它驯服了，扬起头，平稳而愉快地奔跑起来……

哈伦骑着赤豹返回来的时候，看见阿爸正点燃第三袋烟，脸上浮现出赞许的笑容。哈森肩头扛着一只羊从山坡下走回来，身后，跟着一个姑娘，头上的三角纱巾像一团火苗在悠悠晃动。

"这就是我的弟弟。"哈森回头说。他把绵羊扔在脚下，一屁股坐在它身上，从靴子里摸出一把刀，仔细看着刀刃。

"是哈伦吗？"姑娘用一对不会掩饰的眼睛瞧着他，"在石油队干活儿？"

"是石油勘探队。"哈伦勒住赤豹，愉快地纠正道。姑娘的到来使他很高兴。

"你敢骑赤豹？"姑娘惊奇地望着他。

"这没什么！"哈伦显出无所谓的样子，从马背上跳下来，一边给马松肚带，一边说，"你叫什么名字？"

"吉木兹玛，叫她吉玛好了，她喜欢人家这样叫她。"哈森斜着眼儿观察着哈伦，"她是我的未婚妻，想见见你。"

"去你的！"吉木兹玛狠狠瞥了哈森一眼，"谁是你的未婚妻！这家伙，真浑！"

"反正你总不会嫁给别人！"哈森嘟囔着。他并不急着杀羊。

"那也说不准哩！"吉木兹玛还在打量哈伦，目光大胆直率，带着荒野姑娘特有的野味。哈伦觉着一股溢着青草气息的泉水洗浴全身，十分舒畅。

"喂，吉玛，过来帮我杀羊。"哈森妒意十足地嚷起来，"你怎么死盯住人家看呢？哈伦是城里人，和我们不一样……"

吉木兹玛走过来，高傲地扬着头："我愿意那样看，你又不是我的丈夫，有什么权利管我？"哈森嬉皮笑脸："我的兄弟还没有媳妇哩，你要小心……"

"你们兄弟俩一点也不像，我觉得奇怪。"

"有什么好奇怪的，本来就不是亲兄弟！"哈森把刀叼在嘴里，在羊肚子上寻找合适的位置。哈伦走来，瞥见绵羊的大眼球闪着极度哀怜的光。

"让我来！"吉木兹玛跳到哈森面前，从他嘴里夺出刀，非常利索地在羊肚子上割开一道口子。

"你行？"哈伦吃惊地望着她。

"她行！"哈森摁着挣扎的绵羊，夸耀地笑着。吉木兹玛挽起衣袖，将白皙的胳膊伸到羊肚子里去。她半跪在草地上，腰像一株柔韧的细柳弯成弓形，眼睛里闪着凶狠而快活的光芒，手在羊的内脏里摸索着。忽然，她用白瓷似的牙齿咬住娇嫩的下唇，猛一使劲，胳膊从羊肚子里闪电般抽出来，带出热乎乎、红艳艳的血丝。绵羊在狠命蹬腿儿。吉木兹玛在羊皮毛上擦干净手，站起。哈伦闻到一股腥膻味。

"哈伦，过来！"闭目养神的道格楞唤他。哈伦走去，在阿爸身边坐定。

"你们钻油队，要到杭喀拉草原住去吗？"

"是呀。杭喀拉地下可能有非常丰富的石油，我们要在这里打井勘察。"

"唔……"老道格楞心事重重地沉吟着，"抽走地油，杭喀拉草原会不会不长草啦？"

哈伦开心地笑起来说："阿爸，你什么都不懂，石油深着呢，抽得再多，也不会影响草原植被。"

"那也难说！"道格楞固执地摇着头，慢慢睁开眼，久久凝望着春天干旱的杭喀拉草原，"咱们杭喀拉是块风水宝地呵，我担心迟早会有一天，会有那么一天……"

第七天

巴音蒙杜淖尔蓝晶晶的，像一块玻璃。吉木兹玛勒住小白马的缰绳。纯净的蓝玻璃散发出巨大的诱惑力。她骑着马儿来到岸边。小白马兴奋地跑过去用蹄子把湖水踩得啪啪乱响，溅起碎玉似的水珠。她跳下马背。小白马喷着响鼻开始痛饮。

吉木兹玛掬起一捧湖水，埋下头，将脸儿泡进去。水从指缝间很快流光了，她又掬了一捧。天是晴朗的，湛蓝的——她从湖水中看到整个天空，瞧见那轮明晃晃的太阳——金色的火球在碧波间滚来滚去，把湖水烧得咝咝响。她全身冲荡着难以遏制的激情，于是便从喉咙里飞出一声长长的动听的呼喊：

"嗨嗨嗨——我的太阳——"

"太……阳……"

呼声紧贴着水面疾飞，激起一片银色的浪花，最后和那金色的火球碰撞在一起。浴在水中的太阳便炸开了，变幻出无数个耀眼夺目的小太阳，铺满了整个湖面……

吉木兹玛感到一阵欢悦的眩晕。她毫无顾忌地脱下袍子。很远的地方有人放羊。也许，会有个牧马人从山坡顶上突然出现。她不在乎。她袒露着上身，把清凉的湖水撩到白皙的胳膊上，快活得要死。她觉得自己与这纯净的大自然完全融化在一起了。

马蹄嗒嗒，真的有人来了！她回过头，看见哈森歪骑在马上，一顶挺漂亮的褐色呢礼帽压着半个眉毛，一阵风来到她面前。赤豹踏起的水花溅了她一身，她弯下腰咯咯笑个不停。

"笑，还笑！"哈森恼怒地跳下马，"不怕让人看见！"

"正经的男人才不看呢，远远就绕道走了。只有不正经的才往来跑……"她直起腰。

"我难道是不正经的？"哈森盯住了她看。

"喂，眼睛老实点！"

"你真白……像用牛奶泡过似的……吉玛！"

吉木兹玛打开他的手，穿上袍子说："滚开！你们男人怎么这样……"

"反正，我不许别的男人碰你！"哈森很认真地说。

"你真的……那么喜坎我？"吉木兹玛一边扣着银盘扣，一边不信任地望着哈森。他的脸消瘦，颧骨很高，有种迷人的男子气。

"那当然！我迟早要把你娶过来的！"哈森自信地说。两人坐在岸边的草坡上。

"你去哪儿了？又钻到哈伦的帐篷里了？"哈森警觉地望着她。

"是又怎么样？我喜欢和他闲聊。他肚子里的东西真多，什么都懂，这一点比你强多了！"她望着远处石油勘探队高耸的井架。那井架隐在一层淡紫色的氤氲中。

"我不许你再靠近他，吉玛！"哈森横蛮地扳过她的肩膀，眼里闪着妒火。

"在我没嫁给你以前，你最好别用这种口气和我说话！"吉木兹玛皱着眉推开他的手，"我是一只自由的鹰，不想让哪个男人用绳子拴起来，懂吗，我要飞……"

"如果你飞到另一个男人的怀里……"哈森狠狠盯着她。

"那是我的自由！你要是真有本事，就先把我这颗心拴住，系在你的腰带上。"

"我能，吉玛，我一定……"

"那就试试吧！"

第十五天

马队向巴音蒙杜河冲去。老道格楞一马当先，手中的马鞭抡成一条蛇。马腿在河水里搅动、蹦跳、踢踏，于是马肚子下便像快艇喷溅出伞形的水雾。

骑手们的马靴里很快灌满了河水。他们边咒骂边抽打着马屁股。马奋力冲向对岸。上百匹马将平静的巴音蒙杜河踏得粉碎，发出巨大的瀑布飞落般的喧嚣……

马队跃上对岸。道格楞蓦地看见傲然蹲踞在草原上的黑色的铁塔，和一排耀眼的白色帆布帐篷，还有几辆巨大的橘黄色的铁家伙，身上驮着个大肚子似的铁罐，那一定是用来装地油的！有人从帐篷里钻出来，向这边眺望。片刻，又钻出许多人，指指点点。

"冲过去——"老道格楞扯着嗓子声嘶力竭地嚷。马队排开，犹如一堵坚实的墙，一步步向前推进……

帐篷外的勘探队员们一阵紧张的骚动，挤成堆，有人操起镐，有人端起鸟枪……对峙的局面形成了。

"乡亲们，你们要干什么？"勘探队的阵垒中，有个干部模样的人在嚷。

老道格楞勒缰往前走了几步，稳稳立住，苍老的脸上俨然笼罩着临阵将帅般的威严，声音低沉而有力：

"你们，立刻离开我们杭喀拉草原！因为你们抽走了我们的地油，所以今年草场才寸草不生，我们的牛羊都快死光了！"

哈森冲出马队，与道格楞站成一排，"不许你们糟蹋我们的草原！石油对我们牧民毫无用处，你们立刻滚回去！"

暴躁的马全涌过来，用纷乱的蹄子刨着地助威。勘探队向后退去……

"你们不走？我们帮你们搬！走啊，拆他们的帐篷！"哈森兴高采烈地喊着。他身上的每根血管里都激荡着悍勇和激情，身躯在无限地膨胀，渐渐变成一个巨人。

"哈森，你要干什么！"

只穿一件红背心的哈伦突然挡在马队面前，扯住哈森的马缰绳。牧民的马队停住了。

"阿爸，你难道昏了头，胡闹什么！"哈伦的脸涨得通红，"你带人闹事，这是给杭喀拉草原丢人啊！"

"你懂个屁，孽种！"道格楞铁青着脸，牙齿咬得咯咯响，"你背叛了杭喀拉草原，已经不是草原的儿子了！"

"我是，我是草原的儿子！"哈伦紧攥着马缰绳，泪在眼眶里闪烁，说，"乡亲们，你们听我说，今年杭喀拉草原草势不好，是因为整个春天没下一滴雨，这大家心里都明白。没有雨，当然不会长草，和我们打井找石油没有关系！今年春天家乡遭了旱灾，我们也很着急，很难过，我们队长已经向有关部门汇报了这里的灾情。石油总部正计划给杭喀拉草原援助一部分经费和汽车，给你们买草运饲料，帮大家度过眼前的难关……"

马队乱了。牧人们纷纷交头接耳。

"这是真的吗，哈伦？"

"你可别骗我们哟！"小伙子们喊。

"不要忘了，蒙高勒是从小不说谎的，你们应该相信我。我们到这里找石油，也是为了让我们杭喀拉富起来……"

骑手们开始向后退去。有人掉转马头往回走。道格楞的脸上窜跳着耻辱的火焰，他不相信自己费了好大力气组织起的马队竟会被哈伦几句话给轻易击垮了，这不可能！他的额头暴起弯弯曲曲的青筋，像凝固的蓝色的闪电；脖子上的石块似的喉结在急速上下滑动，宛如有一个炸雷憋在嗓子眼里，正待积聚力量冲出来。

"喂，你们回来，都回来！"

有的骑手不好意思再溜了，勒住马，远远立着观望动静。

"哈伦，你……你给老子滚开！"老道格楞气急败坏，鼻翼翕动，鼻孔喷出岩浆一样灼热的空气。

哈伦依然紧紧攥着哈森的马笼头。一动不动：

"阿爸，你不能……"

哈森早已按捺不住，扬起手中的套洛棒："闪开！"

哈伦的脚下像生了根。手背上立刻被什么东西咬了一口，麻辣辣的疼痛电流般传导到心里。他没松手，他瞄见哈森又一次扬起套洛棒，依然没躲。肩膀的皮肉像奶皮子一样绽裂开，红色的汁液从缝隙间挤出来。哈伦嗅到了血的气息。就像第一次嗅到原油的气息一样，他浑身战栗起来，双目骤然被一片血色所笼罩，于是，湛蓝的天空、枯黄的草原、骑手、马，都变成暗红色。世界在一片红光中顿时显得无比庄严。套洛棒第三次从空中呼啸落下，他瞟着它飞落的轨迹，缓缓伸出手去，像捕捉一只狡猾的赤狐，一下子将它死死攥住，然后借着巨大的冲击力一拉——即刻，一个笨重的躯体从马背上栽下来，像个硕大的肥刺猬在草地上滚了几滚。

哈伦飞身上马。当他从阿爸身旁掠过的一刹那，将身子一弯，像一条良种猎狗在捕兔子时倏地弓起脊背，迅疾地抓住赤豹的缰绳。赤豹被吸住了，紧贴着他的马儿一同向远方奔去。

"放开，混账，你给我放开……"老道格楞浑身乱抖，在马背上摇摇晃晃。他听到了牧人们炸雷般的哄笑。完啦！他在心底悲叹着。杭喀拉的末日到啦，这个孽种呵……

两匹马转瞬间越过了巴音蒙杜河……骤雨般的马蹄声将老人的心撕成一缕缕。当马蹄声终于停下来的时候，他睁开眼睛，看到他摇头摆尾、亲昵得令人讨厌的大黑狗。

"你不是我的儿子！从此以后，你要是敢跨进我的蒙古包，我就打断你的腿；你要是喊我一声阿爸，我就割了你的舌头……佛祖啊，你来为我这誓言作证吧……"道格楞悲怆地仰起头喊着。他的声音像一头狂怒的野牛，沉重地撞击着杭喀拉荒芜干旱的土地，撞碎了哈伦那颗被痛苦的胆汁泡得憋涨的心儿……

第十八天

月朦胧。繁星在遥远的地方闪着神秘的火花。

蒙古包里没点灯。从套脑洇下微弱的夜光，淡淡的，好似飘荡着一层轻纱似的雾幔。两个声音在这雾幔里像两个幽灵飘来荡去，忽而互相追逐，忽而纠缠在一块儿，忽而又分开，忽而又碰撞在一起。

"……这么晚才来，吉玛？"

"我去石油队啦……慢点，扎人……"

"我不是说过了吗，不许你……"

"我愿意……如果你再这样管我，我就走！"

"那些人和我们不一样……你跟他们会学坏的。"

"我看他们都挺不错！"

"哈伦呢？"

"也不错。"

"可阿爸已经不认他这个儿子啦，他竟敢当着大家的面赶跑老头，让人们笑话……"

"你们根本就不该驱赶他们。你更不该用套洛棒打哈伦。自个儿的草场不长草，能怨人家吗？听他们说，抽油跟草原不长草完全是两回事，挨不上一点边儿……"

"反正，他们来了，今年就遭灾……"

"你呀，和你阿爸一个模样，死脑壳！怪不得他喜欢你，不喜欢哈伦呢。"

"老头待我比亲儿子还亲。"

"你从小就是道格楞抚养大的吗？"

"从小！听阿布说，哈伦出生的第三天，他发现一只鹰从蒙古包顶上叼走一块刚晾出去的奶豆腐，就跟着那只鹰往前走，后来在一块草堆里发现了我。那时我顶多四个月，那只鹰正守在我身边，用鲜奶豆腐喂我呢。你说多奇怪！如果不是那只鹰，我也许早死了。"

"所以人们都叫你'鹰的儿子'？"

"是啊。阿爸看我还活着，就把我抱回家。额吉奶水好，喂饱哈伦，还能喂饱我。我忘不了阿爸和额吉的恩德。"

"哈伦是你的安达（义兄弟），你为什么还用套洛棒打他？那天……"

"不，他不是我的安达！因为他早背叛了这个家族。"

"你不该……躲开，胡子像马鬃……"

"我可不后悔。我一点也不喜欢哈伦。"

"你摸什么？"

"火柴，我想抽烟。"

"给。"

"这是什么，吉玛？"

"这叫电子打火机，哈伦送的，瞧——"

幽暗中倏地爆出一点火光。雾幔似的黑暗散去。长长的火舌欢快地跳跃！

"给你吧。"

"我不要！哈伦的东西……哼！"

火光熄灭了。包里又塞满黏涩的幽暗。

"我送你的，还不行？"

"吉玛，我的好吉玛……你送的，我要……"

"别……我不想……"

"吉玛……"

"你阿爸就要回来，小心撞见……"

"不会，他一喝就是一夜，天亮前回不来。"

"别这样，收回手去！这几天我不舒服。"

"怎么啦？"

"不知道。"

"真让人……唉！"

"忍忍吧……哈森，有件事儿想和你商量一下——石油队需要有个人烧茶做饭，我想去。"

"你疯啦？怎么能去那地方！"

"你是怕？哈伦是个好人，他不会……"

"算了吧，你怎么总是说他好？我真怀疑你和他是怎么回事……"

"怎么回事，怎么回事！我喜欢他——就是这么回事儿！其实我根本用不着和你商量，明天我去石油队。"

"你敢！"

"等着瞧。"

"混蛋！"

"啪！"大概是一记耳光声。

沉默开始了。喘息声如冬夜的风，深沉而强劲，挟裹着雪花的寒冷。在很遥远的天际，两颗灼热的星碰撞在一起，互相击得粉碎，所以天上才有那么多碎石似的星光？如果两颗灼热的心碰撞在一起，会怎么样呢？

第二十七天

就像太阳每天要从杭喀拉山冒出来一样，这桩事也成了铁定的法则，不可更改的规律——老道格楞每天黄昏都准时爬出蒙古包，把皮褥铺到西面的草岗子上，然后，像喇嘛诵经一样挺直腰板，稳稳坐上个把时辰，直到暮色完全淹没草场，才拄着单拐怏怏而归。

他爱着杭喀拉的日落，尽管每次看罢胸中都要回旋着悲壮的飓风，但他却从那眺望中得到了精神上的寄托，并在那时候张开想象的翅膀，飞翔在那片古老得让人永远神往的土地上……

老人的瞳孔里闪着奇异的光亮。他凝坐着，只觉得热血沸腾……

暮霭中，一个人正慢慢走来。道格楞呆怔了一下，以为看见自己年轻时的影子踩着虚幻的土地走来。但不一会儿，他看清那是哈森，那个身上没有一滴他的血液而又和他如此相似的青年——鹰的儿子！心中的孤独感顿时散尽。

"哈森，来，有事和你商量。"他亲切地招呼道。哈森铁青着脸，眼里充斥着痛苦和仇恨。他闷闷地坐在了老道格楞身边。

"还在为吉木兹玛的事儿生气？孩子，想开些，咱草原上有多少花，就有多少能过日子会生孩子的女人……何况，那个吉玛，我不喜欢，疯疯癫癫的，根本做不了咱家的媳妇！哈森！"

哈森不说话，阴郁地望着巴音蒙杜淖尔的方向。

"今儿个，西尼浩特的米查（媒人）来了。西尼浩特有个寡妇，今年二十三岁，孝顺，能干，是一把过日子的好手。我呢，琢磨着不错，挺般配的，就给你订下这门亲事……"

"什么？阿爸你……"哈森蓦地站起，脸色很难看，"我可不同意！"

"混账，看你每天神魂颠倒，我能不为你操心吗！"

"要娶，就娶吉玛！"

"你……孽种啊！"道格楞气得嘴唇颤抖，脸色青紫，"我虽不是你的亲阿爸，可这么多年辛辛苦苦把你养大成人，又张罗着给你讨媳妇，你竟连情都不领！忘恩负义的东西啊！"

"你怎么骂都行，反正，我不会和你说的寡妇结婚！"

"不是我的儿子！"道格楞咬牙切齿，把拐杖摔得啪啪响。

"对，正因为我不是你的儿子，你才弄来个寡妇糊弄我，好把吉玛留给你的亲儿子，不是吗？"哈森倏地盯住他，眼睛血红。道格楞想起有一年他遇见一只狼，那狼恋着崽不肯跑，就是用那种血红的眼睛盯着他。

"好……好……"道格楞已经喘不上气了，脸上的肉在不停地抽搐，"狼心狗肺的东西，你走，你走，离开这个家……这些年算我养了一只狼……"

哈森摇晃着醉汉似的身体，走了几步，蓦地回过头来："我走了，事情也没完！我一定要夺回吉玛，给他们点颜色看看……"

末日，杭喀拉的末日真的来了吗，两个儿子都离开了他，这究竟是为什么啊！老道格楞无力地瘫倒在皮褥子上。毛又像针一样刺着他的面颊……

第二十天

白色的帆布帐篷里，飘散着一股子柴油的气味儿。这味道使吉木兹玛觉得这里的一切都那么陌生，那么新鲜。生活忽然变了一个样子，变得更加神秘莫测起来。

"你们吵架了，吉玛？"哈伦注意地问。他的面庞似乎更加成熟、更加坚毅了。

"吵得很凶……他不让我来！"吉木兹玛委屈地噘着嘴。

"唔……"哈伦思索着，神情挺严肃。他脸上的线条很分明，浓眉下的眸子里透出聪睿的光泽。那饱满红润的唇肯定还没被任何一个女人吻过——吉木兹玛瞟着他，暗暗想。

"你不该来，哈森会伤心的。"

"他？哼，我就要气气他，让他明白：我不是他的马，想怎么骑就怎么骑！"

"可是他会误会的，以为你……"

"让他误会好了。哎，今儿晚上还吃面条吗？"

"做肉粥吧！昨晚你做的肉粥大家都说香，可没少吃呢。"

"那我们天天吃肉粥。"

"会把大家吃腻的，傻吉玛。"

吉木兹玛开心地笑着说："你们这些人，都挺有意思！他们总是那么快活，不想老婆孩子？"

"怎么不想，一有机会就往回跑……可是他们也爱这行工作，离开钻井，闻不到石油味，心里就不踏实，不舒服。守着老婆孩子也睡不着觉。"

"我在这里能为你们干点什么，心里挺高兴，真的，我挺爱和你们这些乐呵呵的男子汉在一块儿……"

"他们有时候会说粗话。"

"那有什么，男人嘛……"

哈伦望着吉木兹玛，沉思了片刻。他皱皱眉，肩头的伤又疼起来。犹豫一阵之后，他的神情又严肃起来说：

"吉玛，明天你还是回去吧。你知道吗，哈森今天找过我了，我们几乎……动了刀子……"

"我想他准会来的。你怕啦？"

"怕？我不过是不想和自己的安达相残，让人笑话。从心里说，我还真有点喜欢哈森呢，他是一条好汉。"

"不，我不回去！你赶不走我。"吉木兹玛赌气地扭过身去。

"哈森这个愣小子，脑子一热，什么事都会干出来的！"

"我才不怕他呢。"

"你得回去！"

"我不！"

"吉玛……"

"我知道，你讨厌我，因为我和哈森的关系，你讨厌我，所以你才撵我。你恨哈森，可又说喜欢他。你不敢把自己的心亮给别人看！我偏不走，石油队不是你家，你管不着！是你们队长让我留下的。"吉木兹玛几步冲到帐篷门口，猛回头，用不驯服的目光瞟着哈伦：

"我也讨厌你，哈伦，你没有男人味儿！

"吉玛，回来！"

吉木兹玛已经闯到帐篷外，像一阵倏忽而去的野风。

哈伦苦笑了一下——生活，有时候真叫人伤脑筋。对女人，他几乎还没有一点经验，更何况是吉玛这样桀骜不驯的女人，唉……

第二十九天

哈森觉得自己像个黑色的幽灵。

杭喀拉在夜幕的皮袍子里酣睡。深邃的旷野只有夜风在低吟。夜风停歇时，草原便静得令人窒息。哈森很想像狼那样狠狠嚎几声。

巴音蒙杜淖尔泛着一层冰冷的白。湖水小心地荡着，似乎怕谁听见它的窃窃私语。从淖尔上吹来了潮湿的寒气。

他徘徊着，忽然很悲哀。漫长的孤寂使他心里烦得要命。去年的枯草还很厚，风一吹抖成一片，波浪般向远方推去。他发泄地踩着枯草，将它们狠狠地碾在脚下。它们沉默着任皮靴踩躏，甚至听不到微弱的呻吟。他的胃在抽搐，很疼，已经两天没吃饭了，像一条无家可归的狗在荒野上游荡。有时他想痛痛快快哭一场，以冲淡折磨他的孤独感。但他不会哭，从小就不知道该怎么哭。人居然还会哭？他常常觉得好笑。尤其是男人，只能往外流血，而不应该往外流泪……

夜雾从淖尔那边渐渐侵袭过来，夹带着河泥的腥味和腐殖味儿。哈森觉得寒气正穿透袍子，往骨子里钻。他用阴郁可怕的目光盯着前面的灯光和那座竖立在天幕上的黑影似的钻塔。他知道吉木兹玛就在那亮着灯光的帐篷里，也许和那些穿工作服的小伙子们说说笑笑，也许正和哈伦打情骂俏……

一想到这些，哈森的脑袋几乎就要炸开，心里翻滚着一股股毒焰，恨不得立刻冲进帐篷里，把吉玛从那些家伙手中抢出来。

强劲的夜风从哈森背后吹来，行色匆匆，消失在帐篷和铁塔那边。哈森呆望着那个地方，明亮的灯一盏盏熄灭了，隐约只能看见几个白色的轮廓。他们都睡去了，美滋滋地睡去了，这些家伙，哼！那么吉玛呢？你和谁睡在一起？哈森颓然瘫坐在草地上，痛苦而发狠地乱揪着牧草。他躺在干枯的草絮上，望着浩大的夜空，忽又感到自己太渺小了，小到像一只蜷卧在草丛里的小甲虫。他痛不欲生地翻了个身，肋骨被什么硬东西硌了一下。他很惊诧，摸了一会儿，从怀里摸出一个打火机——是吉玛送他的电子打火机，很漂亮，实际上它是哈伦的，他为了讨好吉玛才送给她。哈森摁了一下打火机，那灵巧的小玩意儿立刻喷吐出长长的火舌，粉红、幽蓝、暗绿……魔鬼似的变幻着各种色彩，忽而如恶狼吐出血红的舌尖，忽而像蜥蜴扭动的尾巴，忽而又像一弯燃烧的月牙……

哈森的魂儿被那变幻不停地魔火勾去了，他痴痴地盯着它，嘴角渐渐浮现出歹毒的着了魔似的笑意——

吉玛——瞧着吧，吉玛……

第三十天

老道格楞被噩梦缠住了。那梦像一张硕大而坚韧的蜘蛛网笼着他。他出了一身冷汗,才从那令人窒息的网罩里挣脱出来。蒙古包里空洞洞的,像一个坟墓。他摸索着爬起来,摸出去。

黎明前的黑暗正贪婪地拥抱着草地,再过一会儿,这些黑色的"情人"就会被曙光驱走,所以现在它们流露出更多的热情和留恋。赤豹在附近的草地上寻觅夜草,隐约能看见它黑乎乎的影子,偶尔还能听到它香甜的咀嚼。道格楞打了个寒战,心中无限凄惶。匆匆忙忙排泄完那些多余的液体,他正要钻进蒙古包,却蓦地呆愣住了——

西边的天空正漫起一片惨淡的血色!

是幻觉,还是苍穹降下天火?渐渐,那片暗紫色在升腾,在扩展,宛若黄昏时日落的奇景。道格楞的心在狂跳,恐怖使他透不过气。究竟发生了什么事?他怎么也弄不明白,好像又回到那个噩梦中……赤豹惊慌失措跑来,咴咴嘶个不停。黑狗胆怯地望着红光狂吠。究竟是怎么回事?不是幻觉,当然也不是日落奇景。蓦地,他嗅到了烟味——枯草被燃着的气味!天啊,这是荒火,草原上的荒火,正在巴音蒙杜淖尔那边的草场上蔓延!

道格楞跌跌撞撞给赤豹装好鞍子,费了好大劲儿才爬到鞍桥中间。赤豹飞也似的从一个浩特奔向另一个浩特。老道格楞像年轻人那样敏捷地伏在马背上,用马棒狠狠砸开一座又一座蒙古包的门。每家的狗都在咬。他们驰到之处,就搅起一片骚乱。牧人们急忙钻出毡包,神色慌乱地喊着去骑马。于是,在道格楞身后,渐渐聚集起一支庞杂的马队,向那片映着红光的草场奔去……他们策马跑到巴音杜河边时,已经真切地看到一道高耸的火墙正阴险地朝着石油勘探队的宿营地稳稳推去。火光里人影绰绰,闪来跳去。浓烟在人们头顶结成一片沉重的黑云,隔断了空气的流动。

人们的呼吸都急促憋闷起来。

"过河！"老道格楞挥着马棒喊，就像半个月前高喊"冲过去"一样，声音里有一种震慑人心的力量。

"阿爸，等一等！"

哈森像是突然从沟里钻出来一样，挡在道格楞面前。他背衬着一片火光，老头只能看到养子的一张黑蒙蒙的脸，和一团卷曲的乱蓬蓬的头发。老人觉得那一缕缕晃动的乱发是黑色的火焰在燃烧，与红的火光形成鲜明的反差对照。世界上如果真的有黑色的火，那一定来自人体！

"你们不能去，阿爸，不能帮他们救火！为什么要帮那些人呢？火是他们不小心给引起的，何况这场火会替我们把那些人赶跑……"

道格楞勒住缰绳。哈森的话犹如一条无形而有力的绳子，从他的心底牵引出感情的共鸣——

这难道不是天意吗？那堵火墙如果推过去，石油队还能在杭喀拉存在吗？他道格楞靠人力没能办到的事情，这场野火却替他办到了，他不应该感到快慰和喜悦吗？那熊熊的火不正可以烫平他心中怨恨的冰凌吗？让它们烧吧，火头从石油队的宿营地掠过去，再往前跑三百米，就会被弧形的巴音蒙杜河截住，它们就会自然熄灭，不会给杭喀拉草原带来灾难。当那座铁塔在烈火中轰然倒塌时，他们一定会卷起铺盖卷滚蛋的——这毫无疑问！

牧人们都勒着缰绳，望着道格楞，等他做出最后的决定。

河对岸忽然传来一阵喧嚣。道格楞抬眼仔细望去——在那布满火焰的大地上，忽然闯进一匹白马。马上的骑手高亢地呼喊着，俯下身子向更猛烈的火光处冲去。马蹄子践踏着黑色的灰烬，扬起繁星似的火花。马尾后拖着一捆巨大的树枝，如一叶快速滑行的小舟，在火焰的波涛上疾驰而过，并在后面留下一条黑色的航道……

河岸边的牧人发出一阵钦佩的惊叹。

老头终于看清了：那无畏的骑手是哈伦，是我的儿子哈伦啊！他感到一阵眩晕，心海澎湃着一股股骤然涌上来的激情。一瞬间，他被一种从未有过的羞耻感深深刺痛了——你算什么东西，隔岸观火，见死不救，哪里像一个心地宽

色的记忆·荒漠

魔火

阔的牧人哟！即使那边有你的仇人，你也应该去帮他一把，更何况那里有你的亲儿子，他身上淌着你的血，你竟这么残忍地站在这里看热闹，真是杭喀拉的耻辱啊！

道格楞的脸上笼罩着一片庄严的红光。神圣博大的爱在胸中有如一轮朝阳，冉冉升起，照亮了心田中每一个阴暗的角落。爱的清泉洗去了心灵的污垢，使他在一瞬间宽容了一切。他再一次庄重地举起马棒：

"过河！"

"阿爸！"哈森像一头绝望的野兽，喑哑地喊了一声。

道格楞似乎没有觉出他的存在，双腿磕了下马肚子，赤豹凛然不可侵犯地向前冲去。哈森慌忙闪到一侧。马队犹如一股风暴般卷了过去。乱飞如雨的河泥和水花溅满了他僵硬的身躯和木呆呆的脸……

第三十天

哈伦纵马在火海中驰骋。灼热的气浪犹如无数条狼啃噬着他的脸、手、头发……躯体好像立刻要爆炸，炸成无数碎片，然后一块块飞散到火焰里，雪块似的融化掉。他又觉得身体在炎热中缩小，水分正被榨干，变成一片干巴巴热乎乎的木炭。他咬紧牙关，牢牢攥住了拖树枝的绳子。挺住，一定要挺住，决不能让荒火再往前窜了，前面就是勘探队的宿营地和井架，一定要保住这眼刚刚见油的油井！你是草原的儿子，不能倒下，决不能……

火势仍在蔓延，不屈不挠地向井架推去。骤然间，哈伦听到从巴音杜河方向传来一阵嘈杂的人喊马嘶。他抬头望去，看见老阿爸领着牧人冲进火海，赶到了火线的前面，然后一字排开，脱下袍子，像一排严阵以待的将士。

哈伦的眼前倏地垂下晶莹的泪帘，火爆爆的心胸仿佛吹进一阵凉爽的风儿，顿时无比清凉舒畅！阿爸，是我的阿爸啊，在最关键的时刻，他带人马赶到了。人可是真难琢磨，有时候，他的心胸十分狭小，像井底之蛙般愚昧可笑，像牡牛般蛮横固执，可有的时候，他的心胸又像草原一样开阔，他的行为忽然高尚，让人敬佩！

哈伦打着马冲过火线，一直冲到老头身边，与阿色站成一排。他侧过脸，瞄着阿爸那张被火光烧红的塑像似的面庞。那上面凝聚着一种令人肃然起敬的神情。望着这张脸，你会想到那些古老得让人自豪的历史。哈伦情不自禁地伸过手去，握住了阿爸坚硬得如同榆木似的大手。道格楞动也不动，但那只手却紧紧握住儿子的手，铁钳子一样有力。一股奇异的电流从老人心脏冲出，通过手的接触传导向儿子的心田。于是，在这一刹那的心灵感应中，父子间的一切宿怨都冰消雪释，两颗心中激荡着宽容、谅解和深切的情意……

火蛇不屈不挠地爬过来，吐着无数根血红的芯子，发出吱吱啦啦的怪叫。没有一个人动一下，哈伦觉得这些乡亲们都变成铜铸铁打的雕像。转眼，火光逼到眼前，牧人们扬起了袍子和树枝，迎着烈火勇猛地抽打。顷刻，袍子和树枝卷着呼呼作响的风声，此起彼伏，犹如金蛇狂舞，蛟龙腾跃。哈伦拼命抽打着那耀眼的火焰，忽而弓下腰，像一头准备跳跃的豹子，忽而直起腰，将树枝抡得像马鞭，狠狠鞭笞着那凶狠狡诈的火魔。他喘息着跳来蹦去，这边的火焰熄灭了，又奔向另一边，用马靴踏，用袍子抽……忙乱中，恍惚看见吉木兹玛窈窕的身姿一闪而过，似乎还看见哈森像一只带火的刺猬滚来滚去，用身体压灭烈火……呵，你也来了，哈森，好小伙子，但愿这场野火能烧掉你身上的愚昧和凶悍，把那颗岩石般冰冷的心儿炼铸成纯金，放出光亮。愿你成为一只真正的鹰，在杭喀拉草原高高地飞起来……

长长的火蛇哀号着、扭曲着，被一节一节打断，在一寸一寸缩短……

杭喀拉的山尖上，先升起一片迷蒙的乳白，渐渐幻化成透明的晶莹的白，然后变成淡黄、金黄、橘黄、浅红、紫红……黑色的大地完全袒露在熹微之中。高耸的钻塔挺立着，宛如迎接光明的使者，塔尖涂上一抹胭脂似的红晕。

哈伦躺在热乎乎的草灰上，像躺在被八月的阳光晒热的草地上那般舒服。酸疼的身体像被谁用刀子一块块解开，散乱地摊在地上。似乎有人在呼唤他，声音竟像蚊蚋哼哼，真讨厌！多想这样躺着睡一觉啊！只要闭上眼睛，一定能马上与大地融为一体……声音又飘来，好似芒针草扎着耳膜。这些家伙，一刻也不让人安静！他们在喊什么？阿爸？阿爸怎么啦？等等，难道他……哈伦一跃而起，望去，见不远处聚着一堆人。几缕懒懒的余烟在他们身边飘绕。他们都站立着，弓着腰，半天不动一下。一阵不祥的预感如一头野黄羊，猛地撞破心扉。他像黄羊那么迅速地奔跑过去，不顾一切撞开了人群，蓦地呆愣住了——

阿爸平躺在地上，干瘪的脸被烟熏燎得漆黑，眼珠却是雪白雪白的，直愣愣地凝视着他，凝视着跪在一旁的吉玛，凝视着苍天……一轮沉甸甸的太阳正从老人散乱的苍发里缓缓升起……

赤豹宛如一匹野马，在荒原上狂奔，搅起一团团黑色的草灰。后来，它平静下来，悲戚地嘶鸣着，像个虚渺的幻影飘向了巴音蒙杜淖尔。它游着游着，忽地用嘴衔住了那轮在碧波里游荡的太阳，倏地熔在了太阳的光焰里……

第三十天

永远没有人知道杭喀拉山从什么年代起就屹立在空旷的荒原上；永远没有人知道巴音蒙杜淖尔何年何月才能干涸，但牧人们都相信：杭喀拉山是神山，巴音蒙杜淖尔是圣泉……

哈伦最后一次无限深情地望着杭喀拉山和巴音蒙杜淖尔，暗暗为这片劫后余生的草原做着祈祷——好好佑庇我的父老乡亲们吧，让他们永远平安幸福地生活吧！神山啊圣泉啊，愿你们永恒，愿你们永恒……

他用平静的目光扫视着勘探队的黑脸膛的小伙子们，扫视着默然肃立的乡亲们。他朝大家点点头，什么话也没说，转过身，向一辆面包汽车走去。车顶上有一个闪着红光的灯。车里坐着几名穿着警服的警察。有一名警察摆弄着手中的电子打火机。这是他从起火现场的灰烬里找到的。

吉木兹玛从人群中挤出来，冲上去，紧紧抱住哈伦的臂膀，眼里噙着泪花，脸上印满了一块块烧伤的痕迹：

"让我跟他们去，哈伦，那打火机是你送给我的，是我……"

哈伦回转身，默默望了她许久："打火机是我的，大家都知道。别怕，不会怎么样的……总得有人来承担责任……"

"可是，这不是你的责任，我清楚……"

"吉玛，我也清楚是怎么回事，不要说了！"他轻轻抚摸着她脸上油亮的烫伤，关切地问："疼吗？"

"不疼！"吉玛强忍泪水。

"会变丑的！"

"我不怕……我本来就丑……"她哽咽着。

"不，你很美，特别是现在……"

"哈伦！"

车门"砰"地关住了。吉木兹玛听到了牢房快锈死的铁门发出干涩的响声，于是一切都被关在外面——阳光、空气、微笑、自由……警车开走了。

"哈伦……"吉玛跟着蓝色的面包车拼命地奔跑。车尾抛出一根无形的绳子，牢牢地拴住了她，拴住了她的心，她要跟着那车跑到天涯海角……

不知过了多久，在不远处的一块被火魔舔过的焦草地上，还有一个人僵立在那里。他眯着眼望苍天，太阳是黑色的，宛如一只被毒火烧焦的鹰在痛苦地蠕动。他把目光移向巴音蒙杜淖尔，湖水是红色的，好似一湖血液，也许是大地母亲强忍剧痛正在分娩？杭喀拉草原在无限地涨大，而他的身躯却被挤压得越来越小……

他恍惚看见了吉玛，她穿着素洁的白袍子，戴着白纱巾，在黑色的草原上奔跑，奔跑，追逐那远去的蓝精灵。她忽然生出双翼，飞翔着，渐渐变成一只美丽的白天鹅，消失在苍茫的云海里……

"吉玛！"他的声音立刻被黑魆魆的草原吮吸进去，没荡起一点回声。他想去追，但双腿已被烈火烧成硬邦邦的，无法移动一步。

他双膝一弯，朝着车辙伸延去的方向跪下。他慢慢地坚定地从腰间抽出刀，刀刃上闪着白色的诱惑……于是他听到黑色的土地上蓦然释出自己悲怆而悔恨的呼喊：

"吉玛……哈伦……我的爱人……我的兄弟啊……"

疯　驼

原载《北京文学》

　　一连几天，厚厚的乌云总在头顶上沉闷地压着，不动声色地遮没了蓝天和太阳。

　　然而没雨，没有闪电或者低沉的雷声，甚至没有一丝风儿。布尔噶台草原像是被装进一个硕大的皮口袋里，准备千万年地凝固下去。

　　倘若这时候你骑着马一个人走进布尔台草原，望着灰茫茫的天和没有任何动静的牧场，反复咀嚼着孤独带给你的那种百无聊赖、怅然若失的滋味，沉浸在异常压抑黯然神伤的情绪里，突然间，从铅灰色的云层下面，清晰地滚来一串串嘶叫。那嘶叫带着焦灼如火的渴望和生命意志不能实现的悲愤，横冲直撞，闯入你的耳膜，把你郁闷的心田骤然践踏得粉碎，那时，你从肉体到灵魂都会发生一次强烈的震颤；你会发现自己的郁闷是多么渺小和微不足道，而那声音的发源地——被痛苦折磨得快要发疯的灵与肉，才应该引起你的关注。

　　于是你向那黯淡的云层下望去。

　　在你的视野里，草原不再是沉睡的或者凝固的，而是处处都可见生命躁动的痕迹。

你再耐心眺望，终于看见一峰骆驼从远方蹒跚而来，仿佛醉汉般行走，发出震颤心灵的哀号。从它的哀号里你渐渐体味出生命最本质的含义——那是对异性的召唤和渴望，那是对生存危机的警号。

骆驼再走近些，你便看到它血红的眼睛和满嘴白沫。它癫狂地昂着头，将满嘴白沫喷吐出去，并且恶狠狠地盯着你。它的两座驼峰高耸而威严，让你觉得它果真驮着两座高山。它的蹄子凶狠地踩着石子，溅出明亮的火星。

你突然从它的目光中看到了憎恶，看到了杀机。你知道事情不妙，急忙掉马便走。但是晚了，它已经猛地朝你扑来，嘴里的白沫喷吐在马尾上，雪白的牙齿几乎咬住那一团拂动的马尾。

你慌了神儿，狠狠用马鞭抽打马屁股，并且拼命用马靴磕马肚子。

坐骑飞跑起来，风在身边欢快地呼叫。

你以为已经摆脱了危险，一边勒缰绳，一边得意地回头眺望。但你大吃一惊，因为你看见疯驼锲而不舍地紧跟在后面，正用满是白沫的嘴巴向你示威。你没想到骆驼奔跑竟这么快，几乎追住你的马。

你心慌意乱，觉得事情果然严重，不能等闲视之，于是你使出浑身解数，让马在草原上灵巧地兜圈子。

但疯驼罕见的固执，它像追逐热恋中的情人那样紧紧地追逐你，丝毫也不怠慢。疯驼笨重的蹄声把你胆怯的心儿切割成一块一块。

你这才知道这危险不能轻易摆脱，今天你遇上了骑虎难下的尴尬局面，弄不好要被那四只又硬又重的驼蹄踩得稀巴烂，最后变成血肉模糊的一团……

你毛骨悚然，更加拼命地策马逃命。

然而疯驼并不可怜你，它像影子一样拖在后面，你甚至能听到它粗重的喘息和牙齿的碰撞声。

你在危机万分时灵机一动，一边让马奔跑，一边脱掉身上的大衣，猛地抛了出去。

你在一瞬间回头一瞥，看见疯驼一跃而来，将身躯重重地压在大衣上，发泄般地蠕动着它的身子，狠狠地踩蹦着你的大衣。

你不敢喘息，再次跃马扬鞭，一口气逃出了危险的境地……

你知道危险远去，死亡被你用智慧甩在后面。于是你勒住缰绳，让失魂落魄的马慢慢走。

你信马由缰，正庆幸自己脱险，却蓦地发现不远处又有一峰疯驼，正在追逐一只绵羊。你亲眼看见疯驼轻而易举地将绵羊压到身下，那只羊生死难测。

你如惊弓之鸟，仓皇躲开那块是非之地。

你又往前走，惊愕地发现刚才的险情并非偶然现象，在布尔噶台草原上，经常能看见疯驼的狂奔和追逐。

你对这现象大惑不解，一边想，一边小心地策马前行，随时防范着疯驼的袭击。

你走到一个山口。

你知道从这个山口可以走入一条A字形山谷。山谷虽空阔，却只有这一个狭窄的入口。

你正想从山口往里走，却惊讶地发现：一排结实的用杨树和榆树扎成的栅栏挡住去路。

你不知道这栅栏是干什么用的，四下张望，立刻在栅栏的一端发现一顶破旧的毡包，包顶上袅袅娜娜地冒起一缕白烟。你知道毡包里有人，很高兴，便策马过去。

你下了马，将缰绳系在栅栏上，给马儿松了肚带，一头钻进毡包里。

迎接你的是一位红脸膛的汉子。你知道他那狐疑的目光不大友好，便讨好地点头哈腰，说自己是路过这里，进来歇歇脚。你笑容可掬地掏出自己的香烟请他抽，并用电子打火机给他点烟。你友好的态度消除了他的敌意，他请你坐在他旁边，认真地品着你的香烟，摇着头加以评论，表示出对洋玩意儿的轻蔑和不感兴趣。

红脸汉子慷慨地拿出自己的烟请你抽，那是一个榆木烟斗外加一把劣等烟丝。你被辛辣的烟味呛得直流泪，可你还直夸好，劲大，味足！

那汉子自豪地笑了。他第一次露出没有戒备的笑容。他又从坛子里舀出清凉的牛奶酒请你品尝。牛奶酒的味道果然不错，你们就着一小罐刚腌制不久的野韭菜花下酒。

你们彼此很快熟了，亲亲热热，无话不谈，让外人见了以为你们是多年不见的老朋友相逢。

他和你谈草场，谈宰牛，谈怎样给马骟蛋伤口不会化脓。你们开怀大笑，笑得无所顾忌。你也谈，当然很快谈到了关于疯驼的内容。

他听了只是笑，狡黠地把眼睛眯成一条缝，似乎很高兴，饶有兴味地望着你，也不说什么。这时，你才猛地发现这个红脸膛汉子十分精明，从骨子里透出一股子一般人所不具备的工于心计的独特气质。

你浪迹天涯，见过形形色色的人，早已学会了从一个人脸上或目光里透视他的内心。

你问：那些骆驼为什么会发疯？

他对你的少见多怪表示宽容，告诉你：因为它们正在发情，那些公驼正在满世界寻找母骆驼。

你大惑不解：为什么没有母驼呢？难道布尔噶台一峰也没有吗？

那汉子笑了笑，狡猾地避开了这个问题，只是劝酒。

你们又大碗大碗地喝，喝得痛快淋漓。你分明看出那红脸汉子的内心充满了喜悦，知道这里面肯定有什么奥秘。

你不再追问，继续和他闲聊。你们的话题很广，从马的牙口谈到南方买卖人的辛苦和精明；从城里暴发户惊人的财富谈到布尔噶台草原的贫困。

你们谈到女人时，你注意到他眯着的眼睛倏地睁开了，闪烁着渴望和神往之光。他含糊不清地告诉你：他快过四十岁了，还没娶过一个女人……他渴望有自己的女人，但他总是穷。

他希望有一天突然发大财，然后就理直气壮去娶一个女人回来，给他生一大堆孩子。

他不无伤感地嘟囔着说：他很想有几个孩子。

他被孤独给折磨得无法忍受。

你又灌他酒。他愈加醉意懵懂，把你当成知心人，拍着你的肩膀神秘地告诉你：他终于找到了一个发财的机会，过一会儿就能拿到一大笔钱。他要叫你亲自看到这奇迹，大吃一惊。

他说这话的时候还小心谨慎地向门那边瞅了一下，怕被人偷听去。

你表示不相信，说他吹牛，询问关于发财的真正含义。

他不说，只是送给你许多炫耀的傻笑。

你被强烈的好奇心所驱使，问到山谷栅栏的用途。

他轻描淡写说：那是用来圈母骆驼的。

你立刻清楚了：原来山谷里关押了许多母驼！

你隐约猜出了是怎么回事儿，便拐弯抹角问他有多少峰母驼。

他说：整个布尔噶台草原的母驼全都集中在这里了，去年秋天，他用全部家产加上贷款买下了大量母驼，公驼当然一峰也不要。没买到手的母驼，他用或明或暗的方法全给解决掉了。

他说这么干虽有点缺德，可是能发财。牧人们谁也不理解他为什么卖了牛马羊而去买骆驼。然而到了骆驼的发情期，牧人们才知道事情不妙——已经伤了五个人和二十多只羊啦！红脸汉子比画着说。

让我把一切全告诉你吧——布尔噶台还有上百峰公驼，发情的时候差不多全疯了，牧人舍不得杀掉，又没办法，只好来求我。我答应把母驼全放出来，让公驼交配。可是不能白让他们公驼占便宜！我也不多要，每峰公驼给一百块钱就行啦。今天傍晚他们就把钱给送来，一万块，少一分也不行！只要见了钱，我立刻放母驼！

红脸汉子的话使你震惊。你对他这套高明的计谋佩服得五体投地。他对你继续大谈特谈他的宏伟计划——他准备把别的草原的母驼都弄来，关到山谷里，这样，每年单凭这一项就可发大财。

你不再说话，只是默默喝酒，认真地想了些什么。

这时候，毡包外传来一阵子马蹄声。红脸汉子急忙扔下酒碗，眼睛大放光芒，迫不及待跑出去。

你也跟着往外跑。

来了三四个牧人，在木栅栏那儿下了马。红脸汉子迎上去，一副胸有成竹的样子。牧人们取出一沓钞票，递给他。他们又说了几句什么，几个骑手匆匆而去。

你看见红脸汉子依木栅栏站定，美滋滋地点着票子，把一切一切都忘到九霄云外……

你默默去牵了自己的马，准备离去。你和那红脸汉子告别，但他根本没听见，仍然沉醉在点钞票的快乐中。

你不想打扰他，只想尽快离开这里。

你上了马。

天不再那么阴沉，铅云裂开一条明晃晃的缝儿，十分耀眼。当你策马刚刚爬上一座小山坡时，你被一种奇怪而浩大的声音震慑住了。

起初，你以为是雷，是一串串爆着刺眼闪电的闷雷滚了过来。可是不像雷！你又以为是风，是飞沙走石的狂风从背后袭来，然而也不是风！

你回头眺望，惊得你倒吸一口冷气——从山谷里冲出一股褐色的浊浪，岩浆般向前推进，摧毁了一切阻碍它们奔腾的东西。

那红脸汉子正依在栅栏上点钞票，从这里望去他十分渺小。他大约什么也没有察觉，也许刚刚有所察觉，想跑想躲，但已经来不及了，只好木呆呆站在那里。

疯狂的母驼群呼啸而出，轻而易举地冲垮了坚实的栅栏墙。那红脸汉子立刻倒下不见了。

粗硬的木头纷纷断裂，飞溅起一片白色木屑，夹杂着无数张花花绿绿的纸片……

母驼群冲出山口，散成一片。它们久已压抑的情愫终于爆发，形成了一股狂暴的力量，势不可挡。

你立马收缰，长长叹息一声，久久伫立在夕辉倾斜的山岗上。

鼠　患

原载《草原》

　　肯特山麓东侧是一片稀疏的树林子，林子下方的洼地是一片水草丰美的牧场。

　　乌尼特坐落在林子的边缘，三间土房子和四座灰色的旧毡包。从远处可以看到绿荫处露出的屋脊包顶。如果有雾，陌生人很难找到它准确的位置。

　　一条清凉的小溪从牧场草地上匆匆忙忙流过去。它有时像一条白带子弯弯曲曲，有时突然消失了踪迹，只能听见淙淙的流水声，有时它忽然从浓密的草丛里钻出来，绕过岩石和矮山岗，默默而忧郁地流向远方。

　　常有野兽悄悄爬到小溪旁来饮水——黄羊、野猪、狐狸、刺猬或者黑狼。最懦弱的动物和最凶残的猛兽在这里可以和平共处，互不惊扰。它们各饮各的水，饮完便匆匆离去。它们的出没总是小心翼翼，十分警惕，因为它们知道这里不属于它们，有一个强大的敌人主宰着这里的一切。

　　它们永远无法与那个敌人抗衡！

春天一过，莫尔吉胡老爷子就有一种坐立不安的感觉。

许多年来，他养成了一种自言自语、嘟嘟囔囔的习惯，你不知道他是和自己说话，还是和那一草一木，抑或是山峦云影说话。他说的那些疯话没有一个人能听得懂。

几乎整整一天，他都瘸着一条腿蹀躞在草原上。有时远远望去，你弄不清那是一个人还是一头兽，以至于有一天，从城里回来探亲的小儿子欧力玛停住汽车，朝老头子来了一枪。只是欧力玛的枪法太差，视力也不行，否则，那杆双筒猎枪射出的大粒铅弹足以打碎老头的头骨。

那时莫尔吉胡正跳跃穿梭在一片矮树林里，观察着一个惊人的景象：就在那片矮树林里，有成千上万只黑鼠的脖子挂在树杈上，宛如一个个奇异的黑色果实垂吊在那儿。这些死鼠十分肥硕，尾巴出奇地长，好似一根笔直的辫梢垂落下去。风儿掠过，死鼠随风轻轻摇晃着，犹如一个个悠然晃荡的小风铃儿……

六月末的草原呈现一派死亡的迹象。

莫尔吉胡那双闪着诡谲之光的眼睛一下子就认定这些黑鼠是集体自杀！

它们为什么要自杀呢？

这时枪声响了。欧力玛射来的子弹呼啸着从矮树林里穿过去，将空气撕出尖厉的怪叫。挂在树梢上的死鼠纷纷坠落，犹如一片熟透而落地的黑色果实。落地声叮叮咚咚，如冰雹骤落。

老头儿伫立不动，仔细聆听。寂静的空间隐约有一种"咝咝"的花蛇吐芯般的响动，接着，似乎从冥冥之中又荡来一股海潮般推进的呼啸。他听出那股越来越强的呼啸里有狞笑、有嘶喊、有诅咒、有呻吟、有哭泣……

在乌尼特甚至更宽泛一些的草原上，莫尔吉胡有一种奇异的本领：可以预言未来所发生的重大事情，可以和大地或天空进行对话。譬如，有一天老头子固执地让大儿子尼玛将他的毡包往北挪五米或七米。起初尼玛不肯，挪一顶毡包起码得费半天的工夫，再说毡房扎在那儿好好的，干吗要挪动？老头便以绝食相要挟。尼玛无奈，极不情愿可最后还是照老头子说的办了。结果当夜，正当尼玛一家在毡包里熟睡时，一块足有一个车轮那么大的陨石从天而降，恰恰落在白天驻扎着蒙古包的地方，将那片无草的圆地砸了一个两米深的巨坑。

从那儿以后，在乌尼特只有一个人不信莫尔吉胡的预言——尼玛的儿子白吉乎，一个智力发育不全的孩子。

每次回到乌尼特，欧力玛都是开着那辆双排座带拖斗的皮卡小丰田，既探了家，又能拉回去一些牛羊肉、皮毛、奶酪、马奶等土产品，这些东西在草原上不稀罕，但拉到城里就成了"香饽饽"，能赚许多钱。然而这一次例外，他是驾驶着公司那辆最好的小车"罗马"回来的。司机们将"罗马"叫成"骡子"。

"骡子"在一个闷热的下午，穿越过低洼草地，在矮树林的边缘停住。车门打开后，钻出来一个城市模样打扮的女人。这女人年轻而富有活力，开朗的笑容里充满了自信的魅力。

欧力玛毫无情绪地手握猎枪从车里钻出来，茫然顾盼。他的心境不好。他知道自己不是游山玩水来了，而是去跨越一道难关。本来他一直回避着，不敢正视这个问题，可是在这女人再三逼迫下，不得不专程跑回来解决这件事情。

"西茜，那边就是乌尼特！"欧力玛用枪管指点着说。

"在哪儿？"西茜注意地瞭望着。

"没瞧见树林顶上那一片烟吗？"

"我怎么看不见？"西茜娇嗔地说。

欧力玛夸耀地说："当年，我的视力好极了，百里之内的马群看得一清二楚……你瞧，那是不是一只跳兔？"

说着，欧力玛就往矮树林那儿胡乱开了两枪。

"哎，我怎么看着像人？"

欧力玛害怕了，撇了枪躺在草地上。

"欧力玛，我觉得，你害怕回来？"西茜趴在欧力玛身边，用洞察一切的目光逼视他。

"谁说的，我堂堂男子汉，怕啥！"

"你怕我和她见面？"

欧力玛沉默不语了。

几只鸟儿悠闲地飞来飞去，在头顶上窃窃私语。那一刻欧力玛想起了十分遥远的过去，亲切而伤感的儿时回忆，柔情似水在周身蔓延。有一瞬间想到了她——达格拉尔那双淡灰色的眸子里闪动着忧郁和悲凉。结婚前爱过她吗？一切都是那样的茫然，仅仅记住在整个送亲的婚礼上她只是哭，不停地抹泪，她的母亲也不停地叹气，还有一个喝得醉醺醺的糟老头子用嘶哑裂耳的嗓子反复唱着那支东部古歌《伦吉娅》。

不错，婚后证明了她贤惠能干，对丈夫忠贞不贰、体贴入微，可是他们真正爱过吗？用西茜的话来说是"真正的爱情存在过吗？"他答不上来。

西茜用火辣辣的爱替他做了回答："像我们这样的爱，你和她从未有过吧？"

他想说："有过，不过完全是另一种样子。"但没容他说，西茜已经把他搂了过去。

那情景出现得很突然也很壮观。最先感到大地震颤的是西茜。她说："我怎么觉得不对劲儿？"欧力玛便腾出一只手去抚摸草地，果然觉出了那阵发性的颤动。这时，血褐色的云团在远方的山峦上滚动，一群黑鸟乱叫着消失在雾状的空中。西茜惊恐地说有什么东西在下面往上拱，整个背部都有感觉。于是两人翻身坐起来，甚至没容西茜惊呼出声，一种先是朦胧而后越来越强烈的声音从身下钻出来，汇集成一团莫名其妙的难以言传的喧嚣，如一团团黏糊糊的蜘蛛网将人裹进了里面，使人无法挣脱。几乎同时，他们看见了周围的草地泛起一朵朵浪花，密密匝匝望不到边际，无休无止地向远方扩展，仿佛平静的水面荡开一圈圈涟漪。

欧力玛终于看清了：那些从土地下翻上来的黑乎乎的东西竟是一个个小黑鼠。无数的小黑鼠密密麻麻汇合起来，朝一个方向卷去，犹如一片黑潮卷出了洼地，急遽移动，越过了肯特山麓。

距离乌尼特不远的地方竖立着一根用大青石雕琢出来的六棱形石柱人，一人多高，对称的两个棱面上刻满了一种奇怪的符号，却一直无人能认得它们。

达格拉尔每天都要来看看这根六棱石柱。她是带着一种敬畏心理来瞻仰它的，她相信它能给她预示些什么。

这天，达格拉尔又来瞻仰六棱石柱，猛地发现它倒下了——它躺在草地上有点像一头怪兽。

她心尖一颤——要出什么事儿呢?

晌午时，尼玛将羊群撒在林子里卧盘，骑着马回浩特。他看见聚着一伙人，神情紧张地望着他。

"刚从草滩回来吗?那边没出什么事吧?"

"出事儿?啥意思?"尼玛皱起眉头。他是个十分沉稳老练的中年牧人，顶腻烦别人说"出事"之类的话了。

"方才你家老爷子从山坡那边的矮树林里回来。那边可是出了一桩怪事。"

"总不会死人吧?"

"比死人更怪哩，你瞧瞧……"

尼玛就顺着羊倌们的手指望去，见自家门口的拴马桩上挂了一串儿死老鼠，黑油油的皮毛闪着光亮。下面用石头垒了一个小祭台，几炷香缭绕起一缕青烟。

"这是干啥?搞啥迷信……"

"老爷子祭鼠神哩。今儿早上，老爷子在矮树林里发现了成百上千只老鼠挂在树上，集体自杀。"

"集体自杀?"尼玛吃惊得张大嘴巴。

"怪不?也不知要出啥事儿!咱这儿好多年没见到这种样子的老鼠了，咋一下子跑出这么多?怕是凶兆!"

"真怪哩!"

"前两天我还看到一桩更怪的事儿呢。"黑瘦干巴的车倌大老乔慢慢悠悠地说,脖子上的喉结一耸一滚,像是有个小耗子在动。"那天我到河边饮马,突然那匹驾辕的骒马惊惊乍乍地叫起来。我忙跑过去一看,嘿,一条蛇正和一只野鼠斗呢。那蛇又粗又长,毒着哩,看它的花纹就知道是毒蛇。那野鼠就和老爷子刚拎回来那些差不多的模样儿,个头要大些,牙龇着,眼睛红红的,样子吓人。那蛇鼠斗得昏天黑地,吱吱乱叫。后来更怪,那蛇竟被野鼠咬败了,驯服得像匹马。老鼠就骑在它的背上,昂着头,用尾巴抽打那蛇,一块儿游过河。"

"是往咱们浩特方向来了吗?"尼玛紧张地问。他一紧张,鼻头就变红。

"眼瞅着是往矮树林那儿去了,没错,是矮树林。"

"要出啥事呢?"

大家都面面相觑,心里嘀咕着。

这时,人们听见一声怪叫,心里都一颤。却见是白吉乎疯疯癫癫跑进了浩特:

"来啦……真的来啦!你们快跑吧,哦呀,来啦——"

跟在白吉乎后面的,是一辆乳黄色的吉普车——那是疲惫的受了惊吓的"骡子"。

欧力玛走进莫尔吉胡的毡房时,老头盘腿儿端坐着,眼睑低垂着,一动也不动,像一尊泥塑。

"阿爸,我回来了……"欧力玛怯怯地说。

老头依然纹丝不动,一副超凡脱俗的样子。

"阿爸,我这次回来,是想接您老人家到城里住一段日子呢……"欧力玛喏喏着说。

"呸!"老莫尔吉胡突然恶狠狠地啐了一口,微微睁开些眼皮,似有一股蓝光冒出。

"听着,小子,"老莫尔吉胡说,"你回来干什么,我心如明镜,少和我花言巧语！达格拉尔是个好媳妇，你不要，我们还要哩！离不离婚、办不办手续那是你的事儿，反正你早不是我的儿子了，可达格拉尔是不能离开这个家的，她永远是我的儿媳妇……"

欧力玛唯唯诺诺点头应允着。他惧怕这个老头子，此外他还惧怕大哥尼玛，也怕侄儿白吉乎。只要一回到这片草地上，他就有种大逆不道的负罪感——他背叛了这片土地！

"你带来的那个女人，不许她进毡房，别弄脏了祖辈传下来的地毯。她要是愿意，就让她睡在汽车里好啦……"老头子又不客气地接着说。

欧力玛暗暗吃惊，老头子根本没走出毡房外，也没人告诉他说欧力玛带回来一个女人，但他居然知道汽车里有个女人！老头子果真神机妙算？

欧力玛不敢多说一句话。当他退到毡包门口时，忽地感到自己像个不受欢迎的陌生人。他站在门口迟疑片刻，还是把下午发生在洼地里的事儿讲了一遍。

老头子的眼睛睁开了，眼睛是两个深不可测的黑洞。

"原来是你开的枪，差点儿要了我的命！"老头儿愤愤说了一句之后，口气缓和了一些，"你看见那群小老鼠从土里钻出来后，奔向哪儿啦？"

"好像是去了肯特山谷！"

老头子深深地吸了一口气，闭住眼皮，不再说话，陷入了一种极为令人困惑的思索状态之中。这神情令人敬畏。欧力玛觉出了事态的严重性，但他却无法得知将有什么灾难要降临。

降临在乌尼特的这个夜晚是一个令人恐惧的夜晚，许多人都没有入睡。一股阴森森的凉气从草原深处的肯特山谷里飘荡而来，袭击人们的睡眠。那寒气浸透了夜里游荡在草原上的一切声音——低吟的夜风、烦乱的蛙鼓、牧羊犬的吠叫和一头老牛无休无止的倒嚼声。后来断断续续飘来一只苍狼悲壮的号叫，号得人肝肠欲裂。

下半夜时，一切声音都停歇了，然而那种沉寂更令人毛骨悚然，许多人都觉得那股凉气在背部或肚皮上打着飞旋儿，侵进了皮肤里，驱之不散。

天快亮时，一只野狗冲进了大老乔家的羊群里，惊得羊群四散，漫山遍野叫声不断。骚乱持续了片刻，突然停止，半空中隐隐荡着一阵哭泣，断断续续直到天明。

达格拉尔躺在自己的毡房里一夜没合眼。她等待欧力玛走进毡房。冥冥中她看见一团浑浊的东西在游荡。那团污浊的东西后来死死压在胸口上，她几乎喘不过气来。

有几次她听见毡房外有犹犹豫豫的脚步声，忽远忽近，忽而模糊忽而清晰。她以为那是欧力玛在外面徘徊。他为什么不进来呢？他还是像从前那样缺乏勇气？那时他不敢骑烈马，甚至夜里都不敢一个人出去。他太文弱了，好像天生就是为了进城而不是为了在草原上放牧的。他最终还是撇下她进了城。

她是整个家族中最能理解他的，不知私下对老莫尔吉胡说了多少回：让他去吧，让他去吧，他爱过另一种生活就由他去吧，若让他骑马总有一天他会摔断脖子的……

但是到他真的去了之后，私下里她哭了不知多少回。日子久了，她也就渐渐明白了：既然他不属于草原，那么同样也就不会属于她了，是老天爷错牵了红线、配错了姻缘，总有一天，他会带回一个女人来的，然后理直气壮地对她说，这才是我的女人，你不再是了，不再是了……

这一天真的来了，她却慌了神。

黄昏时她见到了那个叫西茜的女人。虽然那女人坐在汽车里，她也真切地看了个仔细——不，那女人不漂亮，却是个真正的女人，能够让男人神荡心迷的那种女人，欧力玛不可能不被她迷住。

他为什么不敢进来呢？他在这座毡房里生活了七年零两个月，难道连一点儿眷恋之情也没有了吗？

外面的喧闹声太大了，欧力玛不得不从汽车里坐起来向外张望。

太阳还没有出山，草原上浮荡着柔和而迷蒙的光线。羊群在骚动，牛群也在骚动，全浩特的十几条狗浩浩荡荡聚集起来，冲向外来的不速之客，但被尼玛喝住。这些狗不甘心，就站在那儿叫着。它们不喜欢别人进入它们管辖的领地。

浩特的牧人都聚集起来，望着山谷方向。

像是一支走敖特的队伍，散漫零乱地涌了过来，赶车的、骑马的、牵牛的、抱孩子的、扛东西的，慌慌张张，很快就进了他们的浩特乌尼特。

欧力玛下车去观望。他听见尼玛在询问。

"怎么回事？"

"快走吧，再不走就来不及了！"

"真是怕人啊！"

"和我们一块儿跑吧！"

"完了，我们的草原全完了！呜呜……"

乱哄哄的回答，夹杂着伤心绝望的哭泣。

"到底出了啥事？"尼玛跺着脚喊。

"啥事？过会儿你就明白了！"一个衣衫褴褛、蓬头垢面的牧人说。

"鼠灾！到处都是老鼠，铺天盖地的，见啥吃啥，连人都敢往死里咬……天啊，从来没见过那么多老鼠！"

"你们也赶快走吧！没人能挡得住那么多的老鼠！我看它们正往这边过来呢，用不了一两天，它们就会爬过来的，然后把一切吃个精光。"一位好心肠的老牧人说道。

这支乱哄哄的逃亡队伍只停留了片刻，就慌乱地走了，消失在茂密的树林子里。

乌尼特的牧人呆傻了一样站着，面面相觑，没人说话。灾难降临得太快了，使他们一时没了主张。

"找老爷子去，只有他能想出办法！"车馆大老乔喊。

尼玛点点头。这样的大事应该找老爷子商量，兴许老头儿已经有了办法。

众人簇拥着尼玛来到了老莫的毡房外。门敞开着，望去，里面空无一人。

不久，大家在浩特外的山坡上找到了老莫，他正在用脚步丈量土地，并用脚尖在地上画了一道长长的弯弧线。

"你们听着，"老莫严肃地望着所有的牧人说，"现在大家都来动手，在这儿挖一条深沟，在沟里铺上干草，也许这样才能挡得住灾难！"

漫长的一天，紧张的一天。

长长的弯弧形的壕沟挖成了，一米多宽，两米多深，对着山谷的方向。

黄昏时，老莫指挥大家往沟里铺干草，欧力玛也来了，他觉得这个时候他不能不来，尽管西茜强烈反对。在干活儿的时候，他几次与达格拉尔碰在一起，急忙躲开了她问询的目光——唉，离婚的事儿怎么向她说呢？她会同意吗？他觉得在这种时候，大家都在全力抗灾，与她谈这事儿真不合时宜，但是他也明白回避是没用的，迟早也得摊牌，何况西茜毫不放松地逼着他，他不能再犹豫了。

黄昏时，大家都到林子里去休息，抽烟或喝茶。欧力玛没有去，独自待在沟边想自己的心事。蓦地，听得背后有喘息声，再听却是啜泣。回转身，见达格拉尔形单影只站着，垂着头，不说话。

"是你……达格拉尔，你……好吗？"欧力玛困难地说。

"我……活着，做饭，挤奶……"达格拉尔慢慢抬起头，拭去眼角的泪珠儿，平静地说。

"我希望你好……"

"我会好的，欧力玛……不，你不要说了，我知道，我知道你这次回来是干什么来了！你尽管按照你的想法儿去办，只要你能幸福……"

哽咽使她无法再说下去，捂着脸转身跑进了树林里。

欧力玛有些失神地望着，突然听见了一种奇怪的喧嚣，犹如大海涨潮时的呼啸。

正在林子里休息的人们同时听到了那来自远方的骚动——狂热的、紊乱的、拥挤的、嘈杂的、庞大的骚动。

尼玛带领大家冲出林子，向远方张望——

一股真正的黑潮正从山谷方向卷过来，一层推一层，一浪迭一浪，以极快的速度吞噬着草地，把绿地变为黑地，犹如漆黑的云影落在草地上，正慢慢地从容不迫地移近。

分明是一支灾难的大军！

老莫预测得非常准确，黑潮的必经之路恰好被那道弧形长壕挡住了——黑潮在那儿停滞不前了。

"快去点火！"尼玛指挥着大家向长壕冲过去。

冲到沟边，大家都呆愣住了——

那由无数的黑鼠组成的黑潮正往长壕里倾注，如汹涌的洪流般势不可挡。仅仅转眼间的工夫，长壕已被黑鼠的躯体填满。前面的鼠奋不顾身地跃进了沟里，后面的鼠踩着同类的躯体往上爬，十分轻易就越过了那条防线——全浩特的人辛苦了一天才挖成的沟壑防线。

"快点火啊！"尼玛对呆愣的人们吼着。

人们胆战心惊地燃着了火把，却无法把铺在沟底的干草点着，因为那沟里已被黑鼠填满。

黑潮已经漫卷到他们脚下。

有人尖厉地惊叫了一声，掉头就跑。有人呆望着，对着鼠群跪了下去。

尼玛愤愤地骂了一声，挥着棍子冲入鼠群。大老乔等汉子也冲了进去，凶狠地挥打着。一时，黑鼠血肉横飞，尖厉怪叫。但这并不能影响鼠群的进军，它们毫不犹豫地从汉子们身边流淌过去，直扑浩特而去。

鼠群开始洗劫村落。毡包上，土屋顶上、棚圈里、树杈上及放在外面的牛车和鞍具上，落满了飞蝗似的黑鼠。香甜的啃噬声汇合成一条汹涌澎湃的河流，淹没了草原。

尼玛带着小伙子们奋不顾身地冲进了牧村，用铁铲、木棍及一切利器当武器，与鼠群展开了一场激烈的肉搏战。

硕大的黑鼠在空中跳跃着、尖叫着，或者在地上蠕动着，眼睛里闪烁着红艳艳的光芒。打死它们不怎么费力，一铲子拍下去，准有几只死鼠躺在地上。然而又有黑鼠不断地涌来，马上将同类的尸体吃得精光。人们像发了疯似的拼命挥舞手里的器具，到处是血肉横飞、鼠毛弥漫。黑鼠并不示弱，吃光同伴的尸体又不屈不挠地爬了过来。它们开始露出尖利的牙齿攻击人们。有时被它们咬住腿或袍子很难甩掉，只得用手迅速地把它们从身上扯下来，然后狠狠摔死在地上。鼠群的吱吱嘶叫声此起彼伏。人们的吼叫声里充斥着骇人的绝望与疯狂，谁都不怀疑是在和最邪恶、最凶残的魔鬼搏斗。

起初尼玛还和十几个小伙子在一起，可是混战片刻，他们就被黑鼠割裂开来，只能孤军奋战了。对他们每个人来说，没有什么比这样的孤军奋战更令人恐惧的了。他们一边紧张的搏击一边彼此呼唤着，唯有远方传来的呼应稍使他们振奋。他们意识到为了保住家园决不可退却只能殊死肉搏。

尼玛用一柄锋利的铁铲异常敏捷地击打着那些肮脏的活物儿。他觉得一生从没见过如此丑陋的东西：黑灰色的皮毛，长长的尾巴，贪婪的红眼珠、狰狞的白牙齿，它们不懂得惧怕，公然蔑视人类的存在；它们张牙舞爪吞噬一切能够吃到肚子里的东西，甚至连同伴的尸体都争抢着瓜分。尼玛觉得自己的血管里咆哮着无法遏制的愤怒，这愤怒点燃了他的活力。他惊奇自己居然这样敏捷、这样勇猛，完全像个彪悍的小伙子。

当他冲到那座毡房前时，已经冲过了最密集的鼠群，这里只剩些散兵游勇。他用铁铲又杀死了几只撞在他皮靴上的大黑鼠。其余的黑鼠就吱吱叫着躲到一旁，用畏惧的、仇视的目光盯着他。

他松了口气，这才直起腰看了看四周。当他看到那几座毡包时，不由倒吸口冷气，面色苍白，浑身战栗——

毡房的"皮"被黑鼠淋漓尽致地剥去了，竟无一丝毡片残留在上面，只剩得一副骨架兀立着。透过木制的苍白的骨架，可以一览蓝天白云。那景象十分像一条庞大的怪鱼被精细地剔去了所有的肉，只残留一架骨骼摆设在荒野。

西茜正在汽车里昏昏欲睡，噩梦像秋夜里的寒气一样断断续续侵袭着肌肤。乍然惊醒睁开眼时，却见无数的黑鼠爬到了汽车上，正在机器盖子上，风挡玻璃上，车棚顶上疯狂地啃咬着，铁和玻璃发出一阵阵难听的撕心裂肺的怪叫，仿佛这些老鼠都是铁嘴钢牙，具有吞噬钢铁的本领。

西茜早吓得魂不附体。她拼命呼喊欧力玛的名字，但她的声音被那难听的怪叫声淹没了。

慌乱中，她想应该赶快发动汽车逃走。然而怎么也打不着火。正奇怪着，汽车开始向后溜去，缓缓地滑行着，不知是她慌乱中松了手闸还是车下的黑鼠施展了力量，推着汽车向山坡下滑去。

车后窗上也布满了张牙舞爪的黑鼠，它们快乐地蹦跳着呼唤着死神到来。

车越滑越快。西茜死死踩住刹车也无济于事，车轮撞到小石块上，弹起来，又落下去。颠簸的"骡子"像一条处在惊涛骇浪中的小船，随时有被颠覆的可能……

仿佛听见一声命令，附在"骡子"上的黑鼠纷纷跳下了汽车。西茜回头望去，只见"骡子"正朝一条深沟驰去。谁也无法让车停下来，一场车毁人亡的事故不可避免地就要发生了。

然而奇迹出现了——西茜分明看见一个女人从斜刺里向汽车冲来，怀里抱着一根粗大的六棱形石柱，在离那深沟约五米远的地方，她将石柱塞在了车轮下。

"骡子"又往后滑行了约两米，慢慢地停住了——停在了深沟的边缘。

西茜感到整个身体都麻木了，半晌动弹不得。后来，她觉得有必要到车下去看个究竟，就吃力地下了汽车。

她看见了一副让她的心灵永远震颤的情景：六棱石柱卡在两个后轮底下，石柱却压在那女人的腰上。女人的面孔朝着外面，十分苍白，似乎嘴角还凝着一丝笑意——是欣慰的笑意。

西茜先是吃惊这女人怎么有这么大的力气，那根石柱足有二三百斤吧，她居然横抱着冲了过来，挡住了下滑的汽车。

随即她认出了这个女人——那压在石柱下的是达格拉尔！

欧力玛被黑鼠团团围住，左突右奔，也冲不破那密密麻麻的包围圈。他已无力再挥打了，他绝望地意识到无论他打死多少老鼠都是没用的，这已不是人力所能解决的灾难了。

欧力玛觉得浑身酥软无力，无比绝望地躺在地上。他开始回想自己以往的行径，那些有可能破坏生态平衡的行为——他那杆双筒猎枪射杀过多少生灵呢？羚羊、狍子、狼、狐狸，甚至是鹰，那时，他并不认为那是对草原所犯下的罪过，是对草原的出卖与背叛。还有，他曾用汽车从草原上运走了数不清的东西，而那些东西正是组成草原的一部分，是草原的皮毛血肉。运走那些东西时他竟没有听见草原痛苦的呻吟，也没想到那一切都是罪孽，还以为是给草原创造财富。现在所发生的一切都证明了一个道理：人既然活在自然里，是大自然的一个组成部分，那么就不应该有超越大自然的力量，并应该为自己的行为负责。

然而此时想明白这些已经太晚了，他知道仅凭自身的力量无法弥补这一切。

他静静地躺着，望着混混沌沌的天空。他听见了黑鼠窸窸窣窣的爬动声。他没有动，只是静静等待着。渐渐感觉到一股黑色海潮漫卷而来，淹没了他的躯体，意识已如苍白雪原。

他似乎听到了那一声神秘的指令：一声微弱的"嘘"，黑鼠同时钻到了他身下，将他托了起来，开始移动。他知道自己已经成为黑鼠的战利品，随那黑潮漂泊，漂向不可知的世界。

漂泊突然停止，身下又是冰凉的土地。他睁开眼，看见老莫尔吉胡挥舞着一截牛尾徐徐走来，牛尾奇妙地舞动弹拂着，发出嗖嗖的气流声。黑鼠听到这声音魂飞魄散，纷纷逃窜，在草地上闪出一片空白。

"阿爸！"欧力玛爬起来，跪在老人面前，"你救了我……你为什么要救我……"

"因为你也是我的儿子！虽然有些叛逆，但毕竟也是我的儿子！"老莫慢悠悠地说，轻抚着欧力玛的头顶，一丝苍老的哀怜和慈父之情溢于言表，"你快走吧，欧力玛，这儿不是你待的地方！到你该去的地方去吧，再不要回来，再也不要……"

踉踉跄跄走了几步，老人又回头道："你走以前，去看达格拉尔一眼……她为了救你带来的那个城里女人，已经去了另一个世界啦……"

"达格拉尔！"欧力玛浑身发冷，僵住了。

在牧人奋力反击下，黑潮在天快黑时退出了牧村。它们在附近的丛林里，似乎正在休养生息，等待着再次冲向牧村进行大规模的洗劫。

骚乱消失后的寂静依然使人心惊胆战。夕辉红得过分浓烈，把沙丘、树林、草地涂抹成绛紫色。许多地方都成了光秃秃的一片，呈现着一种荒凉之极的生命颓败的迹象。

牧人们聚集在一起，望着那一片黑黢黢的丛林沉默不语。谁也无法预料那股可怕的黑潮会在什么时候再次卷出来，洗劫村落和牧场。

"真是一群恶魔！"大老乔打破静默咬牙切齿地说。

尼玛紧皱眉头，想着能使黑潮退去的办法。

"问问老爷子，兴许他还有更好的办法！"

"算了吧！挖壕沟就是老爷子出的主意，可结果一点儿也不起作用，害得我们差点儿累死。"有人反对。

"是我们点火点晚了，要不……"

"你们瞧，老爷子过来了……"

"他还牵着马，是他的乌龙驹！"

"可老爷子有十年不骑马了呀，他还能爬上马背吗？"

在众人的纷纷议论当中，莫尔吉胡牵着一匹高头大马走了过来。在浓烈的夕辉里，他黑色的身影清晰得像一尊塑像——苍老的头颅，悲凉的胡须，佝偻的腰，马镫上形成的骑手光荣标志的罗圈腿……大家敬畏地望着他，给他闪出一条路来。

这时，牧人们都闻到了一股奇异的香味儿，这股香味儿沁人心脾，仿佛使人一下子陷入一种飘飘欲仙的麻醉状态中。他们从来没有闻到这样的香味，只觉得心荡神迷，难以自持。

老爷子的马尾后用一根长绳拖着一团东西。香味儿正是从那儿散发出来的。

"孩子们，我的儿孙们！"老莫用苍老嘶哑的声音庄严地宣布，"我已经找到了一种香料，可以作为诱饵！有了这诱饵，我们就可以把丛林里的灾难引走，把它们引回到肯特山谷里去。山谷里有茂密的芦苇，只要在那儿放一把火，就会把灾难烧得无影无踪。孩子们，往后，你们可要珍惜咱这片草原，好好地珍惜啊！"

说完这一番话之后，老莫爬上了马背，打着马向远方驰去。他的身子歪斜着，随坐骑的奔驰而一起一伏，像一位从古战场奔驰来的将军。

当老人随同坐骑消失在黑色的丛林里时，丛林里顿时掀起一片巨大的骚乱。黑鼠欢乐地嘶叫着，跳跃着，显然是被拖在马后面那团物体所散发出的香味所吸引。

过了片刻，骚乱声渐渐远去。人们的目光越过丛林，看见从那边宽阔的暗红色的山坡上，一匹马正潇洒地奔驰而上，翻越山坡。在它后面，紧跟着一片黑潮，像乌云的阴影一样漫卷过山坡，消失在山坡那边的肯特山谷里。

那个时候，从劫难中逃出来的"骡子"也正在越过山坡，从肯特山谷外面经过。惨淡的夕辉默默为它送别。

"骡子"停住了，因为恰在这时老莫率领着浩浩荡荡的鼠群从前面经过，奔进了肯特山谷。鼠群像中了魔怔似的跟随着那老骑士，前呼后拥，席卷而过。

车里的一男一女看呆了。

"一定是老爷子施了魔法！"西茜肯定地说。

"我得去看看。"欧力玛推开车门。

"你不要命啦？"西茜想阻拦。

"我好像听见阿爸在召唤我呢。"欧力玛十分坚决地向山谷里走去，没听见西茜在身后又嚷了些什么。

欧力玛走进了山谷里。无边无际的芦苇涌入眼际。他犹豫了一下，走入了那一片淹没头顶的芦苇丛中。

黑鼠越来越稠密。它们在这里举行自己的狂欢节。欧力玛已经不再惧怕那些黑鼠了，踩着它们的躯体往前走。这时，他忽地听见了一阵马嘶声。他辨清方向，朝马嘶那儿奔去。

乌龙驹正在茂密的芦苇丛里焦急不安地走来走去，昂首嘶鸣。它一直把欧力玛带到了老莫尔吉胡身旁。

老莫躺在一片压倒的苇絮上，手里紧紧攥了两块火石，吃力地喘息着，用尽全身的力气碰撞火石。火石只打出一点点微弱的火星。火星稍纵即逝。

赶来的欧力玛扶起了老人。

老莫将火石交给他："来吧，孩子！我知道……你会来的……来，干吧……干一件惊天动地的大事！"老莫喘息着断断续续地说。

一种圣洁的感情从心底油然而生。欧力玛郑重接过火石，一下一下地碰撞着，撞出一条条一缕缕火带。然而火带仍不能将芦苇引燃。欧力玛忽地想到了自己衣袋中的电子打火机，急忙掏了出来。

"用它可以吗？"他向老人问询。

老人闭住眼睛，点点头。

火舌便从那小玩意儿里喷吐出来，点燃了干燥的芦苇。转眼间，火焰蔓延开来，形成一条火龙，又铺成一片火海。

乌龙驹发出惊恐的嘶鸣。

无数黑鼠在烈焰中跳跃着消失了。

山谷里，是一片通红通红的火焰的世界。

火消泯灾难，净化着一切……

许多年后，山谷里的野风拂来，摇晃着那些新生长出来的芦苇，向他们询问那对父子的消息。

旺盛的无边无际的芦苇却在摇头。它们将永远不停地摇头，无法说出那个秘密。

不知又过了多少年之后。

树林里总是有雾，或浓或淡，或薄或稀。一场暴雨过后，林子里的万物都在蠕动、歌唱。那时如果你将耳朵贴在草地上，就能听见一种奇妙的混合的音响，也许是山泉渗入地下发出竖琴般的音韵，也许是各种鸟儿的啼鸣交错跌宕在土壤里，也许是某种蛰伏的动物——花蛇啦、蚯蚓啦、黄鼬啦、刺猬啦，它们正在蜕皮或交配，也许是各种花草的根茎在自由生长时而发出柔韧舒展的声乐。

几缕温柔的光线照了进来，空气中揉进了泥土又腥又香的气味儿。太阳、白云、风、山峦和树林，还有广阔的草原，每天都在重复体现自己的生命、色彩、音响，每天都在歌咏着寂寞和永恒。

嘉其尔河在这里转弯

原载《草原》

1.

嘉其尔河是一条奇怪的河流。

说它奇怪，因为它原是一条逆流河，河水从东向西流淌。也不知道流走了多少岁月，忽然向南转了个弯儿，又转了个弯，这才流向东方。

在它转弯儿的地方，是扎格斯泰草原。

这条河流是古老的；这片林带草原是古老的；游牧方式是古老的；牧人的习惯也依稀保存了某些古老的色彩。

一年一度的那达慕大会，就是这古老色彩的见证。

那达慕——草原上的奥林匹克，它崇拜力量、勇猛和一块块隆起的发达的肌肉。当各种不知名的小野菊都开了的时候，羊儿肥壮了，牛儿肚圆了，马儿膘肥了，白色的沙丘上布满了牲畜的蹄印，频繁的秋雨和强劲的凉风把一片片榆树林弄得直响，像无边的海潮漫卷过来，这时，赛马、摔跤、射箭比赛开始了。

有着黑亮发达肌肉的摔跤手们和骑着漂亮马的骑手们进入了激烈的角逐。谁能在那达慕上得到荣誉，谁就能得到牧人真正的敬佩，他无论骑着马走到草原上的哪一个浩特，都会受到隆重而热情的款待，那些姑娘们——漂亮的和不漂亮的、庄重的和活泼的、苗条的和胖乎乎的，都会向他投来多情的目光……

每一个上场比赛的青年男子，都会愿意用生命去换取这无上的荣誉！

今年的那达慕和往年相比较，似乎有了某些变化，但谁也说不清这微妙的变化究竟是什么；是今年来赶会买卖人比往年多、货物比往年全？是今年的会场上立起了风力发电站，挂上了高音喇叭，并播放出牧人们很少听过的轻音乐？还是这荒僻的草原第一次出现了几个黄头发、蓝眼睛，挎照相机的外国客人？反正每个牧人脸上都挂着会意的，不可言传的微笑。那微笑是坦然的，开朗的，自信的，好像今年刚分给个人的畜群就装在他们那鼓鼓囊囊的衣襟里，使他们感到那么充实，连迈出的脚步都是坚定的，有力的。

他们穿起色彩鲜艳的袍子，骑上精选出的马，一阵风似的从榆树林间奔驰而过，互相招呼着：

"看那达慕去，走啰——"

"扎嘿——"

2.

当那达慕摔跤比赛进行到高潮的时候，一个脖子上戴着七彩吉祥结的摔跤手跌跌撞撞挤出哄笑的人群，面色像发霉的奶皮子那般灰暗。他冲进一家用帆布搭成的饭馆里，狂怒地灌着烈性酒，似乎想用酒精来洗刷刚才的耻辱。

黄昏时，他歪斜地跨上了一匹红马——乌兰麦勒，把鸭舌帽压到眉下，使人几乎看不清他的面孔。他袒露着还没有被烈日晒黑的臂膀，肥大的摔跤裤和绣着彩色图案的护膝布都没有脱掉。他信马由缰，在覆盖着一簇簇红柳的沙窝子里漫无目的地走着。那只拎马鞭的手无力地垂了下去。

他走进了一片茂密的榆树林。

林中很幽暗。古老的榆树身子，似乎承受了巨大的痛苦才支撑起那绿色的树冠。深褐色的，刻着无数道皱褶的树干，像一块块被激流冲击成的千姿百态的岩石。这就是扎格斯泰草原特有的山林，朴实粗糙，几乎没有一株高大挺拔的大树，然而正是这片生命力极强的林子，保护了富饶的草场，抵御着沙丘的进犯，养育了淳朴的牧人。

然而，乌兰麦勒警觉地停住了，竖起了耳朵。它听到了什么？

沉寂的林间，隐约响起一阵模糊的、使人不寒而栗的声响。那声音忽而像庞大的马队在奔腾，忽而像大海的涨潮在喧嚣。一瞬间，那汹涌澎湃的"海潮"从远方呼啸而来，先是附近的树一棵接一棵地猛烈颤抖起来，很快，那可怕的、巨大的喧嚣声从头顶上一掠而过，然后消失在远方的一道银白色的沙梁那边。

稀疏的雨点落在林子上，很响，使林中阴冷异常。

他似乎被这突如其来的林涛声从麻木中给惊醒了，惊骇地睁开了布满血丝的眼睛，浑身哆嗦起来，一股强大的孤独感紧紧包围了他。他猛地狠狠地抽了乌兰麦勒一鞭："愣什么，跑呀！"

乌兰麦勒受了惊，拼命地在林间奔跑起来，像有不祥的阴影在追逐它。他不停地抽打着坐骑，迎面而来的横着的和斜着的树枝差点将他刮下马去，脸颊和肩膀上都被树枝划开口子，渗出殷红的血。他像一头受伤的、丧失了一切理智的野兽，发泄着心中的痛苦和愤怒。

他冲出了这片林子。

银色的沙梁下，嘉其尔河截住了去路。乌兰麦勒惊惧地嘶了一声，前蹄凌空直立起来，将他重重地甩了出去。他在潮湿的河滩上挣扎了几下，便不再动弹了。

冰冷的雨点无情地抽打着他。

当他再一次睁开眼时，雨已经停了，阴云正在散开。西天地平线上横着一抹黑云，像一股黑色的洪流在翻腾，在奔涌。在那抹十分遥远的乌云后面，可能正在发生着许多神秘而又可怖的故事吧。

他呆呆地坐了起来，一把将脖子上的吉祥话扯下，撕掉，投到了缓缓流淌的河水里。

哦，吉祥话，这荣誉的标志，曾叫多少男子汉羡慕和渴望啊！此刻却变成了一层漂浮在水面上的落花，默默地飘向了远方。

他终于平静了下来，开始进行严肃认真的思考——你，嘎彦，刚满二十岁的年龄，扎格斯泰草原上高傲的王子，连着两年夺得冠军的摔跤手，牧人们一向尊重你，宠着你，为什么现在竟突然被草原抛弃了呢？荣誉变成了耻辱，你成了一个被众人讪笑奚落的可怜虫。

三年前，他嘎彦却是带着一个令人神往的迷梦回到故乡的……

3

"在非洲的原始密林中，黑人部落里有一个年轻英俊的酋长，他像至高无上的君主统治着那里的一切，有着无限的权威……有一天，在绿云般的森林里，他爱上了一位头戴花环的姑娘……"

从上高中一年级开始，这个从一本旧杂志上看来的故事就总是不停地在嘎彦脑海里萦绕，他又用自己的想象为这个故事涂上了更浪漫的色彩，简直迷上了那位年轻英俊的黑人酋长。每当夜深人静，故乡那一片苍茫空寂的榆树林，清澈见底的嘉其尔河，和那一道像童话般迷人的白沙梁，就开始不停地诱惑他、召唤他。他终于没能够读完高中，便辍学了，从苏木的学校回到了扎格斯泰草原。

他回来了，带着青春的热情和一个雄心勃勃的美梦；带着对家乡的一腔热爱和在草原上大显身手的计划。

嘎彦很早就失去双亲，是哥哥把他从小抚养大的。哥哥丹巴拉布吉是嘎查的书记，长着一个十分富态的大肚子，人们说他得用大号马肚带才能系住裤子。他对嘎彦的意外归来没有过多的埋怨责备，而是递给他一根用皮条编成的、十分坚韧的马鞭：

"去吧，我的嘎彦，用这条鞭子去征服骏马，征服姑娘，征服扎格斯泰草原，去为咱们家族争夺荣誉吧！"

嘎彦就这样开始了他所迷恋的马背生活。但他缺少一个牧人首先应具备的能忍耐一切艰难困苦的坚毅，学校生活使他的骨架、肌肉都变软了，远远抵不上真正的牧人。放了三天马，他就吃不消了，去放羊吧，嫌没出息；当会计吧，又嫌麻烦——那些枯燥的数字本来就不是一个男子汉迷恋的事业嘛。最后，丹巴拉布吉给他安排了一个十分悠闲的职位——巴嘎的保管员。

他满意了。这是个几乎没有一件正经事可干的工作，他每天只管摇晃着那根皮鞭子，骑着从大队马群抓来得最好的骏马，开始了浪迹草原的生活。他喜欢串包、周游每一个浩特。无论他走进谁的毡房，人们都会热情款待他，用一张张尊敬的、讨好的笑脸来迎送他。起初他还不习惯，感到浑身不自在，可当那一碗碗奶酒使他渐渐头晕目眩以后，当毡房主人的女儿在一旁悄悄注视着他时，他的心儿陶醉了，感到了从来没有过的满足。

有时，年轻牧人们聚在一起，总是把他当作"核心"——

"嘎彦，讲点什么吧？"

"对呀，你是有知识的人。"

"讲些我们没听说过的事情吧！"

他讲起了"黑人酋长的故事"。

4.

无所事事的嘎彦迷上了摔跤。他知道那是真本事，赢来的是真荣誉。

他学了几手摔跤的本事。

不久，巴嘎召开了那达慕大会，嘎彦的手痒痒了，他报了名。晚上醉意蒙眬的丹巴拉布吉腆着大肚子问道："听说你要参加摔跤比赛？"

"我想玩玩……反正，上去就得让人家摔倒……"

"不,要赛,就得认真,像回事儿,就得争取夺头跤,不能给我丢人现眼。"

夺头跤?嘎彦做梦也不敢想,他这个从没上过跤场的新手,竟能夺头跤!丹巴拉布吉却拍着他的肩膀说:

"去吧,我的嘎彦,你是一只勇猛的鹰,想往哪儿飞就往哪儿飞,什么也别怕!"

第二天,在头几轮的比赛中,嘎彦遇到的对手竟都那么软弱,他没费多大力气就把他们扔在地上。这使他信心大增,斗志高涨。他像每个得胜的摔跤手那样,跳跃着来到主席台前,领了一大把碎奶豆腐,然后把碎奶豆腐抛向空中,把余下的分赠给观看的亲友。又经过几轮的淘汰,到第七轮时,嘎彦自己都不敢相信,他就要和最后一个摔跤手争夺头跤了!他怀疑自己是在梦中。

"阿拉木斯么?唔,那小子厉害!不过你也别胆怯。"丹巴拉布吉挺着大肚子在会场外僻静的森林里踱着方步,对嘎彦说,"只要你不把他放在眼里,从精神上压倒他,一切就好办了!"

嘎彦十分紧张地上场了,紧盯着对方。阿拉木斯的脸色很不好看,反应也有些迟钝,很久没有主动发起进攻。入场前嘎彦曾看见阿拉木斯的阿爸在不停地向阿拉木斯低声嘱咐或者是祈求着什么,阿拉木斯铁青着脸没有答话。

嘎彦早就听说阿拉木斯是这一带有名的摔跤手,曾在苏木的那达慕上夺过冠军,是扎格斯泰唯一敢佩戴吉祥结的人。有一次,嘎彦曾亲眼看到他把一匹烈马摔倒在地。此刻,还没有摸到对方的跤衣,嘎彦的手早抖了起来,过了一会儿,见对方并没有使出什么绝招,就勇敢地扑了上去,他要在精神上压倒对方。可是,一触到对手那铁块似的肌肉,他就感到自己垮了——面前立着的是一座山!嘎彦难道有力量摔倒一座山吗?

奇怪的是阿拉木斯似乎也有些怕他,只是抓着他的跤衣转着圈子。两人就这样弓着腰,肩膀顶着肩膀,在摔跤场上"磨"了起来。

围坐在草地上的观众发出了不满的嘘声。

几个小时过去了,两个摔跤手还在转圈。天空的太阳开始无情地烤灼他们。嘎彦气喘吁吁，汗流浃背，眼冒金星，知道自己就要支撑不住了，绝望中使出了最后一点力量。奇迹出现了——

阿拉木斯竟倒下去了！

嘎彦欣喜若狂地跳了起来，顿时忘记了一切劳累，激动得难以自持，眼里噙满了胜利者的泪水。他没有注意到阿拉木斯一声不响地挤出了人群。

那天晚上，丹巴拉布吉醉倒了。嘎彦也因过度兴奋喝多了，他在昏昏沉沉中梦见自己变成了黑人酋长……

5.

他醒来了，感到一阵空虚，怅然若失。

喝完早茶，他骑上乌兰麦勒出去闲逛。

苍茫的榆林散发着古老的气息，一朵朵绿云连成一片，遮天蔽日，下面是一片平坦的、长着不高却很茂密的小草的牧场。这里的空气是那么清静，没有一丝污染，无论什么声音——牧羊人拖着长长尾音的吆喝声，羊儿此起彼伏的呼叫声，犍牛悲怆高亢的吼叫声，都能清晰地传出很远很远。

在这样的草地上信马由缰，嘎彦的心沉浸在一种莫名其妙的激动和渴望中。尽管他在那达慕上夺得了巨大的荣誉，可他的兴奋和喜悦并没有持续多久，空虚和寂寞就向他袭来。难道自己在学校时希冀过的生活就是这样的吗？呵，不，那希冀的生活是如此丰富迷人，而现在的生活却让他感到乏味无聊。他觉得自己生活在一个虚幻的梦中，他怕一旦从梦中醒来，眼前是一片无尽的黑暗……

古老的林子仿佛没有尽头。嘎彦发现自己走到了一个从来没有到过的地方。哦，多美的地方！在那绿云般漂浮的树荫下面，长满了一片密集的小白花，那白花儿像一颗颗洁白的星星，五个花瓣，鹅黄色的花蕊，连成一片，像一层覆盖在地面上的白色的云。

嘎彦呆住了——

在那洁白的花海里，出现了一位姑娘。她赶着几个牛犊向前走着，嘴里还哼着一支轻柔的、很好听的曲子。她的美是无法形容的，完全和大自然的美融合在一起了。

一瞬间，嘎彦感到眼前是一片光明，一片灿烂的、暖人的、温馨的光明。他像是走进了那个令他神往的梦境里——

"在绿云般的森林里，年轻英俊的酋长爱上了一个头戴花环的姑娘……"

是的，她就是多次出现在自己梦中的那位戴花环的姑娘！她步子那么轻盈，她的腰肢那么柔细，她白皙的耳垂上闪着亮晶晶的耳环，惹得人心醉神迷……毫无疑问，这姑娘理所当然是属于他——嘎彦的，只有他——扎格斯泰的王子，才配得上这位公主。

嘎彦十分清楚自己应该干些什么。他要征服这个姑娘，他相信自己会成功的。在扎格斯泰草原上，他无论干什么事情，还没有失败过。他纵马冲向了那姑娘赶着的牛犊。

小牛犊受到了惊吓，顿时四散逃开。他在那姑娘面前勒住了马。乌兰麦勒配合默契，一声长嘶，前蹄立起，使他简直像骑术高超的骑士，可惜肩上没披一件黑斗篷。

她恼怒地瞪着他——噢，果然是位迷人的姑娘，连生气的样子都这么楚楚动人。

"对不起，"他翻身下马，走到她面前，语调柔和而亲切，"我勒不住马了，所以……你放心，我帮你去赶牛犊，一头也少不了！"

他很潇洒地上了马，打了个长长的呼哨，乌兰麦勒驮着他一阵风地远去了。没一会儿工夫，他把那几头牛犊全截了回来。

"瞧，一头也没少，我帮你赶回去吧。"

她脸上的嗔怒缓和了一些，冷冷地瞟了他一眼，径直赶着牛犊走了。他不屈不挠地追了上去，不停地和她谈这谈那，尽管姑娘一声未吭，但他毫不介意，一直跟着她走进了一个隐在绿荫里的浩特。

她把牛犊赶进了篱笆围起的圈内。他把马儿拴在蒙古包前用枯树做的马桩上，松开了马肚带，跟她走进了蒙古包。

"您好！"他十分礼貌地向包内的一位老人问候着。老人是姑娘的阿爸，下肢瘫痪，多年来一直靠队里的补助工分维持生活。当他知道面前这位年轻白净的不速之客是丹巴拉布吉的弟弟的时候，立刻变得诚惶诚恐，忙让女儿去烧奶茶，切奶食，端奶酒……

从老人嘴里，嘎彦得知姑娘叫渥伦花拉，十九岁，聪明、能干，性情却有些孤傲，曾经把许多前来求婚的小伙子和媒人赶出门。

那天，嘎彦很晚才离开那座蒙古包。尽管渥伦花拉对他很冷淡，始终没和他说过一句话，他依然很兴奋。他懂得征服一匹桀骜不驯的烈马对于一个技艺高超的骑手来说是一件何等的乐事，过于温顺的马儿反而不招人喜欢。

从此，嘎彦像一个狂热的驯马手，每天都出现在渥伦花拉的蒙古包里。可是，当乌兰麦勒把拴马桩周围的青草全踏光的时候，嘎彦的征服仍没有任何进展。他开始急躁不安了。

一天，渥伦花拉去拎水，他也跟去了，殷勤地从她手里接过了水桶。就在接桶那一刹那间，他无意地触到了渥伦花拉那柔软的、热乎乎的小手。他冲动起来，不顾一切握住了它，并借着这股可怕的力量把她紧紧地搂在了怀里……

他没想到那么娇小的渥伦花拉竟有那么大的力量，很快从他怀中挣脱出来，把一桶冰凉的水全泼在他身上。这使他从狂热中清醒了，并且发现不远处站着面色灰白的阿拉木斯。

嘎彦经不起这沉重的打击，病倒了。

只有丹巴拉布吉明白弟弟得了什么病。他果断地扣掉了那个瘫痪老人的补助工分，收回了渥伦花拉饲养的奶牛，又把阿拉木斯分配到十分遥远的、环境险恶的牧场去倒场放牧。

然后，他委托了巴嘎的歪嘴会计——一个出色的媒人，到渥伦花拉家去郑重地提亲。

事情进行得还算顺利，那位瘫痪老人已经陷入困境中，几乎要绝望了，他很快答应了这门亲事。渥伦花拉在阿爸泪眼汪汪的哀求下，在歪嘴会计三寸不烂之舌的反复说服下，终于点了头。但她提出了两个条件：一，要让阿拉木斯从那环境险恶的牧场搬回原浩特来；二，只有连着三年夺得摔跤冠军的人，才配娶她做妻子。

嘎彦的脸上重又浮现出笑容。他在第二年的那达慕大会上又夺得摔跤冠军，戴上了吉祥结。他蛮有把握相信：明年，他还能夺得冠军！那时，他就把美丽的渥伦花拉娶过来……

6.

然而，第三年，在这片逆流河转弯的草地上，牧人的生活也像这古老的嘉其尔河一样，开转了历史性的转折——

畜群承包了。不久，牲口又作价分给了牧人。

嘎彦从哥哥那张阴沉沉的脸膛上，感到了忧虑和不安。他不明白这个世界上究竟发生了什么事，但有一点是十分清楚的：分给他家的一百多只羊、三十多头牛趴卧在蒙古包外的草滩上，等待着有人去放养。每天唉声叹气是没用的，外面那群饿得叫成一锅粥的牲畜，不会因为他们的唉声叹气而肥壮起来。可是，谁去放牧呢？

丹巴布拉吉当然不会去的，这倒不是因为他还是巴嘎的书记，面子上磨不开，而是他那个倒霉的大肚子限制了他的行动——一个连腰都弯不下、步子迈不开的人，怎么能去放牧呢？

嘎彦拿起了羊鞭。可是，他只放了一天羊，浑身便如散了架一般，在蒙古包里哼哼唧唧地躺了三天。羊群明显地掉膘了，而且不断丢失……

"唉，雇人放吧，有什么办法呢？"丹巴拉布吉痛苦地皱着眉头说。雇人放羊，每只羊每月二角五分，这是苏木定下的价钱。他反复算了这笔账，心疼得几乎饿瘦了肚子。

秋天眼见又快到了，从每个浩特里都传出了磨钐镰的响声，牧人们已经开始做回冬营盘打草的准备了，丹巴拉吉布又一次发起愁来：

"咱们怎么办,没有一百车草牲口怎么过冬?"他变得像个碎嘴婆婆了,不停地絮絮叨叨,"买草?那么贵,咱买不起;雇人?可现在你能雇上人吗?唉!"

"别人家,十几岁的孩子顶得上二十多岁的男子汉,可咱们家呢,男子汉都不顶事!只有吃的时候倒像个男子汉……"嘎彦的嫂子早拉下脸来,冷言冷语旁敲侧击着。

嘎彦受不住这样的奚落,愤愤地走出了蒙古包,整整一天没有回家。傍晚,他躺在被太阳晒了一天的暖烘烘的沙丘上,望着渐渐暗淡的天空发愣。

嘎彦真的是一个没用的男子汉吗?他想,生活为什么突然变得这么严峻、这么艰难了呢?当然,我如果能想办法弄到钱,买到过冬的草料,就能渡过眼前的难关,同时也可以证明,我嘎彦在这片草地上、在这个家庭里绝不是一个多余的废物,同样也是个能干的男子汉!

他忽然想到了今年即将召开的那达慕,心头豁然亮堂了。听说今年头跤得奖要比往年高,可能是一匹价值五六百元的好马。唔,如果用夺得头跤的奖金去买草料,难关不就度过了吗?

他的眼里又有了光彩。

7.

好不容易盼来了那达慕的召开。打扮得威风凛凛的嘎彦,戴上七彩吉祥结,骑上乌兰麦勒,一阵风地奔向了那达慕会场。

起初,他还很自信,今年的头跤,对他来说太重要了,他一定要夺取今年的摔跤冠军,这样,他才能得到渥伦花拉的爱情,才能使他从目前的困境中解脱出来。

他走进了会场,尽量保持着镇静,和每一个熟人打着招呼。很快,他发现三三两两的摔跤手聚在一起,远远望着他交头接耳,不时爆发出一阵开心的哄笑。这使他感到一阵不安,像被人捉弄了一样气恼和愤懑。

果然，那些年轻牧人没有一个再像往年那样围着他尊敬地问这问那了，也没有一个人来帮他穿摔跤服或者说一些使他感到十分舒坦的话了，大家都远远地避开了他，或朝他不可捉摸地一笑，很放肆地拍着他的肩膀说："好好摔呀，嘎彦！"而在阿拉木斯身边，却围着众多的崇拜者，他们有说有笑，十分开心，好像是专门笑给嘎彦听的。嘎彦愈加恼怒了："等着瞧吧，手下败将，哼！"

比赛没开始时，人们都拥挤在各种各样的货摊前，挑选着评论着那些五花八门的货物。嘎彦没有什么可买的，心绪烦乱地混在人群里，观望着花花绿绿的货架。他忽然在货架上发现了一个金灿灿的发卡，这是姑娘们正在抢购的时髦货。他也挤上前去，准备给未婚妻渥伦花拉买一个。

"喜欢吗？"

这是阿拉木斯的声音。嘎彦不由一愣，透过人群的缝隙向前望去：哦，阿拉木斯正在站在柜台前，手里拿着一个金灿灿的发卡，天，他身旁站着的姑娘竟是渥伦花拉！

"喜欢，真漂亮！"

"送给你了，算是订婚礼物吧。"

渥伦花拉脸一红，接过发卡挤出人群。

"我阿爸说啦，等你一争来头跤，他就让歪嘴会计找丹巴拉布吉退亲去，他说现在他什么也不怕了……"走出很远，渥伦花拉的声音还那么清晰。

嘎彦的眼前一黑，几乎晕倒，

……

高音喇叭响起了悠扬的长调，长调一落，穿着摔跤衣的摔跤手们跳跃着上场了。裁判员点过名，一对对摔跤手便开始了激烈的竞争。

嘎彦没想到在第二轮的比赛里就遇到了阿拉木斯，运气真不好！难道真的就要败在他手下了吗？嘎彦不甘心轻易认输，虎视眈眈地拉开了架子。

又像第一次交锋那样，两人转起了"磨盘"。阿拉木斯似乎在等待着什么。果然，当其他摔跤手很快决出胜负，全部退出场以后，阿拉木斯突然振作起来，犹如一只雄狮，开始发起了猛烈地、不可阻挡地进攻——

嘎彦只感到一阵狂风向他卷来，还没明白发生了什么事，两条腿已经悬空了。完了，他一闭眼，等着像一只垂死的羔羊那样被扔到地上，可是，阿拉木斯并不让他立刻倒下，而是一次次地抢起他，让他反复体验那将要倒下的恐惧，那样子简直像一只猛虎在玩弄一只可怜的小羊羔。

观众也好像早和阿拉木斯串通好了，用经久不息的喝彩、掌声和嘲笑来助威。摔跤场内外一片欢腾，那是一种扬眉吐气的欢腾。

嘎彦在那强有力的臂膀中无法反抗，也不想反抗了。耻辱像一阵猛烈的皮鞭抽打着他赤裸的身体，使他感到无地自容，脸上烧起了熊熊大火，恨不能立刻倒地，然后迅速逃掉。一霎间他清醒地意识到：他从来没有摔倒阿拉木斯，他是故意输给自己的……在观众的一片哄笑声中，他清楚地听到了渥伦花拉那清脆的、开心的笑声。他感到天旋地转，脑子就要炸开。

忽然，一切声音全消失了，他像是从半空中坠落下来，双手摸到了坚硬的大地……

8.

大概是后半夜了。

浓湿的夜雾从嘉其尔河面上向四处流动。斜到西天的月亮把清冷的光投了下来，榆林里筛下了斑驳的月影，草地上像铺着一片破碎的残霜。秋风迈着急促的步子从树林顶上走过，使树的枝叶不停地骚动着。

嘎彦也像一棵痛苦扭曲的老榆树竖立在林子里。经过一场暴风雨的严峻洗礼，他宛如换了一个人，脸庞像月亮那样苍白，腮边挂着两滴苦涩的泪珠。现在他把回到草原这三年的生活作了认真的、严肃的、公正的思考和评价后，不再愤懑不平了，不再怨天尤人了，他在痛苦的反省中意识到往日的荒谬，感到了深深的愧疚。是啊，他在生活中扮演了一个多么可笑的、不光彩的角色，而自己却没有认识到这一点，反而为那虚幻的荣誉自鸣得意，愈加骄横，这是多么可悲啊!

再清楚不过了,他在这片草原上所得到的一切——摔跤手的荣誉、爱情、威望,都是借助权势而获得的,一旦这权势不复存在,一切便都成了泡影。泡影的幻灭当然令人痛苦,而实际上连这种痛苦都是毫无价值的,就像一个人走了一圈之后,发现自己又回到了原地,一切还得从零开始。

月亮似乎沉落了,树林里顿时变成黑黝黝的一片,很瘆人。雾更浓了,很快打湿了他的衣服。他由于寒冷而战栗起来。这时的山林出奇的静,可以清楚地听到卧在附近的牛发出的喘息声和卧盘的羊群不停的咀嚼声,那声音很像附近正在过一只夜行军的队伍。黑暗仿佛只持续了短暂的一瞬间,微弱的曙光从树枝的缝隙透进了林间,弯曲的古榆露出了模糊的轮廓。

嘎彦吃惊地望着这迅速到来的黎明,他没想到夜幕撤得这么快。他心中忽然有了一个渴望,便迈着步子,向那道淡白色的、光滑细柔的沙梁子走去。

他站在高耸的沙梁顶上,俯瞰着脚下的林带牧场,只见一团团绿色的"云"笼罩着酣睡初醒的沙原,嘉其尔河在绿草地上划了半个弧形,披着轻纱般柔软的薄雾流向遥远的地方。从那绿云下传来了乳牛高亢的呼叫和挤奶姑娘的吆喝声。鸟儿也开始歌唱了。几缕青烟从林隙间袅袅升起,那是能干的女主人正在为即将出牧的丈夫烧奶茶。

呵,在那绿林深处,牧人们又开始了新的一天的生活。那生活多么富有魅力啊,在向这个孤独地伫立在沙梁上的青年召唤着。嘎彦觉得有一股热流在全身涌动起来,撞击着他那颗快要冷却的心。昨天的耻辱好像已经成了十分遥远的往事。是啊,他还年轻,一切都可以重新开始,嘎彦也有男子汉的热血,也有一个男子汉的力气和自尊,为什么就不能勇敢地投入牧人中间,靠自己的力量、靠勤劳、勇敢去学来真本领,获得真正的荣誉呢?

他那双黯淡的双眸里渐渐燃起了希冀的火焰,紧紧地攥住双拳。他迈开步子向沙梁下的浩特走去。现在,他忽然有了一个急切的愿望,立刻去买一把刚性很好的大钐镰,价钱贵些也不要紧,他要用两天的时间,蘸着汗水把它磨得十分锋利、光亮,然后他就扛上这把钐镰,在牧人们惊奇的注视下,沿着弯弯曲曲的嘉其尔河走到冬营盘的草场上去；他脱去袍子，露出发达的肌肉，一下又一下抡着钐刀，让茂密的秋草齐刷刷地在他面前倒下去，倒下去……

他好像已经听到了钐刀割断牧草时发出的有力的、使人振奋的"唰唰"声，闻到了从厚厚的草絮下面散发出来的那股浓郁的草香。

白云悠悠的日子

原载《草原》

1.

无论过去多少个日日月月,岁月随着一缕缕云絮远逝而去,但那一份宁静、那一份淡泊却留在了草原上,那是身居斗室的城里人所无法想象的,更不会感受到的。

那是一种永恒的朴实的情感!

只有长年生活在草原的纵深地带,才能领悟这种感受。

2.

那时候北部草原已是深秋,广大勤劳而善良的牧人已把打下的牧草晾干,拉回到自家的棚圈里贮存好,于是草原上到处都弥漫着浓浓的青草味儿,还夹杂着浓浓的苦蒿味儿;那时候在牧人们视为圣泉的阿尔善,许多人把自己泡在泥汤子里，并把乌黑的泥涂抹在脸上。

而就在圣泉附近，一支现代化装备的石油开采队正轰轰烈烈地修改着草原的荒凉，那一台台钢铁的庞然大物"磕头机"在漫长的寂寞中不住地点头，那种呆板机械的运动顿然使草原变得陌生。

那时候中蒙边境上洋溢着热烘烘的商业气息，在小小的边境小镇里经常能看见许多商人在忙碌着。那些很年轻的卷曲头发的小伙子们拖着鼓鼓囊囊的包袱过来经商，用款式新颖的呢子大衣、地毯或马靴来换羽绒服、牛仔装或一箱箱"草原白酒"。

这时候我仿佛看见了乌珠穆沁草原的一顶毡包里，端坐着一位老额吉，宛如一尊庄严肃穆的石像，昏暗的光线中虽看不清她的面容，但无论哪一位走进毡房里的客人都能一下子感觉到额吉身上辐射出的那份古朴、那份宁静、那份沉甸甸的历史感。有位诗人形容额吉脸上的皱纹是一条条被历史的风霜雨雪镂刻出的羊肠小径，每一条都通向一个动人的故事。

于是顺着额吉脸上的皱纹，我走到其中的一个故事里……

那年秋天草很肥。

3.

胡日查在归乡的途中看见了许多的鹰鹫，这使中年学者的心激动不已。他已经很多年没见到这么多的鹰鹫了。他看见许多鹰鹫都蹲在地上或岩石上，黑色或褐色的长袍拖在草地上，神态都很从容安详，有的凝视远山，有的顾影自怜，而有的——那种异常高大雄伟的鹰则做沉思状，并不为疾驰而来的汽车所惊扰。

透过车窗的屏幕，它们闪了一下向后退去，然而路边又有新的鹰鹫出现，用一种淡漠或超然的神态迎接着这辆快得发疯的吉普车。

以研究风俗史而闻名自治区的中年学者忽地想到了一个有趣儿的问题：草原上鹰鹫猛增意味着什么？

自然啦，鹰鹫若无充足的食物可猎取，它们就不会繁衍得这么快这么多，那么，以动物的食物链来推导，便得出个颇有意味儿的公式：鹰鹫增多，说明草原上野兔和野鼠增多，而野兔野鼠的增多，又说明草原的草长得好，能保证食草动物生存繁殖，由此可知，今年牛马羊等畜群的膘情一定不错，而畜群兴旺，则说明了牧人的收入增多、生活水平大大提高……

学者想到此忍不住兀自乐了。他想：若是把这个推导公式讲给某个记者听，他一定能写出一篇洋洋洒洒的大块文章来。

吉普车拐过一座苍茫的大山之后，那条弯弯曲曲的自然路就消失了，大概是许久因为未走车，那路被荒草侵没，司机只能由胡日查指点着往前行驶。

胡日查坐在车里，能清晰地感觉到车轮碾在厚厚草絮上的柔软和弹性。司机说简直像在海绵上开车！

所有的景色顿然熟悉起来，温存起来，那股脉脉温情像溪流一样淙淙流淌，渐渐如马奶酒一样沁透了周身每个角落。这就是久违了的故乡的草原——巴拉格尔草原，它因一条九曲十八弯的河流而出名。

胡日查三十七年前离开了故乡去上大学，那时候他还是个毛头小伙子，甚至把远行离家当成一件挺可怕的事儿。那年茨仁多洛玛额吉已经快七十岁了，身体还硬朗得犹如一尊檀香木雕像，在晴朗的日子里老人家挥着套洛棒满草滩撵那些最调皮的两岁牛犊子。那时候母亲的牙还没掉光，能啃动坚硬的干奶酪和没煮到火候的牛蹄筋儿。

傍晚，在一盏闪烁摇曳的孤灯下，母亲能唱许许多多的民歌，从《育林道》唱到《图林道》，包括那些年代十分久远的浸透了远古荒凉的古歌。额吉的歌儿能把天上的星星串起来让它们不再遥远。胡日查印象最深的是额吉吟唱古歌时的神态——那一份宁静里的淡淡哀伤，那一份超然中的深切无奈，那种人在自然中的若隐若现的命运痕迹……民歌那种最可贵的韵味儿被七十岁的额吉表现得淋漓尽致并将其发挥到极高的艺术境界，全然不像如今的那些歌手或乐师用一种轻飘飘的悠然自得演唱民歌。只有额吉对那些民歌的理解最透彻、最真挚。譬如民歌《诺恩吉娅》《孤独的小骆驼羔》，或者像《钢嘎哈拉》这样的古歌，额吉能唱得人眼里蓄满悲哀无奈的泪却又掉不下来，然后在一连数日内耳边都萦绕着那悱恻不绝的旋律。而像宴歌《潮日》或者《古如歌》，额吉不但能领唱能对唱，而且唱得庄严浑厚，苍劲沉郁，犹胜男子。

当然额吉最擅长的是唱长调，在那绵绵无尽、曲曲折折、环环衔接、意味儿无穷的音韵里，额吉几乎将历史变迁融合进去，将最本质的情感贯穿其间。胡日查只要一闭住眼，就仿佛看见额吉的长调在浩浩空间飘动，随河流蜿蜒，同山峦起伏，与清风拂扬，和云絮漂泊……那道音韵的轨迹通向四荒八野，一直伸延到人心中最隐秘的地方。

胡日查离家那天，额吉什么话也没说，始终端坐着若有所思。临别时额吉吻了他的额头，那个吻便在他额头印了三十七年，无论他走到哪儿，那吻都给他带来了好运。

可是，他终于做了那件对不起额吉的事情。他知道那件事肯定深深伤了额吉的心。

额吉十分喜欢梅朵格尔玛，老人家想用一根牢固的红线将他和梅朵格尔玛拴在一起，永不分开。但他，在离家的第四年，狠心挣断了那根红线。

据说年近八十的茨仁多洛玛额吉搂着那个被遗弃的女人不停地唱那些最哀怨的古歌：《达高拉》《阿拉特稍》《黑缎子坎肩》……整整唱了一个通宵。

梅朵格尔玛的泪在那一夜彻底流枯竭了。她用自己的泪水将心灵的伤痕洗得苍白，像一道裂开又愈合的白色山脉，所有的痛苦都被封闭在山脉的最底层，让它们冬眠或沉睡。

胡日查几乎已经忘了那天梅朵格尔玛怎样套上牛车送他，以及一路上那头老黑牛为什么总走得那么慢腾腾的，而梅朵格尔玛也不管它，只是用那对淡灰色的大眼睛默默盯着他的得勒——像所有乌珠穆沁的服饰一样，肥大厚实的得勒上有一道美丽的宽花边儿，那是前一天夜里梅朵格尔玛熬了一个通宵，一针一线绣上去的。

胡日查只是在很多年后重返故乡时才回忆起那些细节，而让他最心碎的细节是当牛车晃晃悠悠向前行驶时，恍若听见额吉的长调悠悠飘着，为他送行，在漫漫无尽的草原小路上一直尾随着他……

很多年了，胡日查没有回故乡。工作忙当然是挺充足的理由，但他心底的那层愧疚，也是阻碍他回来的一个重要原因。

许多记忆都像云烟一样随风飘散了，散得无影无踪，而唯有额吉的长调却不曾消失，犹如天上那轮皓月，只要到了夜里，它就会自然袅袅升腾起来，然而它又是那样遥远，可望而不可即。

这些年胡日查苦苦思索，却终未品透那悠长尾音里的深层意蕴。

4.

一个世纪结束了，一百个春夏秋冬逝去了，茨仁多洛玛额吉无病无灾地迎来了她的百岁生日。这自然是个非同寻常的喜庆吉日，于是不用谁召集，额吉的五个儿子及媳妇、三个女儿及女婿、七个孙子及孙媳妇、孙女和十二个重孙女及其他晚辈将近百人，从四面八方聚拢来，为老人庆寿。

那年秋天他们从各个地方各个城市远道而来，带回晚辈最真诚的祝贺。

胡日查是最后一个回来的，没有携妻带子，也没带什么礼物，却带回满腹的歉疚和一腔无法言说的复杂情感。

恍若重游梦境一般，他从车窗上望见了那道弯弯曲曲的巴拉格尔河，望见了离河岸不远的一道低缓的山坡——坡顶上有几间红砖瓦房和不少新扎不久的蒙古包，附近停着几辆汽车、摩托车，还散乱地拴着些备了鞍具的马匹。只是听不见任何声音——狗群的吠叫、孩子们的呼喊、牧人的寒暄问候声……

5.

由于百岁老人茨仁多洛玛额吉坚持要住蒙古包而决不愿搬到那所新盖的大砖瓦房里去，儿孙们只得依她，便给那座班布克格尔换了最好的哈纳和乌尼杆，铺上了最时髦的地毯。那块地毯是在城里经商的特古斯带回来的礼物，据他说那是他三个月前从蒙古国首都乌兰巴托花了大价钱买的，那时候他就想到了给祖母庆寿这件大事。

这些年特古斯在外面忙得不可开交，又是经理又是董事长等等，光名片上的头衔就够三年级的小学生背上一阵子，与蒙古国商人熟得如自家兄弟一般，去乌兰巴托就像去北京那样方便。他很少回来，这一次却提前五天带着老婆孩子开着一辆八成新的"伏尔加"回来了，而且声称要"扎扎实实住一段日子，尽尽孝心……"

特古斯有一张白白胖胖的面孔，笑起来时眼睛只剩一条缝，像个慈眉善眼儿的笑佛，然而熟知他的人却能从那条眼缝里发现一丝不易觉察的极狡黠的光泽，正是那种光泽使他在生意场上应付自如，如鱼得水。达瓦敖其尔阿爸一直不喜欢那张面孔。在四个儿子中间只有老大朝克尔具有一张与父亲一样的黝黑而诚实的脸庞，也只有朝克尔继承了达瓦敖其尔阿爸缄默寡言的秉性，埋头干活儿，埋头喝茶，只有在赛马或摔跤时才活跃起来，出手不凡，而在平时，那宽阔的脊背只挂着平凡，与整个乌珠穆沁草原的牧人一模一样。

达瓦敖其尔七十六岁，是茨仁多洛玛的长子。本来额吉在达瓦之前还生过一个女儿，却在达瓦出生那年遇天祸夭折了。额吉的歌声把达瓦浇铸成一个膀阔腰圆的男子汉，在给予儿女生命之后又赋予了他们那种朴素的草原情感，那种情感在九十年代初被腾格尔的一支《蒙古人》发泄得淋漓尽致。

额吉曾缝过许多兽皮口袋，把一个个儿孙放进那温暖的襁褓里吊在套脑下抚养成人，几乎没有一个儿孙没睡过额吉的皮口袋，没有一个儿孙没听过额吉的催眠曲。额吉的歌声使他们的筋骨强壮并在漫长的岁月中不再觉得孤独。额吉背着兽皮口袋干活儿——拣牛粪、烧茶、挤奶、酿酒，所以朝克尔在很小的时候就听惯了乳汁喷溅到奶桶里的快乐的喧闹声，那是一种悦耳的飞瀑般的音乐，一次次将朝克尔送入梦乡。

当胡日查那辆帆布棚吉普车从山坡下开上来时，朝克尔正在杀羊。

朝克尔先只是看见一个身穿笔挺西服的人从车上下来。那人腰板很直，有种儒雅的风度。朝克尔并没有立刻认出那是他的大弟弟。

一群狗气势汹汹地围了过去。

朝克尔喝了一声，狗群停了进攻，不甘心地虎视眈眈不肯离去。这时候有许多亲戚和客人都在砖房子里喝酒，女人们在另一间房子里忙着灌血肠煮手把肉。附近一座座新扎的毡包里都洋溢着说笑声，整个营盘像一个小型那达慕会场。

这时候几个电视台的记者正在那座班布克格尔里给茨仁多洛玛拍摄新闻片，一道强光聚在老人脸上像七月正午的阳光一样灿烂。额吉端坐着闭着眼睛神情漠然，沉浸到遥远而温馨的回忆之中，竟想起八十三年前那个春光明媚的上午，一支迎亲马队沿着巴拉格尔河岸走向罕山深处的氤氲里……一位大胡子导演说这是个极难得的镜头。

这时候胡日查被狗群围在吉普车旁动不得，用求援的目光四处张望，看见一个女人向他走来。

6.

女人逆光而来，身影颀长，胡日查看她的面孔，只觉得她身后那团落日又大又红，正在缓缓泅化。

女人喝散狗群，站在他面前，望着他说："你好，胡日查，全家人都到齐了就等你啦。"

朝克尔这时也认出了这最后的一位客人是大弟弟胡日查。从心底来说他并不希望胡日查回来，因为胡日查的出现将使他处在一种尴尬的境地中。

他向大弟弟走去。

那一瞬间胡日查感到自己很苍白，也许是因为她背后那轮落日的缘故？

他认出了面前的女人：梅朵格尔玛。

几乎有二十多年没见到她了，但还是认了出来！她苍老了，她黑瘦了，她所有的青春和风韵都被草原上的风霜雨雪腐蚀得无影无踪了。但胡日查凭着感觉认定她是梅朵格尔玛，不会错的！一路上他就有预感：在这样的日子里，梅朵格尔玛不会不来的,他们肯定会见面的。

梅朵格尔玛呀……

他竟说不出一句话,只是觉得自己浑身上下都很苍白。

朝克尔走过来,紧紧拥抱了大弟弟,然后他用一种挺平淡的语调对胡日查说:"这是你的新嫂子,我们是去年秋天结的婚;她原先的丈夫三年前病死了,这事你可能不知道吧……她是个很不错的女人。"

7.

巴格纳总是一副若有所思的深沉模样儿,即使笑也是一种很有些讲究的宽容的笑容。

巴格纳的稳重与他三十六岁的年龄并不十分相称。达林吉亚说四叔的言行举止纯粹是一种职业性习惯。达林吉亚年轻,又在乌兰牧骑里浪漫惯了,说话不管不顾,练就了一张刻薄如蒺藜的嘴巴,喜欢在漂亮的女友面前玩幽默。

巴格纳是达瓦敖其尔最小的儿子,在旗政府当了五年秘书,最近可能要调到哪个局去当负责人。负责人就应该有负责人的样子——随他一起回来的老婆莎仁反复这样提醒他。

巴格纳只向达瓦敖其尔阿爸和朝克尔阿哈询问一些牧业生产上的问题,并且很有分寸地向牧人们解释一些政策条文。巴格纳在听牧人们反映问题时听得专注认真,丝毫也没有敷衍了事的样子,有时还不停地往小本本上记着。最后他郑重告诉大家:第一,国家的政策不会变,改革开放不会变,所以乡亲们没必要担心会不会收回牧场畜群这类问题;第二,他会把基层牧民的详细意见转达给上级,他这次回来除了给祖母庆寿外还负有特殊使命——倾听群众的呼声。

这一番话博得了大家的尊敬。达瓦阿爸为小儿子自豪得满脸堆笑。

巴格纳长得文弱却很有酒量,无论喝多少都面不改色谈笑自若。特古斯十分惊讶他的好酒量,因为他当年离家时滴酒不沾。巴格纳说什么都是可以锻炼的，一切皆可改变，诸事均在人为。说得高兴，巴格纳又透露给大家一个内部消息：处于边境的嘎达布其要对外开放，以后可与那边进行小额贸易，这样一来，靠近嘎达布其的巴拉格尔就能得到许多优惠，提前达小康是没问题的。大家听了都很激动。

酒宴稳步向高潮推进。大家都觉得在这样喜庆的日子里喝得再多也不为过，谁不开怀畅饮反而显得胸襟狭小。不论什么酒——奶酒、啤酒、白酒，掺杂着一起喝。当热腾腾的手把肉一盆盆端上来时，酒已唤起了大家全部的热情，《潮日》唱起来——先是一人领唱，之后是对唱，最后是大家合唱。电视台的小伙子们也边喝边唱边录像。歌声像潮水一样从房门涌出来，在草原上跌宕回旋，伴着晚风传向黑黝黝耸立的罕山，随着巴拉格尔河飘向远方，滋润那些最荒凉的草地。

胡日查这时候看见朝克尔阿哈端着酒碗凝视自己。那是一张坦诚得像山一样分明、像天一样纯净的脸庞。胡日查有些感动地想。

朝克尔一仰头将碗中酒一饮而尽，然后擦了擦挂在胡髯上的酒珠儿说："那是老人家的主意……我是说那件事儿，她想让梅朵格尔玛守在她身边；她一个人挺可怜的……"

胡日查握住阿哈的手说："阿哈你不必解释，其实我们心里都明白是怎么回事儿……我当然希望她幸福！"

胡日查深知额吉的良苦用心。他依稀记得二十多年前朝克尔也曾在暗中爱过梅朵格尔玛，但由于胡日查，朝克尔一直将那爱深埋在心底。

歌声依然潮水般翻卷：

　　轮回一转
　　好像天风
　　是善是恶
　　命中注定

8

那时候正是打草季节，草场上的马拉打草机拖着一连串儿的闷雷滚来滚去。那时候太阳已经不那么滚烫了，阳光在草地上温情地凝固。那时候胡日查正把晾干的草拢在一起，拢成一个很大的草垛。那时候他太年轻，浑身的劲儿使也使不完，憋在身体里十分难受。就在那个时候，他看见那少女赶着牛车朝这边走来。

少女的脸儿红扑扑的，望着他笑。

少女的笑容像八月的草场一样迷人。

梅朵格尔玛哟，你是天上的风，你是地上的云，你是多少骑手的梦：

乌油油的辫子一托托的长

背在那身后真呀真漂亮

风在天上行，水从地上流，太阳照耀，万物繁衍，激情的种子催发生命萌芽，生命枯萎了却又新生，循环往复，永无止境……一切都在自然的怀抱里，一切都是那样的和谐、那样的从容。

年轻的胡日查迎着更年轻的梅朵格尔玛走去，把她抱起来。

她只是笑，笑得像只颤抖的小鸟儿。

草垛上弥漫着成熟透了的秋天气息。远处有一匹马在激情昂扬地嘶鸣，它的嘶鸣让人觉出草原的深邃与空旷。太阳像成熟的果子从悬挂它的枝梢上愉快地坠落下去。暮霭四处散布着柔和的迷蒙。

一切都因为那时还太年轻啊！

9.

胡日查的脸上布满了如烟似雾的伤感和迷惘。他认真看了看酒宴上的人们，大家都沉浸在音乐和酒里，唯有达瓦敖其尔阿爸不时用目光扫向他。那目光是一种探寻，还是一种责备？阿爸的胡子已经很长了，银白色。阿爸为他的胡子而自豪，不时捋着它说笑。在阿爸的目光下胡日查只得强打精神，摆脱忧郁伤感的纠缠，振作起来，跟大家一起举杯畅饮。

庄严的酒歌依然回荡不绝：

> 在这莫大洪福降临的吉日
> 在这崇高声望显赫的时刻
> 让我们唱起那史诗般的颂歌
> 像那森布尔山一样长存永固
> 像那松达赖海一样万世不枯
> 让我们庄严地且歌且舞

这时候他很想和身边的达林吉亚说点儿什么，回过头去却瞥见达林吉亚轻轻拽着他的女友萨日娜，趁人们都在唱歌不注意时一前一后悄悄溜了出去。胡日查忍不住暗自笑了一下。此刻他心如明镜。是啊，他们也正年轻。草原虽是个古老的天地，却恰恰是属于年轻人的场所。

唉，一代代人总是重复着那个温情的梦。

10.

达林吉亚有一副潇洒均匀的身材，还有一头漂亮的黑卷发，单凭这一点，他就让女孩子们喜欢得发疯。达林吉亚是梅朵格尔玛唯一的儿子，虽也是在蒙古包出生，但自小就具备了文艺天赋，能唱会跳，还能把马头琴拉得如泣如诉。他十四岁那年就被乌兰牧骑选走了，后来成了乌兰牧骑的顶梁柱。

最初梅朵格尔玛不放他走。茨仁多洛玛奶奶听说他走也掉泪了，所有的儿孙离去时她也没有表现得这样难过。达林吉亚也是老人家一手带大的。

那时候，梅朵格尔玛生下达林吉亚不久就嫁到了十分遥远的地方，茨仁多洛玛奶奶就把婴儿留在了自己身边。那段时间达林吉亚简直就是奶奶的命根子，那张灵巧的小嘴每天都让奶奶沉浸在六月的阳光里。但尽管奶奶也难受得要命，她还是劝说梅朵格尔玛为儿子准备行装。奶奶说：男人是马，拴是拴不住的，他们跑得越远就越有出息；男人是草滩里的鹰，毡包里是养不住的，他们飞得越高就越有骨气。梅朵格尔玛只得送达林吉亚走。

那一年梅朵格尔玛死了丈夫，达林吉亚走后她就搬过来与老奶奶同住。

达林吉亚知道自己的文艺天赋都来源于老祖母。他所有会唱的民歌——长调和短调，都是额吉教他的。他不像草原上别的男孩子那样从幼小时就迷恋马背，当与他同龄的孩子骑着漂亮的马虎虎有生气地奔向那达慕会场时，他仍依偎在祖母的怀里撒娇，缠着祖母要唱歌儿。他不知道茨仁多洛玛为什么会那样喜欢他、娇宠他——祖母从未娇宠过任何子孙，她训子有方，犹如当年诃额仑那样严格教育后代，以严厉而远近闻名，但对达林吉亚却一反常态。

达林吉亚一直以为自己和这个家族没有血缘联系，因为他的阿妈丢下他远嫁他乡他才被老奶奶收养，并不知道他实际上是额吉的重孙子，也不知他血缘上的父亲是谁。

酒宴上，达林吉亚留意到今天最后到达的那位客人——那位穿黑西服、红领带、颇有学者风度的中年人——不时向他投来友善的目光，他隐约感到那目光里还有一种探究的意味儿。他听说这个人很有学问，按辈分得喊他二叔。他觉得这个人很有些来历，好像与自己有某种说不清道不明的瓜葛。

但那仅仅是一瞬间的感受，正在热恋中的小伙子是顾不得仔细观察外界事物的。

萨日娜是个很有激情的姑娘，很会玩情调。她有一头亚麻色头发和陷得很深的眼窝儿。达林吉亚几乎被她迷住了。小伙子从前曾迷过许多东西和人。最早，他迷拉苏荣，后来迷迪斯科，再后来迷牛仔装、迷潇洒的长发、迷电子混声器、迷腾格尔，而对于姑娘，他很挑剔。看着姑娘们眼泪汪汪地说达林吉亚我爱你的时候，他觉得自己必须得像哈姆雷特一样难过得要死要活，可是不一会儿他就会把一切忘得烟消云散。他这类青年既不看重过去，也不十分向往未来，觉得过去和未来都是空虚的，唯有现在才是实实在在的。他懂得如何享受现在。

当激情像潮水一样退去后，达林吉亚简直不想再动一下，躺在草垛顶上凝视天上的星星，觉得自己也凝固成一颗星，在浩渺的夜空散漫地飞行，寻找栖身之所。他很想睡觉，像小时候那样偎在老祖母的怀里，一边听那些忧伤的古歌，一边进入梦乡，那是他最幸福的时刻。然而萨日娜却分外有精神，不停地打搅他——谈自己的感受，谈对这个庞大家族的印象，谈草原野外生活的浪漫。

达林吉亚不耐烦地嘟哝了一句。后来当萨日娜说到结婚时他说他想出国。

"撇下我？"萨日娜委屈地将脸儿埋在他的怀里。

达林吉亚说他只是想到乌兰巴托走几天，到那边试试运气。他告诉萨日娜，三叔特古斯已答应尽快为他办一张护照并负责来回的路费。据特古斯讲那边也正在搞开放，大家都做买卖。还说十套上等的牛仔装就能换一辆半新不旧的"伏尔加"，一箱子"草原白"可换一辆摩托车，当然，羽绒服也很走俏，即使搞几条地毯回来也合算。

萨日娜说："我不放心让你去。"

达林吉亚生气地说！"若现在不挣些钱以后结了婚也会被朋友们笑话的，尤其是文艺界的朋友最爱挑剔。"萨日娜听了便不再作声。达林吉亚又说单位好办，他想停薪留职一年。萨日娜说："老天爷，一年你的业务就荒废了，今年不是还有全国性的少数民族艺术节吗？不参加了？"达林吉亚说："参加了又能咋样，现在还有几个人认真看你跳听你唱的？这次出去是探探路子，如果一切顺利，以后就辞职跟特古斯阿巴嘎一块干了，他正需要一个得力助手……"

萨日娜只是强调结婚的事儿，要在这次无论如何把日子定下来。达林吉亚懒洋洋地说："干吗总要急着结婚？没听人家说婚姻是爱情的坟墓吗？"萨日娜哭了，说他根本不爱她，不过是随便玩玩，她早就看出他想甩了自己……

不知什么时候起雾了，薄雾像凉水一样漫上了草垛，黏黏糊糊地将那浓烈的干草气味儿浸透。萨日娜渐渐止了哭，抽抽噎噎地说该回去了，要不大家会出来找他们的。达林吉亚说："急什么，今夜大家肯定都醉倒，不信咱们打个赌儿！"

远处的浩特里有牧羊犬的吠声，但那声音很快又被从砖房里传出的酒歌所淹没。

达林吉亚从草垛顶上欠起身子，望见茨仁多洛玛额吉毡房里的灯还亮着，恍惚间还看见他的阿妈在给老额吉篦头，一遍又一遍地篦着，那情景犹如一幅古旧模糊的油画一样使他感动。

这时候草垛上的达林吉亚和砖房里酒桌旁的胡日查在同一个时刻听见了那熟悉的古歌慢慢响起来，幽怨的音韵掺杂在欢乐的酒歌中间，似一股清流只顾自己流淌，固执地流向远方牧场。

达林吉亚与胡日查都听痴了，到后来竟全不觉有酒歌存在，只被额吉的古歌感动得想哭。

那歌儿是《黑缎子坎肩》：

  杏黄哟缎子的坎肩呀
  是我月光下给你缝制
  若早知你将离我远去
  还莫如一把火烧成灰
  哎呼我的你呀
  后悔也来不及

　　　　大红哟缎子的坎肩呀
　　　　是我用心血为你缝制
　　　　若早知你会变心
　　　　还莫如一把全撕碎
　　　　哎呼我的你呀
　　　　后悔也来不及

11.

　　再过一天就是茨仁多洛玛老祖母的百岁寿日。

　　寿日的前一天是晚秋少有的一个好天气。大家无事可干，一切准备工作都已就绪。夜里的酒宴和歌唱已把人们搞得筋疲力尽，不少人在喝早茶时爬不起来，昏昏沉睡。

　　外面却有很好的阳光，九月的草地上飘荡着成熟的深沉。淡淡的羊群和淡淡的白云点缀着天空和草原。远处的罕山很蓝，蓝得像一抹虚渺不定的水影。

　　特古斯开着摩托车在草场上转来转去，一副无所事事的样子，而实际上他的眼珠子却高效率地活动着，雷达一样四处捕捉着信息。他的精明来源于他的敏感，对任何事物他都不会轻易放过，总会细细品咂几遍，从中品出别人品不出的机会和收益。

　　特古斯是一个讲良心的商人，投机取巧、违反政策、坑人牟利这些事儿他是从不干的，他觉得没必要用那种卑劣的手段去挣钱，他坚定地认为单凭自己的才干和聪明，到任何地方都能赚到钱。在这个世界上赚钱不是难事；而不容易做到的则是买卖上的诚实和信义，那些倒霉的人们——破产的、赔本的、贪污的、行贿的、逃跑的、判刑的等等。都是因为不讲诚实信义。

　　一道整齐标准的网围栏笔直地向前延伸，穿过平坦的草地，越过低缓的山梁，在巴拉格尔河岸边拐个弯儿，与河岸平行数里，从罕山脚下绕了个环形。特古斯停了摩托车，沿着网围栏往前走，看见太阳明亮的光斑在那一根根铁丝上欢快地跳跃着，与他同行。他的目光越过网围栏，用行家的目光打量那片草场，心中暗暗惊奇：围栏里的牧草足有齐腰高，都是不错的豆科牧草，像羊草、扁穗鹅、无芒雀麦草、黄花苜蓿和野豌豆等等。茫茫草海里有几匹马在游憩。一阵劲风掠过时，泛黄的草浪便像波涛一样层层相叠，一层推涌着一层从远方漫卷过来。而在无风或微风的情况下，所有的野草枯花都在不停地颤巍巍地摇晃着歌咏着秋日的寂寞。特古斯心底泛起一股人生短暂的悲凉。厚厚的牧草间隐约可见鹰鹫、灰鹳时起时落，雪兔和蒙古羚时行时伏，鸟啼声婉转入云。

蓦然，特古斯的眼一亮，他看见一只肥乎乎的旱獭在草丛间从容地爬行，钻入一个洞穴。于是特古斯设法进到网围栏里，在牧草间仔细搜寻，很快发现了许多旱獭洞。

真是个令人激动的发现!

特古斯快活得像个孩子。为寻找旱獭，他几乎跑遍乌珠穆沁。本来，早年乌珠穆沁草原上到处可见野生动物，像黄羊啦、天鹅啦、旱獭啦、狍子啦，这类动物几乎都是成群结队的，并不稀罕。然而这些年人们捕杀无度，野生动物越来越少，有的近乎绝迹。

物以稀为贵，越少的东西就越珍贵值钱。獭皮帽子、皮大衣这些年走俏，价格一直往上涨，獭皮就愈加昂贵了。

这时候特古斯看见朝克尔阿哈骑着马走过来。特古斯就问阿哈："这网围栏里的草场是不是都是咱家的？"得到明确的答复后特古斯又问："里面为什么会有那么多旱獭？"朝克尔皱着眉头说："这些年人们为了挣钱都在拼命打野物，黄羊打尽了就打旱獭，这些可怜的小东西知道这里面安全就从四面八方搬了家，到咱牧场避难呢，再加上这两年不停地繁殖，怕是足足有上千只呢。"

特古斯笑眯眯地点头"哦"了一声，说原来是大哥的仁慈把它们吸引来了，但咱为啥不打呢，这可是一笔好收入呢！朝克尔一怔，好像从未想到过这个问题。特古斯趁机诱导："一张獭皮少说可卖五十块，一千张就是五万块，那么，一年即使打五百只旱獭也是一笔可观的收入，何乐而不为？至于销路，那没问题，包在你兄弟身上——我在旗里办了个皮毛加工厂，正愁没原料呢，这么一来，也算大哥帮了我一个大忙，救了一个濒临倒闭的工厂，为社会做了件好事。"

朝克尔沉默着不予回答，目光极淡漠地望着远处。特古斯知道五万元对他是个诱惑——他想买拖拉机，还想买饲料，还想买亚马哈发电机……家大业大，需要用钱的地方很多，朝克尔常常感到当家难，家大业大更不易，何况又是亲骨肉兄弟求他，他没有理由不答应。

当年划分草场时特古斯还没离开草原，这草场自然有他一份，也算半个草场的主人。朝克尔觉得很为难。

"你真的想打？"朝克尔问。

"很简单的事儿，只要下几百只夹子……"

特古斯异常神往地答。

那些小东西太可怜了！朝克尔忧郁地叹了口气。特古斯觉得好笑，像阿哈这样一个硬心肠的汉子，竟也会叹气！他说："我跑遍乌珠穆沁寻找旱獭，却没想到自家草场上就有个旱獭养殖园。那是咱自家养的物儿啊，像羊、像牛、像马和骆驼一样，到了秋季入冬就得杀掉卖掉，这是一样的道理。再说，啥动物多了，对草场都会有破坏的啊。"

朝克尔在草场上走了几步，脸上有种复杂的哀伤的表情。他看见一只小旱獭从他的马下面窜了过去，并用十分善意的目光瞟着他，没有丝毫畏惧的样子。网围栏里的旱獭是自由的精灵，对人没有防范，无拘无束地生存着，与别的动物友善相处，它们不去伤害谁也不担心自身会受到伤害。它们早把这里当成了避难的乐园。

朝克尔沉重地骑在马背上，临走时丢下了一句话："你去问额吉吧，老人家若是点了头，你就打，只有额吉有这个权力！"

特古斯便呆愣住了——敢去问额吉吗？从小到现在，让他敬畏的人只有老祖母茨仁多洛玛。额吉的目光并不很严厉，神色也总是很安详，但不知为什么，他总觉得额吉身上辐射出一股凛然威严，像草原一样博大的气韵使他感到震慑，那时候总是感到自己太渺小太污浊。唉，就像额吉常常念叨的那样，系腰带的不一定都是好男儿，佩银鞍的不一定都是好坐骑，当儿孙的不一定都能理解他们的父辈。特古斯总是苦思冥想也弄不懂额吉对草原万物的那种极特殊的情感。

他清晰地记得，当他还是个孩子的时候，有一次忽然发现一条很大的蛇爬进了他们家里，那蛇可能有毒，吐着血红的芯子拖着可怖的声音游动着，接近了正在羊皮褥子上熟睡的巴格纳，那时巴格纳还是个未满两岁的婴儿。特古斯惊叫一声，唤来了正在外面削套马杆的朝克尔阿哈和胡日查阿哈。

朝克尔一秒钟也没犹豫，猛地卡住毒蛇的脖子，像拎一根很有韧性的粗皮条那样把蛇拎出毡包外。

当兄弟三个正准备用刀将蛇头切下来时，额吉从外面回来了。那时候额吉满脸肃穆之色，阻止了一次马上就要进行的屠杀。

额吉喝住他们对他们说："任何生命都属于草原，是天和地的精华造就的；每个生命都有它活着的理由，人们是无权随便杀死它们的！人们能做的只有一件事——保护它们，让它们回到草原的怀抱里。"

后来额吉用一根长长的套马杆小心地挑起了那条大蛇，挑着它走向草原深处去放生。三个男孩顺从地跟在后面。

特古斯永远记得额吉举着套马杆翻过山坡，在悠悠白云下像一位举着长矛的将军，而那条蛇则在套杆的梢头骄傲地蠕动，将那身子弯曲成一个快乐的圆套……

蛇从草尖上轻捷地游走了，像一阵风儿消失了，再也没有回头。

从那天起特古斯就懂得：在草原上，有一种最真实的情感存在着，那是一种不为常人所理解的仅仅属于大自然的情感；那是一种极为复杂的具有深刻意味儿的情感；那是一种唯有深居草原之人才具有的可称为"魂"的博大的情感。朝克尔从额吉那里继承了这种情感，特古斯却没有，他只是从许多人身上强烈地感觉到它的存在，却不知该如何去解读它……

12.

胡日查几次走到那座班布克格尔门外，都犹豫了，没有勇气走进去。透过那扇小小的木门，他又看见了那幅模糊如古旧油画的画面——梅朵格尔玛半跪在茨仁多洛玛奶奶身后，一遍一遍地为老额吉梳头，那稀疏的白发从木梳间流过去，油灯映得人脸幽黄。老祖母只是端坐着，双目微闭，一动不动，犹如一尊檀香木雕像。

暮色四合，男人们又都聚在砖房里或蒙古包里喝酒，女人们开始忙着煮肉挤奶。在苍茫的暮霭中风力发电机的叶片旋转出一种寂寥、一种耐力、一种荒野般的空旷情调。

学者穿着质地很好的黑色西装在门外默然肃立，衬领雪白如弯月，领带已辨不清是什么颜色的，毫无光泽。班布克格尔里没开电灯，只点了一盏羊油灯。

胡日查在一片模糊的昏黄中看见额吉依然是三十七年前的坐姿，脸上挂满了经历了百年人生风雨之后的超凡脱俗。这时候胡日查觉得自己的头颅像一座沉重的山，还听见自己的气息像从幽远山谷里掠来的阵风。

那风里掺杂着古歌的音韵吗？

他看见在越来越昏黄的古画里，梅朵格尔玛在给老额吉编辫子，不停地编出一根根小辫子又不停地拆散再编，无休无止地编着。她说："额吉，我一定要给你编出一百根小辫子。"额吉头上的银丝像春天稀疏荒芜的草地，被梅朵格尔玛的十根苍白的指头的犁铧一遍遍地犁来犁去。

那时候额吉的嘴唇微微动了动。

音韵便像煮沸的牛奶一样颤动起来——长长的尾音在浩浩的天宇间散漫地飘飞流浪，飘过所有的历史遗迹……长调将这一切组合，将一切串联起来，将一切统统融合于那无字的咏哦里，让它们飞翔、翻转、再现，让它们撞开人的心扉，捣碎人心灵上的那层坚硬而冷漠的护甲；让它们把那一份永恒的情感、那一份无奈的忧伤凝固在高山上或白云里，凝固在古老的勒勒车车轮上或镶银木碗里，凝固在马背的鞍桥上或现代人仍使用的古文字里；凝固在腾格尔的歌里或是妥木斯的油画中……

这就是长调吗？额吉的长调？它所倾诉的不是个人的哀怨忧伤，它所咏叹的也不是一个家族的兴亡，所以它才精深博大、意味无穷，它才会成为永世不灭的千古绝唱。

蓦然间，胡日查似乎一下子悟出了关于古歌、关于历史的许许多多的深刻意蕴。

他在班布克格尔外面伫立了很久，直到梅朵格尔玛从里面走出来。

他鼓起勇气迎着她走去，像过去那样叫她梅朵格尔玛。

原本有许多话要对她说，此刻却一句也说不出，忽然觉得任何一句话都是多余的。过去的情感连同对她的负疚都已凝结在过去那个时空里，重温旧梦对两人来说既不可能也不现实，是一种可笑的奢侈。

却听她说："让我们来谈谈孩子的事儿吧！那个女孩萨日娜找过我……你得劝劝你的儿子，他好像不愿意和她结婚……"

胡日查在昏暗的暮色中看见一个醉汉歪骑在马上，晃晃悠悠朝他们驰来。在草原上，醉汉的嘴里总是挂着情歌，而脊背上则永远驮着甩不掉的忧伤。

13

达瓦敖其尔阿爸的妹夫乌力更是一个见多识广性情豁达的中年牧人，谈吐幽默，有时爱耍点儿小聪明。几年来他辛勤放牧，积攒了一万元存款，然而有一天他忽然异想天开，和谁也没说，一个人带着一万元悄悄离开了草原，去了首府呼和浩特。在那里他按照他的思路开始了所谓的人生享受：住最好的饭店，吃遍了大小餐馆，该玩的、该乐的、该看的、该吃喝的全部经历了一番，不到一个月，一万块钱花个精光，就心满意足从从容容地回到了巴拉格尔草原。

那时大家正为他的下落不明而每天忧心忡忡四处打探。他呢，一下子由一个万元户变成了身无分文的穷光蛋，却一副满不在乎挺高兴的模样儿，见人就大谈特谈他进城的见闻和感受，讲到最后还咂吗着嘴，总结了一句："城里也扯淡，就那么回事呗，真不如咱巴拉格尔好。要不，我回来干啥！"

这下子把达瓦阿爸气坏了，狠狠地教训了他一顿。最后大家出于怜悯，每人送了他几只羊，帮他建了个小畜群，以维持一家人的生活。可他从城里回来后就不喜欢放羊了，一副看透人生活腻了的样子，每天喝得烂醉，叫人拿他没办法。

那天夜里，乌力更又醉了。后半夜在门外卧盘的羊群一阵骚动，炸了群。他没醒来，根本不知道外面出了什么事。早晨他被家人推醒，揉着惺忪的睡眼一看，十几只羊死的死、伤的伤、散的散，一塌糊涂。

这才知道夜里来了狼。乌力更骑着马把这个消息带到山梁上的营地，牧人们为了给茨仁多洛玛额吉庆寿都聚集在这里。乌力更的消息使人们的情绪为之一振——在巴拉格尔草原，已经很多年看不到狼了。过去每年一次的打狼几乎使狼群绝迹，极少出现过野狼追杀羊群的事儿。于是牧人们一下子激动起来，乱纷纷骑马挎枪带绳子拎棒子挟套杆前呼后拥奔向牧场。正在这里拍电视的几个小伙子更是兴奋，坐在小车里把摄像机扛在肩头紧随其后。头戴红色无沿帽的大胡子导演用动人的男中音说："千载难逢的好机会，牧民打狼是异常珍贵的资料镜头，一定要抢拍下来。"

轰轰烈烈的打狼队伍越过巴拉格尔河，绕过罕山，奔向靠近边境的一片十分荒芜的草地。

胡日查和达林吉亚也骑了马，尾随着人们。但他们的骑术显然比牧人略逊一筹，渐渐被队伍拉远。达林吉亚从小到大还没见到过狼长得什么模样呢，听说前面已经发现了狼，急得直催胡日查。

胡日查想：这倒是个机会，可以和达林吉亚聊聊，而且，应该把真实的过去告诉他，这也是梅朵格尔玛昨夜透露的意思。

胡日查第一次单独和儿子在一起却又觉得儿子十分陌生：我对他了解些什

么呢？父子间那根神秘的感情纽带在哪里呢？

他有意勒住马嚼口，马步慢了下来。达林吉亚嚷嚷说屁股让马颠疼了。胡日查望他说："让我们来谈谈好吗？"

达林吉亚觉得挺好笑：阿巴嘎的脸色过于严肃了，一本正经的样子！他们那一代人都爱这样，假模假式，故作高深。

"谈什么呢？"

"谈谈你的婚事儿，孩子，你阿妈向我提起过！"胡日查尽量摆出一副慈父模样。谁知达林吉亚却说："那是我自己的事儿！"胡日查指出："婚姻是件大事，做长辈的不能不过问。"达林吉亚耍赖般地笑道："没想到阿巴嘎还是个爱管闲事儿的老头儿，这事儿与研究习俗有关系吗？"胡日查说："这事虽与做学问没关系，但与萨日娜有关系，她向你阿妈提出了结婚的要求，因为你们已经……"达林吉亚气恼地骂了一句什么，含糊不清地说现在并不想结婚，究竟会不会和萨日娜结婚还是个未知数呢，也许事情的发展完全不是那么回事儿。这把胡日查激怒了，又一次感觉到自己的苍白。他觉得自己的声音变了调，脸色一定很难看：

"你给我听着达林吉亚。第一，你必须和萨日娜结婚，在这件事情上你要诚实，要对得起自己的良心，否则，会后悔一辈子；第二，别再喊我阿巴嘎，应该叫我阿爸，因为，我是你的生身之父！"

丢下这番话，胡日查猛抽马儿一鞭子，马一路颠跑，奔到前面，把目瞪口呆的达林吉亚丢在后面。

达林吉亚呆望那滚滚烟尘，依然觉得莫名其妙：阿爸？生身之父？让我喊他阿爸？这是怎么啦？这世界突然变得让人不明白了！

胡日查策马追到山梁上时，望见梁下的打狼队已呈扇面铺开，往前推进，很快变成个包围圈儿。那圈儿越缩越小。胡日查很快驰马跟上去，见到了那条被团团包围住的野狼。

乍一见那狼时，胡日查心中怦然一动：那是一条怎样的狼呀！灰白色，身子干瘪苍老，皮毛杂乱肮脏，一副可怜兮兮的样子，简直像都市街巷中在垃垃圾堆旁的一件夹紧了尾巴的丧家犬，全然无一丝狼的雄风、狼的野性、狼的威猛。它半趴伏在草地上哀怜地望着铁桶般包围过来的骑手们，发出几声求饶似的呻吟。

也许它是巴拉格尔草原上最后的一条老狼了，在穷途末日潦倒之际才冒险闯入羊群，结果给自己招来了厄运。

野狼出没于草原的时代早就结束了，残存下来的都是些苟且偷生的可怜的生灵。

胡日查觉得它更像一条悲凉无奈的老狗。

骑手们却无恻隐之心，并不因它的可怜而放它一条生路，毕竟，它夜里咬死了乌力更家的羊，要知道那是乌力更仅有的几只羊呀，这不是把人往绝路上逼吗？众人策马兜着圈子，使那老狼眼花缭乱，四顾不暇。这时，一位青壮牧人以迅雷不及掩耳之势伸出套马杆，那结实的皮套一下子就套在老狼的脖颈上。众人一声激愤的喊，打马疾驰，老狼被拖在马后，乱糟糟的皮毛下腾起一股土烟。骑手们个个像凯旋的斗士紧随其后。电视台的摄像机紧张地跟踪拍摄。

当晚，营地外点起篝火。骑手们为庆祝打狼的胜利大碗喝酒、大块吃肉，开心的欢声笑语将草原静谧的夜搅得一片喧腾。

乌力更给每一位骑手敬酒，含糊不清地说感谢大家为他那些可怜的羊儿雪耻报仇，感谢大家为草原除了害。

只有胡日查一人无心喝酒，忽地想起了茨仁多洛玛老额吉——是的，如果额吉知道是那样的一条狼，一定不会叫他们往死打的，额吉会说："任何生命都是属于草原的，每个生命都有它活着的理由，让它回到草原上去吧。"

胡日查忽地理解了额吉的情感！

14.

迄今为止，没有多少人能够完全理解那种情感，没有！胡日查徜徉在静谧的草原上独自想着。但是梅朵格尔玛理解了，现在，胡日查也理解了。在重返草原的短短几天里，他蓦然省悟，从额吉的歌声中理解了那种极为复杂的情感。

仿佛听见额吉在召唤他。学者结束了他的沉思，走进茨仁多洛玛的班布克格尔里。

额吉用苍老遒劲的目光与他交流。那目光一瞬间很明亮，恍若寒星。

额吉说："孩子坐下，我给你看一样东西。"

学者从祖母手里接过的是一叠厚厚的白纸。他低头细看，惊喜地叫了一声："风马？"

额吉郑重地点点头说："都是我亲手剪的，你拿去。明天是个吉日，把它们从罕山顶上扬撒出去，让风把它们带向远方，那么你们儿孙的前程都会像乘风飞奔的骏马一样。"

在那个宁静的秋日的早晨，当白云飘过高高的罕山又飘向更遥远的天际时，胡日查独自爬到罕山的最顶端，将额吉交给他的那一叠风马迎风抛撒。

胡日查恍若看见那些飘逝而去的风马在一瞬间获得了生命，像一个个白色小精灵在苍茫的云海下自由地飞驰，沿着额吉古歌音韵的轨迹，飞进了过去和未来所有的像白云一样久远的日子里。

在那遥远的草地

原载《草原》

> 你是男子汉
> 你不思念家乡
> 我是骏马
> 我只想念宝木巴
> ——英雄史诗《江格尔》

1.

额贝失踪了!

当乌日娜姑妈把这个消息告诉我时,我的心立刻猛然一沉,焦灼和不安像乌云般笼罩了心头。

慢慢地,我隐约悟出了额贝的行踪,一阵愧疚使我的脸像喝过"草原白干"那样烧了起来。

姑妈把全家人都发动起来，几乎找遍了这个城市的每条街道，结果一无所获。胖胖的、有着一张慈母面容的姑妈懊丧地望着我说：

"奇怪，那么高的院墙，额贝怎么能跳出去呢？定是盗马贼干的，应该向公安局报案！"

我的好姑妈，你完全猜错了！因为你根本不了解额贝。而我呢？作为它的主人，应该说没有谁比我更了解它了。可是，这些天我在干些什么呢？跟着热心的姑妈，天天忙得晕头转向，几乎忘记了额贝的存在。直到现在，我才意识到它那双忧郁而焦虑的眼睛所深藏着的隐衷。

一定是这样的，它凭着非凡的勇气和力量，跳出了这个牢笼似的院落，不顾一切地返回了腾格里草原。

它真的回去了，我的额贝，带着对故乡深深的怀恋！它终于回去了，尽管千里迢迢，归途上充满了危险。尽管前不久它又旧病复发，至今仍未痊愈……

我的心战栗了。

一分钟也没有迟疑，我匆匆穿过繁华的闹市，到汽车站买了车票，离开了姑妈那个完全现代化的家庭，离开了这个没有一刻不充斥着喧闹声浪的城市。

当长途汽车驶在平坦无垠的草原上时，我无力地把头靠在座背上，昏昏沉沉中，往事像撒缰的马般奔驰起来……

2.

那是春季里少有的一个好天气，大黄风停了，太阳暖洋洋地照耀在金色的原野上。干燥的空气中有了一丝泥土的潮气。嫩绿的小草悄悄钻出土层，羞怯地打量着这个陌生的世界。

我的心情愉快极了，骑着阿爸的大青马向白音查干苏木驰去。

半年前，我从这个苏木的学校高中毕业。今天，我为了实现自己的理想又一次来到苏木兽医站。

兽医站那位红脸膛的关站长听了我想当兽医的愿望之后，笑呵呵地拍着我的肩，爽快地说："行啊，塔拉！早就听说你自学兽医，技术不错，我们正缺人手呢，过几天就打个报告把你调来。不过，还得要经过严格的考试啊！"

"没问题，您等着瞧吧！"我十分自信地说了句，便喜滋滋地走出兽医站。

白音查干苏木的街道尽管窄，却很热闹，路旁自由集市上的叫卖声沸沸扬扬。牧人们骑着马三三两两走过。一个醉汉在酒馆门前大声嚷嚷着，说自己是腾格里草原无人匹敌的大力士，能搬得动罕乌拉山。看热闹的孩子围着他哄笑着。

我懒得去看醉汉的洋相。

是啊，我的孩提时代已经远去了，瞧，我已经是一个真正的男子汉了，青春的火焰在肢体里燃烧，我为自己每一块隆起的黑红的肌肉而自豪。

走过热闹的街道，我有意地把鸭舌帽歪斜着压到额前，打着口哨，像每个腾格里草原的男子汉进城的模样，用目空一切的姿态穿过街道。

在供销社门前，我轻捷地跳下马。在这里上学时，由于家穷，我很少进供销社。自从牧区实行了生产责任制，我的怀里鼓鼓囊囊塞满了钞票。哈，我也可以像一个男子汉那样慷慨地、不屑一顾地大把花钱了。

"喂，拿把刀，要银边儿的。"我把钞票甩在柜台上。

"这位好神气哟！"

多么轻柔动听的声音啊！我敢说，收音机里的那些声音，没有一个比这更美妙悦耳。

我向柜台里仔细望去——呵呵，我敢发誓，在那一瞬间，我的心灵进行了一次惊人的蜕变，在那空白地紧紧封闭的心田里，突然长满了奇异的、令人迷醉的鲜花。

不错，我见过不少姑娘，和其中的佼佼者相比，她不算漂亮，身材矮小，翘翘的鼻子上还布着几粒雀斑。但是，她那小巧的身姿，那甜甜的孩子般的微笑，那明亮柔情的眼睛，都那么和谐，那么优美。在她面前，任何一个男人都会收敛起高傲的神气。

我勒不住心猿意马的思绪，完全慌乱了，胡乱买了一把刀便匆匆走出商店。只记得她在给我找零钱时，她那白皙的小手触到我的手上，电流一样电麻了我。从此，我的大脑成了一片空白，反复出现那只白嫩的小手……

唉，男子汉，男子汉！我像个男子汉吗？为了一个不知名的女人的小手，我竟抛弃了男子汉的尊严。我慌乱的神色一定非常可笑，出门时还打了个趔趄，要不，她怎么会笑得那么开心，那么响亮呢？

不知什么时候，我被一群人堵住去路。绕开人群，我本想走过去，但是，就在这时，一声马儿的长嘶使我浑身一震，这声音是那么熟悉、亲切，它唤回了我男子汉的尊严，也唤回了我刚刚失落的魂魄，它使我情不自禁地挤进了人群，心中突然产生了一种急于寻觅多年不见的老朋友的心情。

首先映入眼帘的，是一匹十分瘦弱、面呈病色的海骝马。它皮毛脱落，四条腿溅满了泥污，一位黑大汉正在给它钉掌。它显然是第一次钉掌，不堪忍受那巨大的痛苦，舌头也咬破了，血染红了皮毛，滴落在青石板上。

我不是一个完全成熟的牧人，但我知道，由于不知是不是海骝马毛色不纯，还是因为它是马类中唯一在冬夏两季会变色的缘故，牧人们大都不喜欢这种马，往往派它们去拉车驮东西干体力活，所以这种马的命运往往是不佳的。特别是这匹海骝马，乍一看，几乎没有一个骑手会对它感兴趣：它病恹恹的外表显示生命的活力正在慢慢消失。

然而，当我的目光移到它的眼睛上时，天呐，我哆嗦了一下，激动得几乎要掉下泪来，刚才见到那姑娘的那种惊喜的心情又出现了，不，比那心情似乎还要复杂、纯正、强烈。

它的眼睛是那么明亮，充满诚实和善良。它的目光哀求似的在人群中移来移去，最后落在我的身上停住不动了。哦，那目光分明就是一种语言，它在倾诉不幸的命运和主人的虐待，它渴望自由地奔驰在草原上，得到人们的爱。望着我，它抑制不住昂奋的情绪，又扬起头嘶叫了一声，几乎将我的心撕碎了！

它桀骜不驯的反抗激怒了黑大汉，恼怒地将铁锤扔在地上。这时，刚才在酒馆门前出怪相的那个醉汉挤进人群,怒气冲冲地骂着脏话,举起皮鞭对它抽打起来。它被紧缚着无法反抗,浑身痛苦地抽搐着,但目光仍然望着我,那目光充满了信任和依赖,使我突然意识到一个男子汉的职责:是啊,我有责任保护它、医治它、解脱它的不幸。男子汉不仅仅应该只会骑马、摔跤、吹口哨,更应该见义勇为、扶弱济贫。

我不顾一切地冲了上去,狠狠夺过醉汉的鞭子,将它折断。

醉汉和看热闹的人们吃惊地注视着我,以为我也是个醉汉呢。

"小兄弟,你要干什么?"

"混账,你怎么这样对待它?它和你一样,也懂得什么叫疼!"

"你小子找碴儿打架吗?我自个儿的马,关你什么事!"

醉汉挽起袖子跃跃欲试。

我才不怕呢!我坚实的骨架、铁块似的肌肉,叫草原上最有名的摔跤手都望而生畏,一个醉汉岂在话下。

醉汉一步步逼近了。我握紧了拳头。人们哄地闪开了一块决斗的空场地。我知道那匹马用期待的目光望着我,为了这目光,我一定要把这恶棍打得趴在地上。

就在对方将要扑上来的一瞬间,一个娇小的身影突然插到我们中间。我呆住了——呵,是商店里那位姑娘呀!她先是推了那醉汉把,嗔怪道:"阿爸,你又喝酒闹事!"她转过身来,朝我莞尔一笑说:"别见怪,阿爸喝多了!"

哦,没想到这醉汉竟有这样一位如花似玉的女儿,那美妙的声音使我软了下来,可男子汉的尊严又使我不肯善罢甘休,于是我说:"你让他先把这匹马放开再说。"

"这马正在钉掌呀,怎么能放开呢?"

我一下清醒了:是呀,我不是它的主人,怎么有权在这里发号施令呢?我的口气立刻缓和了说:"你出个价吧。这匹马,我买了!"

醉汉先是愣了一下,一丝惊喜从布着红丝的眼里闪过。但他余怒未消,立刻拒绝了。

我失望了，用求救的目光望着那姑娘。

"阿爸，卖了吧！你不是最讨厌这匹马吗？"

"不，我宁可宰了它！"

僵持。我再也没有什么办法了，一个清醒的牧人永远不会和一个醉汉打交道。我只好慢慢走开了。阿爸忠实的大青马在一旁等候我。

我骑在青马背上，又回过头望了那匹可怜的海骝马一眼，呵，它绝望极了，又十分伤心地嘶鸣了一声。

我的眼睛湿润了——我算什么男子汉呀，连一匹病弱的马儿都救不了……

我沮丧地策马向远方奔去。

3

太阳渐渐西斜了。

我枕着双手躺在松软的草地上，望着天上的白云和飞鸟出神。大青马在一旁吃着草，发出舒适的鼻息声。浓烈的青草气味儿钻进鼻孔，呵，春天的气息！

一阵马蹄声由远而近。我懒得去看，动也没动。

忽然，一阵高亢的嘶鸣使我一跃而起，呵，是它——可怜的海骝马！它正欣欣然向我跑来，它的步子那么轻盈，好像在踩着草尖奔跑。它身子瘦弱却依稀可见那健美的线条，两只水晶般的大眼睛多情地望着我。它跑到我面前，尾巴快乐地甩动着，上下扬着头，用热烘烘的嘴巴磨蹭我伸出去的手。

我久久抚摸着它，惊奇它怎么会逃出那醉汉的手掌，又一直来到我的身旁，难道它真是一匹神马吗？

我的惊奇很快有了答案。我向海骝马身后望去，那位几乎使我由于郁愤而完全忘记了的姑娘，正在阻挡我视线的马后面站着。她像个快乐的孩子般微笑着，在阳光下，她的容貌更加光彩夺目，像一团吉祥的云彩。

"你很喜欢这匹马，对吗？"她问。

我点点头。

"可它是一匹病马呀！"

"我会把它治好的，等着瞧吧，它会成为一匹出色的走马！"我自信地说。

"真的？你是兽医吗？"她用疑问和钦佩的目光望着我，"我已经说服了阿爸，你可以得到它了。"

我高兴得几乎跳了起来——哦，这不是在梦中吧？多情的姑娘，给我送来心爱的骏马……

"可是，阿爸有个条件——他看上你骑的这匹大青马了。"

换？这算什么条件！要想得到什么，当然得付出些代价了。我根本没有考虑这匹大青马是阿爸的爱骑，曾在腾格里草原名噪一时，失去它，阿爸会怎样暴跳如雷；也没考虑这样的交换在别人看来是多么蠢，多么不合算，他们会说：一匹大青马足以换十匹这样的劣马。我只有一个念头：我要干一件惊人的事情——医治好这匹马的病，让它在今年的那达慕大会上夺冠军，让整个腾格里草原都知道我塔拉的兽医技术是何等高超！

"唔，忘了问你的名字呢？"

"莎茹拉。"

"它呢？"

"额贝。"

♪

汽车突然停了下来，原来是一群羊正在过公路。司机不耐烦地鸣着喇叭，牧羊人慌乱地吆喝着羊群。

我的目光投向远方——茫茫雪原像一个冰雕玉琢的世界。在很远很远的雪地上跳跃着一个黑点，似乎是一匹马在奔跑。

我的心动了一下：呵，那不会是我的额贝吧？

我悔恨自己粗心到了何等程度，竟没觉察出额贝这几天的反常。额贝从什么时候开始变得焦躁不安起来，慢慢和我疏远了呢？我竟一无所知。现在我才有所省悟：倘若不是对我怀有深深的眷恋，它早就悄然离去了。而我却……

我进城以后究竟干了些什么呢？怀着忐忑不安的心情，笨拙地坐在姑妈家的沙发上，费了半天劲才吞吞吐吐说出自己进城的意图。没想到姑夫却哈哈笑了起来："傻小子，想得真简单！你以为在城里就能有所作为，一鸣惊人吗？"

"我……想当兽医。"

"你们苏木不是很需要兽医吗？"

"苏木兽医站太落后了，要设备没设备，要资料没资料，给牲口看病还是用土办法……城市是现代文明的摇篮，这里才是我大显身手的地方！"我自信地说着。

"嗨，你瞧，城里哪个单位的人不是挤得满满的。现在正搞机构改革，精简人员，你却跑来凑热闹！"

我的脸上热辣辣的。平心而论，我绝不是为了贪图舒适安逸的生活才进城的，我是为了让自己的才能得以充分发挥才决定走这一步的。没想到一进门就遭到姑夫这一顿训责。

姑妈从小就疼爱我这个过早失去了母亲的孩子，她嗔怪地瞪了姑夫一眼，说："既然来了，就先住下。咱想想办法，当不成兽医就找个别的工作嘛。"

就这样，我住进了姑妈家的小后屋，额贝被关到后院一小块几乎转不开身的空地里。

我完全没有料到，城市竟是这样嘈杂喧闹，一天到晚，街道上鼎沸的人声，汽车此起彼伏的轰鸣声，姑妈家里那个有一串小红灯的录音机发出的古怪刺耳的音乐，邻居厨房里传来的锅碗瓢盆的碰撞声……哎呀，我完全被吵昏了头，几乎辨不清东南西北。

而额贝呢，最初是惊悸地竖起耳朵，不安地挪动四蹄。后来它的目光里流露出忧郁，常常呆呆地望着我。再后来，它的目光里便有了哀怨，神色凄然，许久垂着头一动不动……

唉，当时我为什么没有意识到，它那是在思念格里草原呀！那片养育了它的土地，曾给了它多少欢乐和荣誉啊。

5

那是一个难忘的日子。

简直令人难以置信，我身下这匹飞也似的骏马会是半年前那匹病恹恹的海骝马。瞧，茂密的青草，不知名的野花，闪光的小河，都在转眼间被抛到了身后。一匹匹高大剽悍的骏马被它撵上，又渐渐拉开距离。

呵，就要到达终点了，在那黑压压的人群中，我仿佛看见莎茹拉那焦急期待的目光。

再加一把劲儿，我的额贝！我们成功啦……

那达慕会场轰动了，人们团团围住了额贝，抚摸它、赞叹它。那醉汉认出了海骝马，惊奇得不得了，逢人便大讲它过去如何病弱，而有一个小伙子竟能妙手回春，把它医治和养得如此健壮，真是神医！

人们立刻围住了我，向我投来无数敬佩的目光。立刻有几位牧人牵来了病畜，请求我医治。还有的争着拉我去他们蒙古包做客，说如果我肯光临，他们会视为莫大的荣幸。兽医站的关站长也挤进人群，向我跷起大拇指，要我明天就去兽医站报到，即刻录用。

我的激动是无法用语言来表达的。在人们敬佩的注目下，在那些气喘吁吁的骑手们妒忌的目光下，我骄傲地挺起胸膛，装出满不在乎的样子离开会场。其实，那是我用外表的平静掩饰内心的激动，我怕抑制不住自己，当众掉泪，尽管胜利的泪水不会被嘲笑，但男子汉不怕流血流汗，只是不愿流泪。

我遛着马来到潺潺流淌的小河边。莎茹拉在这里等我。她今天特意换上一件色彩艳丽的衣服，在河岸翠草的衬托下，更显得光彩照人。

她跳着向我跑来了，手里拿着一个刚刚编织好的花环，郑重地给额贝套在脖子上，然后亲昵地拍拍它说："祝贺你，英雄！"

我不否认，在我得到额贝的同时，我就悄悄爱上了热情爽朗的莎茹拉。她像一颗五彩石子，在我平静的心海荡起一团团涟漪。有时，我和额贝在草地上散步，正当我心烦意乱时，那聪明的马便一溜小跑把我驮到苏木商店门前，它只要长嘶一声，莎茹拉准会走出来，热情地和我搭话，并不时地抚摸着额贝。我看得出，她和我一样喜欢这匹马中的精灵。有时，她孩子般地请求我，让她骑骑额贝，我当然很痛快地答应了。

在平坦的、绿草如茵的草地上，她快活地抖缰催马，从我面前驰过，留下一串美妙的笑声。

骑累了，她就在我身边躺下，扯一朵小野花玩弄着，和我闲聊着。这时，我望着她的侧影——那充满青春活力的身姿，我的内心深处就会突然释放出那么多的柔情，并产生了一种莫名的渴望。

她蓦然回首，发现我正呆呆地盯着她，便用迎战的目光和我对视，直盯得我不得不慌乱地把目光移开，她才带着胜利者的笑声站了起来，跳跃着到远处采花去了。

有一次，连我自己都吃惊，我没有回避她的目光，突然迅速而笨拙地将她抱住了，抱得那么紧，几乎使她喘不过气来。

不知过了多久，我才发现她的肩膀在抽搐。我慌忙松开了手，发现她泪流满面，像个受了委屈的孩子。

我手足失措地站在那里，想不出一句安慰她的话。

她轻轻地说："你坏！欺负人，我再也不理你了！"

可是第二天，她又跑来找我骑马。

休息的时候，她忽然盯着我说："你真的喜欢我吗？"

我点点头。

"但你得先保证，不许再像昨天那样欺负人！"

我一本正经地抬起头："我保证！"

没料到，她突然扑到我的怀里，双手搂住我的脖子，把双唇贴在我的耳朵上悄悄说："我还要考验你呢！"

哦，爱情原来这样神奇，它会使人变得自信，沉溺于不着边际的幻想。而事业的成功呢，又会使人改变自我认识，仿佛自己的身价忽然比过去高了几倍。

就是在小河边望着莎茹拉的倩影和额贝的英姿的那个时刻，我的脑子里突然萌发了一个念头。

起初，我认为这念头是荒唐的，可是，它渐渐地越来越强烈，越来越清晰、具体化，使我不得不认真思索起来。

"喂，想什么呢，专家？"莎茹拉用玩笑的口吻问我。

"莎茹拉，你说，我的兽医技术在腾格里草原算得上独一无二的了吧？"

"当然，你现在是名气在外，举世无双啦。"莎茹拉毫无恶意地讥讽我。

"我要当一个真正的兽医专家！莎茹拉，我准备进城去！"我雄心勃勃地说。

"啊？"莎茹拉吃惊地大眼睛，用一种完全陌生的目光望着我……

6.

下了长途汽车，我逢人便打听额贝的消息。我的询问是那么急切无礼，那么语无伦次，以致人们都疑惧地望着我，以为我是个疯癫的家伙。

我找熟人借了一匹马，漫无目的地在腾格里草原上狂奔起来。隆冬的草原用它冷峻的神情迎接着我，仿佛在责怪我的无情无义。

我纵马跃上山岗，对着茫茫无垠的雪原大声呼喊："我的额贝，你在哪儿——"

雪原静悄悄，没有一丝回声。

凛冽的寒风吹哑了我的喉咙，吹红了我的眼睛。我的睫毛、眉毛和在城里新买的那顶漂亮的皮帽子上，都结了一层白霜。

我在腾格里草原整整寻找了两天，始终未能找到额贝。我问遍了我所遇见的所有牧人，他们都摇着头说没见到它。

我愈发焦急不安了，预感到不祥。

呵，你在哪里，额贝？莫非你伤透了心，有意躲着我，以此作为对我的惩罚吗？难道你没有跑回故乡，途中出了什么意外？或者，那无情的疾病使你倒在他乡，无力返回了……这全怪我呀，你的病本不会复发，可是我……

那天，姑妈兴高采烈回到家，告诉我："你的工作有点儿眉目了。"

我长长松了一口气。进城两个月了，每日寄人篱下，过着无所事事的生活，真腻透了，我巴不得立刻有个事儿干。在兽医方面大显身手的幻想已经破灭了，我也无颜再回腾格里草原，唯一的希望就是尽快找到一个工作。

第二天，额贝被牵走了。

出院门时，它不安地回头看着我，眼里透出惊恐，好像是要走向屠场。我不敢正视它的眼睛，好像自己参与了一桩出卖额贝的卑劣勾当。我知道最近额贝明显消瘦了，情绪欠佳，它的体力已不允许它剧烈奔跑！

可是，听着它沉重的蹄声在柏油路上渐渐远去，我却始终低着头一言未发。

几天后，额贝回来了。它疲惫不堪，进院就无力地卧倒了。它形容憔悴，喘着粗气，目光呆滞无神。我的心紧缩了，知道它是旧病复发了。我正准备为它治疗，却被姑妈拉脱不开身。

就在这时，额贝突然失踪了……

7.

我无论如何也没想到，对于我的进城计划，莎茹拉的反应竟那么冷漠。

我以为她担心我的进城会影响我们之间纯洁的爱情，所以我不停地向她解释着，几乎要指天发誓了：

"莎茹拉，你放心，如果我在城里干出名堂，我会来接你的。男子汉说话算数！"

但她默默地走着，一言不发。

"我不是那种无情无义的人，相信我吧！

"连自己额吉都要抛弃的人，还谈什么情义！"她冷冷地回道。

"什么额吉？"我没听懂，问了一句。

"家乡呀！她养育了你，使你长成男子汉，她正需要你，你却只顾自己，狠心要离开她……"

"莎茹拉，你听我说，不是我不爱家乡，而是……咱们家乡太落后了！昨天，我在苏木兽医站参观了半天，原来根本不是我想的那样，那里除了一点草药以外几乎什么都没有！那屋子又脏又臭，跟马圈差不多。你知道那些兽医怎么给牲口治病吗？我如果待在那儿，什么也学不到，一辈子不会有出息，我的才能可能会永远被埋没……"

莎茹拉蓦地转过身来，用冰冷的目光逼视着我，愤然说：

"你听着，塔拉，如果你认为在草原上屈才，那你尽管走好了，但是，我们的关系从此就算完了，我不会跟着你远走他乡！"

说完，她转身离去了。

走出很远，我望见她的肩膀在剧烈地颤抖。她那娇小的身姿在深秋空旷深邃的草原上显得更加娇小，像一朵可怜的小花被秋风卷去了。

我的内心矛盾极了，本想追上去，答应她，永远不离开家乡，不离开她，可是，男子汉的自尊却使我冷酷起来。我驰马狂奔起来，让烦乱的心绪获得片刻宁静。

车票虽早已买好，我还是等了几天，希望莎茹拉回心转意，同我和解。我不能失去她！

我抱着最后的希望去找她。但几次登门，都被嘴里喷着酒气的醉汉挡了回来。他用非常难听的话辱骂我，说我是个骗子，他得意地告诉我："你死了这条心吧，前几天苏木兽医站新分配来个兽医，人家是大学生，比你强多了，莎茹拉找他去了。"

我一下子呆住了，就像五雷轰顶那样久久呆立着。

这怎么可能呢，我所爱的姑娘竟会如此薄情？

不，也许是醉汉酒后胡言。我要去找她问个明白！

第一场冬雪已经降临了，苏木的街道上铺满厚厚的雪絮。我突然发现莎茹拉正迎面走来，她身旁果然有个细高个儿，脸很白净的小伙子。哦，醉汉没有胡说，瞧他们边走边谈，有多亲密！

妒火在心中猛烈地燃烧起来，我不知道自己是怎样冲到他们面前，用喷火的目光注视着她。

她竟若无其事地朝我一笑："我们正要去找你呢，塔拉。"又指着那小伙子说："这是咱们苏木新分配来的兽医。人家大学毕业后主动要求到基层来工作。我想介绍你们认识一下，经常谈谈，你也许会……"

我用一声冷笑打断了她的话："谢谢你的好意，你喜欢和他谈，尽管谈好了，我绝不打扰！"

说完，我怒冲冲地扭头而去。

我已经完全控制不住自己了，想也没想就走进了对面的小酒馆。

酒精在肚子里熊熊燃烧，我的每根血管都在发热鼓胀，胸口越来越堵，喘不过气来，而我还在拼命地喝。

呵，我要忘掉一切，我要把莎茹拉从心里抹去！

以后发生的一切都记不清了。醒来时，头顶像扣着一口黑锅，白毛风凄厉地吼叫着，我的半个身子被埋在雪堆里。

我不晓得现在是什么时辰，这里是什么地方。头疼得要命。

我向四外望去，哦，就在身边，额贝正俯下头望着我，惊恐地"咴咴"叫着。

我的眼泪几乎夺眶而出：额贝，只有你才是我最忠实的朋友啊，你永远不会弃我而去！

我吃力地爬了起来，想试着爬上马鞍，但是，我浑身软如棉絮，无论怎样努力，也无法爬上去。

白毛风越刮越紧了。

我完全绝望了，在恐惧中等待着死神的来临。也许天亮以后，牧羊人会在雪地里发现一具冻硬的尸体，他们会围着品头论足，用同情的口气说："瞧，这就是腾格里很有名气的男子汉塔拉！"当我再一次吃力地睁开眼睛时，感到全身十分舒适暖和，一股煮手把肉的香味儿钻进鼻孔。接着，一碗喷香的奶茶送到唇边。我一口气喝下去，像喝下生命的甘泉，于是力量和记忆重新在躯体里复活了。

我爬了起来，惊奇地发现自己竟躺在莎茹拉家里，更奇怪的是莎茹拉和醉汉都不在，照料我的竟是那个新来的兽医。

"这是怎么回事？"我问。

"莎茹拉把你从雪地救了回来。"

不知为什么，妒火的余焰又燃烧起来。我不需要别人的怜悯，特别是莎茹拉和眼前这个大学生，他们一定把我当成一条可怜虫呢。

我跳下火炕，向门外走去。

"塔拉，你应该去医院看看莎茹拉，她冻伤了！"

我停住了脚步："严重吗？"

"嗯……"他犹豫了一下说，"轻伤。"

我踟蹰起来。如果是另外一个人把这消息告诉我，我一定会去医院看她，可是，他告诉我这消息时的神情使我更加相信他们的关系非同一般：瞧，仅仅一点轻伤，他竟急成那个样子！

我终于狠着心没去看她，也没有向任何人告别，独自一人骑着马越过荒凉的山岗，向那个陌生的城市奔去。

8

天色渐渐暗淡了，夜幕冷漠地遮住了一切。我依然带着焦灼和些许希望进行漫长的寻觅。

不知走了多久，忽然望见远方闪动着一点火光。我策马向那火光奔去。当我翻身下马走到火堆前时,眼前的场面使我惊呆住了——

火堆前,静静地坐着莎茹拉,她一脸悲伤,目帘低垂,用极度哀怨的声音在低声哼着一首古老的民歌,那是一首骑手怀念不幸死去的骏马的民歌。

一旁,那个年轻的兽医默默站立着。他们面前卧着一匹马儿,仿佛在这歌声的催眠下进入了安谧的梦乡。

我又走近了些,心突然猛地跳动起来,不顾一切地扑上前去。啊,那卧在地上的马是我的额贝呀!它失神的眼睛木然地望着前方,一动也不动,在闪跳的火光的映照下,像一尊优美的大理石塑像。

我愧疚万端,用颤抖的手轻轻抚摸着它。哦,它的脸多冰凉呀!我慌忙把手放在它的鼻孔上,啊,我的心脏突然停止了跳动,世界上的一切都似乎凝固了——它冰凉的鼻孔没有一丝气息!

我不相信我的额贝会死去,不,它怎么会死啊!它有那么顽强的生命力,在醉汉的皮鞭下,它没有死;在那充满了危险的归途上,它没有死;它终于跑回了故乡,怎么会这样轻易地死去呢?

我久久地僵立在那里。

"是旧病复发。我来晚了一步!"那年轻的兽医整理着医药箱,惋惜地说。

死一般沉寂的荒原掠过一阵悲风,夹着冰凉的雪花扑在人的脸上。火光闪烁在额贝不肯瞑目的瞳子里。

额贝啊,我忠诚的朋友,你是那样热爱自己的故乡,那样眷恋这片草地,你奔跑了几百里,翻过高山,越过河流,穿过沼泽,冲破一道道网围栏,终于跑回了故乡!

而我呢,相形之下,竟不如你,我好羞愧啊!

一瞬间,我似乎忽然悟出了许多人生哲理。

额贝,是我的过失残害了你,还是城市的牢笼封杀了你?额贝,是你带我走完了人生的第一步,又是你教给我该怎样做一个真正而成熟的男子汉!

是的,我开始成熟了,而这成熟是用多大的代价换来的啊!为了额贝,我应该开始真正的生活……

莎茹拉费力地站了起来。我这才发现她居然拄着双拐。

我惊骇地望着她："你的腿？"

她用复杂的目光望着我：哀怨、痛惜，有爱也有恨……她一句话也不肯说。

我像一头暴怒的狮子跳到那兽医面前，使劲摇着他：

"告诉我，这是怎么回事？"

那年轻的兽医沉痛地说："在那个风雪夜，她为了救你……"

谁说腾格里的男子汉不流泪？我再也抑制不住自己，泪水像溪流一样涌出，悲痛欲绝地扑倒在雪地上，紧紧地、紧紧地抱住莎茹拉那条失去了一只脚的腿，用无限悔恨的声音喊道：

"莎茹拉，原谅我吧——"

寂静的夜空，我那撕裂肺腑的声音传得很远很远……

吉雅其

原载《春风》

> 您让劫魔远离
>
> 您让幸福普降
>
> ——吉雅其祝词

1.

"开始吧,小伙子们……"

一个女人冰冷的声音撞破了紫色的暮霭。空气突然被冻住了,摸上去,冷飕飕的。

"死神"便从枪管里钻出。

马儿软软地倒下去。它们颇像一尊尊泥塑,早被流水泡得四肢松软,只要有股风儿轻轻一搡,就会顷刻间全部瘫倒。

紫褐色的污血从皮毛绽开的圆眼儿里汩汩淌出，像一股股从山涧流下的泥石流，先是试探着在马的肚子上、眉间、腿上寻找自己的航道，一待流到草地上，便汇集在一起，凝固成一汪汪"湖泊"。

汉子们走来，低头看，瞳孔里分明掠过犯罪般的愧疚。他们一起动手，将一匹匹死马拖到大坑里。女人又在呼唤。持锹的男人们惶惶跑去。大坑那边于是传来一阵沙土落地的扑扑乱响。

有人点起火，将乱七八糟的鞍具、绳子、干草、牲畜的粪便，统统扔到火堆里。浓烟快乐地扭着腰，忽而那边看看，忽而这边瞧瞧，悠悠然飘散而去。

"可怜的……罪孽呀……"蒙古包外一片叹息。

"口蹄疫……要命呀……"哭似的腔调回道。

"桑宝老爹呢？他可是有专治这种疫病的秘方呀。"

"嗨，老爹死了快半年啦。"

"那他的女儿呢？"

"她？唉……"

2.

古老的传说是这样开始的——

很早很早以前，有位诺颜（牧主）丢失了一群马，怎么也找不到，便请来一位吉雅其（相传是牲畜的保护神）。吉雅其老人正襟危坐，拈须沉吟。当那蕴藏着无限智慧的银色长须被风儿吹得飞起来的时候，他才缓缓开言，道出了马群跑失的方向。牧马人急忙策马追到那里，果然找到了诺颜的马群。

3.

黑暗征服了一切。盖妮·桑吉德玛拖着疲惫不堪的双腿，向远处的一座蒙古包走去。星星在天上幸灾乐祸地眨巴着眼睛。月牙咧着嘴窃笑。她低着头，想用香牛皮靴踢碎黑夜。

　　但夜色是塞满空间的黑水，荡来荡去，淹没了她的身驱，很快浸泡了她的心脏。她甚至能想象出那颗黑亮的心怎样在油黑的污水里艰难地搏动着……

　　过去，她从来没有意识到自己对玛尼图草原负有什么责任，从来没有！她和大家一样平静地生活着，挤奶、熬茶、拾粪、搅酸奶、烧奶酒……每天都重复着这些内容。她把上年纪的额吉（奶奶）侍候得舒舒服服，称心如意。然而突然间，就像蟒古斯（魔鬼）闯进了玛尼图草原，灾疫骤然笼罩了一切。死神的阴影在人们头顶上徜徉。

　　牧人们忽然记起：桑吉德玛是老兽医桑宝的女儿呀，既然老桑宝有妙手回春的医术，那么她的女儿当然也有办法消病免灾啦！于是牧人们涌来了，围着她，望着她，不说话，但那眼神里的意思却是极明白的。从那一刻起，她就被一种强大的责任感所主宰，再也摆脱不了。她是著名兽医桑宝的女儿呀，不能眼看着玛尼图草原被瘟疫毁掉，她应尽自己最大的努力去做，尽管她知道自己实际上没有多高明的医术。那一刻她忽然成熟了，老练了，冷峻了，每天检疫、消毒、注射、灌药，只要能控制住疫情不再漫延，她就胜利了。

　　盖妮·桑吉德玛又推开一座蒙古包的木门。灯的光亮潮水般涌出，泼在她身上。她瞄见灯光下一个粗壮的汉子正在闷闷地抽烟，一团团幽蓝的烟雾缠缠绵绵裹着他。

　　"特古斯！"桑吉德玛在门旁找了个地方，小心地坐下。

　　"唔，你来了。"特古斯瞥了她一眼，仍抽烟。他吹了一口气，包裹着他的烟雾倏地散了，快活地钻到了套脑（蒙古包的天窗）外面。

　　"今天处理疫畜，你为啥不去？"

　　"我去干啥？"特古斯的鼻翼抽搐了一下，随之，浓烟从两个鼻孔里忽地喷出，"我的畜群里没有被传染的，我早说过了！"

　　"又没检查，你怎么知道没传染？"盖妮盯着他，不知为什么想起了他牛群里的那头倔犟凶悍的黄牤牛。

　　"口蹄疫我还不懂，哼，一看就知道。"特古斯把烟头摁在皮靴底上，掐灭，神情很庄重。

"盖妮，说正经事儿吧，明天，我要走敖特（倒场放牧）了。"

"什么，你要走？"盖妮吃惊地问。

"要走！"他坚定地把手按在腿上，"我不能让我的畜群在这里等死。离开玛尼图，我们才能得救。"

"你疯啦，特古斯？"盖妮高声嚷道，"你那么做，是丧天良的呀！疫区的牲口赶到哪儿就会把瘟疫带到哪儿，难道你不懂吗？"

"我可管不了那么多啦！再说，我家的畜群里没有病畜，这我清楚。我不想让它们都被传染上。"

"特古斯，你太自私了！"她愤愤地盯着他。

"盖妮，跟我们一块走吧！"特古斯的眼睛里忽地盛满了柔情，似水，如云，轻柔极了，颇有诱惑力。盖妮从来没有想到他还会有这样的眼神儿，心里微微乱了一下。

"玛尼图算完啦，盖妮，实际上你也很清楚，你没有力量控制疫情。你阿爸根本就没传给你医治口蹄疫的秘方，他把那秘方传给了他最得意的徒弟巴吉尔，这我都知道！只有巴吉尔才能医治这种可怕的传染病，可他永远不会再回玛尼图草原了，那晚的教训够他记一辈子。走吧，盖妮，跟我走吧！我们如果住在同一顶蒙古包里，一定会是个幸福美满的家庭。草原上这么多女人，我只看上了你……"

特古斯喘着粗气，盖妮感到了从他鼻孔里喷出的有力的气息，带着辛辣的烟草气味和一股男人特有的热烘烘的气浪。她觉得自己的心儿快被这气味揉搓碎了。

"特古斯……"她喘息着哀求。

"盖妮，我的好女人……"特古斯的眸子里闪烁着快活的野性的光芒，"答应我。"

"不，你放开……"她的身躯正在酥软，一根根蓝色的乌尼杆（蒙古包厅内上的撑杆）旋转起来，幻化成一片模糊的蓝。几粒星星在套脑间诡笑着。

木门似乎突然被什么东西恶狠狠地撞了一下。接着，包外传来牧羊犬胆怯的吠咬声。

犹如报警的信号，骤然间，远远近近的牧犬遥相呼应，咬得天昏地暗。犬吠的声浪似乎要把蒙古包压碎挤瘪。

特古斯愕然聆听。盖妮·桑吉德玛乘机抽出麻木的双臂，像一只逃出狼窝儿的羔羊飞快跑出去。

快跑到自家的蒙古包时，她回头望了一眼，却见有个黑影一闪不见了。

是谁呢？

也许，看花眼了吧？

4.

那时候，桑宝老爹是玛尼图草原一位有名的"活神仙"，医术高，名气大。牧人牵来病畜，他还坐在毡包里喝茶呢，稳稳的，没事儿一样。

病怏怏的马儿在外面打了几个响鼻，他一撂茶碗，眯着眼睛甩出去两包草药。牧马人半信半疑，揣着草药走了。回去后，给病马灌下，第二天，那马儿活蹦乱跳，竟无一丝病态。

有时候，牧人牵来一只病羊，羊肚子鼓涨得要炸开似的。桑宝不足为奇地笑笑，让女儿盖妮抓一把盐粒来，塞进病羊嘴里。那羊嚼得津津有味，咯嘣乱响。过了一会，羊肚子就开始瘪下去……

于是就有人把老头比做吉雅其。若谈论起他，言语间顿然有了许多敬意！

那是一个十分炎热的下午，驼铃摇碎了午后的沉寂。一峰瘦骨伶仃的骆驼卧在桑宝老头的蒙古包外。瘦驼口里吐出一团团白沫子。

骑在驼峰间的小伙子几乎是爬进了老人的毡房。

"给口水喝吧！"小伙子可怜地哀求着。

盖妮·桑吉德玛吃惊地望着这个衣衫褴褛的外地人，又望望阿爸。阿爸也愕然。

她给小伙子递过一碗热茶。他一口喝干，躺在地毯上喘息，眼睛直愣愣地望着乌尼杆。

盖妮躲到一旁，不敢看他。

"如果……我死了……老爹，你就把门外那峰骆驼卖了……"小伙子直挺挺地喘息着说，声音断断续续。盖妮以为那是一具死尸在说话，"用那钱埋葬我……大概够了……"

"你从哪儿来，要到哪儿去？"桑宝问。

"我……没有家，孤身一人……我从呼伦贝尔草原流浪到这里，只为了……找一个人……"

"找谁？"

"找一位老人……吉雅其……他叫……桑宝……一位神医……"

"莫非，你是要请他给你的骆驼看病？"老人疑惑地看着他。

"不……我是要……拜他为师！"

"哦……"老人沉吟道，"你想学兽医？"

"是呀……我啥本事也没有，想活下去，没本事不行……"青年无比绝望的眼神。

"可你知道吗，那老头是从来不带徒弟的？"

"知道……可我跑了几千里的路，有一片诚意和真心……他也许会收下我的……"

桑宝的眼里闪过一丝亮晶的东西，走过去，扶起了年轻人："你叫什么名字？"

"巴吉尔。"

"我就是你要找的桑宝！"

"啊？！"巴吉尔翻身，扑通跪在老人面前，激情充沛地叫了声："师父……"

一切都像是发生在一个动人的故事里。

可是后来，巴吉尔在喝多酒之后，悄悄告诉盖妮：一切都是假的，什么瘦驼远道而来，什么呼伦贝尔的流浪汉，什么偶然路过讨口水喝……统统是在演戏，那是他怕老人不肯收他做徒弟而使的一个小小计策。

盖妮打了个冷战：这个人太狡猾了！

她不喜欢巴吉尔，从那时起就不喜欢。

5.

太阳又往上腾跃了一下。现在，再长的套马杆也够不着它了。

特古斯像肢解一头牛那样，把蒙吉包拆得七零八碎，然后胡乱装到勒勒车上。他直起腰，抹了抹额头的汗水，瞧见一匹马从太阳的光环里飞驰而来。

"这娘们儿，哼！"他嘟哝着，继续干他的活儿。

太阳朝他逼进。他能感到那燎人的灼热。

"这娘们儿！"他又嘟哝了一句，只得抬起头看她。

盖妮·桑吉德玛立马收缰，嵌在日头的光晕里，黑黑的影子镶着金边，晃眼。他扭过头。

"你真的要走敖特？"桑吉德玛冷冷地逼视着他。

"不关你的事。"特古斯把一条羊毛绳子系在车上。驾车的黑牛斜着眼瞧盖妮。

她跳下马背。

"对，可我是玛尼图的兽医，对这事有权过问。"盖妮伫立着不动，声音像是从背后的太阳里飞过来，"人，得有个良心！我们玛尼图草原发生了疫情，已经够不幸的了，你难道还要把这不幸带给别的草原吗？你想让草原上的人们都骂我们丧尽天良吗？"

"这些大道理，我听不懂，你留着讲给别人听吧。"特古斯懒懒地扯起牛鼻缰绳。他的畜群在不远的地方停着，他的两个兄弟正等着他发号施令。他默默盯着桑吉德玛，目光忽又那么哀怜："盖妮，如果你现在愿意跟我一块走的话，我等你？"

"留下吧，特古斯，我求求你！"桑吉德玛握住了他的手。他冷冷推开了那双柔软的小手。

"走啰——"他朝附近的兄弟们吆喝起来。这声音像一条长长的鞭子在空中飞舞。

畜群骚乱了，开始移动。

特古斯得意地瞟着盖妮·桑吉德玛："闪开，莫挡路哟！"

盖妮没动。

太阳也没动。

"滚开！"特古斯发怒了，用赶牛的棒子狠狠捅了桑吉德玛一下子。她觉得像身上被扎了一刀。

盖妮仍没动。

太阳在她身后颤了颤。

"你们不能走，特古斯！你有天大的本事，也走不出玛尼图草！"

特古斯惊愕的目光掠过她的肩头——在令人目眩的日光里，立着几个黑影。

狗恶狠狠地叫，不停地狺狺。

骚乱的畜群又涌了回来。

"你……"特古斯气急败坏，"我的畜群留在这儿，一旦被传染上口蹄疫，谁负责？"

"我负责！"

"说得好听，牲畜都死光了，你有什么办法？"特古斯不怀好意地盯着面前的女人，忽然阴冷地笑了，"不走也可以。不过，我的畜群一旦出了问题，你要加倍赔我，怎么样？"

"我答应！"

"如果赔不起，你得嫁给我？"

"我答应。"她几乎没有考虑，话儿脱口而出。

"好呀……可是……"特古斯快速而狡黠地眨着眼，"总得找个证人或者写个字据吧？"

突然插进来一个低沉的声音："我来作证。"

桑吉德玛和特古斯同时抬头望去——那人迎着太阳微笑着走来，黑皮坎肩、卷边礼帽、一双闪亮的高筒马靴。手似乎受了伤，裹着白布。她忽地领悟到那是被狗咬的。

"巴吉尔？"盖妮·桑吉德玛呆望着他。

草原上一时到处回荡这个令人讨厌的名字：

"……巴吉尔……巴吉尔……"

6.

吉雅其老人要到另一个世界去了。实际上他早该去了，只是舍不得离开草原、畜群和那些质朴善良的牧人。

牧人们赶来为他送行。

他躺在一块牛皮上，静静地望着深邃淡远的天际。天上没有云，只有无数只苍鹰在盘旋，随时准备扑下来，把他带走。

草原上铺满了从天空飘落下的洁白的羽毛，茫茫苍苍，犹如铺着晶莹的雪絮。

日头把西山烧红了，老人还不肯瞑目。

"还有什么放心不下的事，您说……"有人附在他耳边蚊蚋似地问。

老人慢慢坐起，目光炯炯，闪着奇异的亮。

"我走了以后，你们不要埋葬我……"

众人愕然。

"给我穿上袍子和马靴，放在马背上，拿上套马杆……你们就不要我管啦，我知道该往哪里去……"

众人齐声称诺。

"我最放心不下的是畜群啊……会有妖魔来的……你们如果需要我，就在月亮弯成一张弓的时候，点燃三柱香，呼唤我的名字……切记，是在月亮弯成弓的时候……"

说罢，老人便不动了。众人慌忙摸时，身躯已硬成岩石一般。于是，人们手忙脚乱地给他穿上一件用杭州锦缎做的新袍，套上鹿皮马靴，把老人扶到坐骑上。

奇迹出现了：吉雅其老人稳稳坐在鞍子上，不晃一丝一毫。人们将套马杆塞在他手中，竟握住了，握得紧紧。

马蹄开始移动，载着老人向远方而去。

人们慌忙跪成一片，不敢仰视。但听马蹄声声，清晰而有力地在浩大的空间震响。

马蹄声消失时，牧人听见有人在歌唱，便悄悄窥视——远方空旷的草原上走来一个博，疯疯颠颠，击打着破羊皮手鼓且行且歌。而吉雅其老人已如梦影一般飘进了一片莽莽苍苍的原始森林里。

四野中只有博的歌声断断续续，恍若来自云端：

> 在太阳升起的时光
> 您走在沾满露珠的草原上
> 当星星在天空闪亮
> 您又把牛羊赶回了牧场
> 吉雅其呀
> 哎嗬哪哟

7.

巴吉尔凭着出色的医术，在浑善达克沙原上闯荡了两年，挣来的票子能撑破皮口袋。

当然，有时也难免卖点假药，或者故意把牲口的病吹得十分玄乎，漫天要价。每个江湖兽医都这么干，他也不能太老实。巴吉尔知道：靠老实发不了财！

然而，无论他走到那里，总有一个影子跟着他，使他感到很悲哀。他以为只要有了钱，那影子就会自然而然地消失，悲哀和孤独就不会再折磨他了。可是，他渐渐领悟到：原来他需要的不是金钱，也不是名誉，而是需要女人的慰藉。但他很快又厌倦了。从那些人那里，除了用大把的票子讨得她们的欢心，得到极短暂的满足之外，别的他什么也得不到！每当那时，他久久不能入睡，眼前总有一个女人的影子在模糊而遥远地晃动。那影子似乎在召唤他。他蓦地看见了玛尼图久违的草地，那山，那水，那毡房……他终于清楚自己应该到什么地方去干些什么了。

时近正午，巴吉尔帮特古斯重新扎好蒙古包，才与桑吉德玛一同离去。

"听说，这两年你在外面混得不错？"盖妮的声调是淡漠的，淡漠得如晨雾一样缥缈。

"还好，这要多谢桑宝老爹，他教了我一手技术。"

"亏你还没忘了他！"

"他是我的师父，我怎么能忘了呢。"

"算了吧，你这个人……哼！"

"我这个人是很坏，我自己也清楚。"巴吉尔冷漠地望着远方，好像在谈论一个与自己毫不相干的人，"这些年在外面就更学坏了，坑蒙拐骗，卖假药，抬高价，抽烟喝酒赌博，都会！"

"两年前我就预料到了，那时我就看透了你的骨头……"她恨恨地咬着牙。

"不，盖妮，你错了！我本来还可以算一个好人，只因为一个女人的一巴掌和无耻的出卖，我才离开了玛尼图，才成了这副样子。"

巴吉尔停住了脚步，盯着她，目光熠熠如刺。

"你根本就不该回来，巴吉尔！玛尼图草原有你这样的人，只能增添耻辱。"

"光荣也罢，耻辱也罢，我想走，谁也挡不了；我想回来，谁也拦不住！既然桑宝师父把医治口蹄疫的秘方传给我，我就不能眼看着瘟疫把玛尼图草原给毁了！"

盖妮·桑吉德玛沉默片刻，然后慢慢转过脸，用坦率平静的目光盯着他。巴吉尔发现那目光竟比天空还明净，找不到一丝瑕疵。

"巴吉尔，过去的事情，我可以忘掉，你也不必计较。现在，玛尼图草原有了灾难，说实话，我一个人没有能力消除疫病，只得全靠你了。你的医术比我高，又有阿爸传授的秘方，你应该为消除灾难出一把力。玛尼图的牧人将会永远感谢你的，巴吉尔！"

"我会尽力的！"巴吉尔脸上挂着高深莫测的微笑，"我有把握在三天之内把疫病消除。可是，我不会白干的……你明白吗？"

"你打算要多少钱？"盖妮鄙夷地瞟他。

"不，不是金钱！金钱对我毫无吸引力。"

"马匹，或是羊群？"

"那对我更是扯淡！"

"金银首饰？"

"我光棍一条，要它有啥用！"

"那你想要什么？"桑吉德玛大惑不解地瞄着他。

巴吉尔又一次微笑了，笑容里隐藏着得意、满足和居心叵测。

8.

月儿弯成一张弓。

无数的牧马人、牧羊人跪在草地上，手中拈着三柱香。缕缕香烟袅袅升腾，在人们头顶上汇成一片幽蓝的雾幔。

瘟疫在弥漫。牲畜一片片倒下。

祷告声在蓝色的雾幔里飞翔，飞向另一个虚幻的世界。

只有博站着，身上挂满了花花绿绿的细布条，颠颠狂舞，击打着破羊皮手鼓。在夜幕里，他的影子不停地变幻着各种姿态，诡谲而神秘。

博在唱：

> 神力无比的吉雅其
> 嗬哪哪
> 可听到我的祈祷
> 嘿耶耶
> 蟒古斯闯进草原啦
> 嗬哪哪
> 请您火速降临吧
> 嘿耶耶

9.

那夜，弥漫着情欲，也渗透了耻辱。

巴吉尔从桑宝老爹的眼神儿里、神态上，得到了一种微妙的默许和认可：他已经有权力睡在盖妮·桑吉德玛旁边的那块花地毯上啦。

桑宝老爹像喜爱自己的儿子一样喜爱这个乖巧、睿智、机灵的徒弟。巴吉尔已经征服了他的心。两年来，巴吉尔滴水不漏地伺候师父，很快学到了出色的医术。最后，桑宝老爹终于把那张极其珍贵的祖传秘方传给了他。那秘方是任何一个外人甚至连盖妮都未曾看过一眼的。

"巴吉尔，好好干吧！总有一天，你会成为我们家里的人……"老桑宝每每端着酒碗这样说，还用长着山羊胡子的下颏向桑吉德玛睡觉的地方一翘一翘的。巴吉尔即刻明白了这种暗示，愈加恭顺得无以伦比。

"您老喝着……"

就在这天晚上，老桑宝出诊一夜未归，大概是被殷勤的牧人留宿了。酒壮色胆，二更时，醉意朦胧的巴吉尔爬过去，把自己的被褥铺在盖妮身边……就在他以为几乎要得手的那一瞬间，却瞥见一只白皙的手宛如一只天鹅缓缓飞起，带着一股子乳香，裹着青草和牛粪的气味儿，越飞越近，愈来愈大，掠过他的左肩，擦着他的右耳，然后稳稳地落在他的左半个平坦开阔的面颊上。他听到一声大地破碎似的爆响。脸上的皮肤被五个白色的犁铧结结实实地耕耘了一遍。一阵血潮涌上，冲向五个指头砸出的沟壑。山洞似的鼻孔里有红红的液体汩汩淌出，流到嘴角。他用舌尖舔了一下，一股涩腻的甜腥味儿电流似的撞破了心扉……

被激怒的巴吉尔狠狠地摁住了她，像摁住一只将要屠宰的羔羊。他毫无顾忌地去撕她的衣服。

忽听从身子下面发出软软的无力的声音："在这儿不行，巴吉尔……我依你……阿爸把我给了你，我迟早是属于你的……可是现在不行，阿爸马上就会回来的，我们到席拜（牧区用树枝围起来的贮存秋草的地方）里去吧……"

他松了手，让她匆匆溜出去。

狂颠的醉意从毛细汗孔里飞散殆尽，被酒精烧红的心开始冷却：我干了些什么？他茫然地问自己。左半个脸完全麻木，像一截不属于他的枯木。

一个人默默思考了半个时辰，然后决定到席拜里找她，请她宽恕自己的鲁莽，原谅自己的冒犯。

他摸出蒙古包。

秋夜极静，只有风拂牧草的微响。白日里，席拜好似一片上百棵树堆挤在一起的小树林，而夜间望去，席拜则像一座阴森森的魔鬼的宫殿。

枯树叶子忽然发出巨大的喧嚣，从这声音里可以分辨出狂笑、哀号、带血的呻吟、阴险的低语和丑恶的龃龉。

席拜里还没有贮草。巴吉尔在昏暗中看见一个黑影默然而立。他走过去，尽量使声音柔顺和善："盖妮，原谅我刚才……我真的喜欢你啊……"

他的手在那人影的肩头上僵住了——他曾摸过一块龇牙咧嘴的怪石，那巨大的岩石上布满了疙疙瘩瘩的瘤子，像贪婪的嘴张着，他只摸了一下，手便僵住了。还有一次，他在暮色中错把一条病得快死的狼当成了狗，友好地伸出手去摸它，刚触到它的皮毛，手也是这样僵住了——这难道会是桑吉德玛的肩膀？坚硬得使人悚然，粗糙得令人生疑。

几乎同时，他警惕的鼻子嗅到了那股特殊气味。他被这烟草和汗腥混在一起的气味结结实实地砸倒了。

巴吉尔曾见过特古斯，他毫不怀疑那五大三粗的汉子是牤牛转世，只要有机会，就会用他的利角把自己挑得粉碎——巴吉尔从那双充满敌意的眼睛里看出了这一点。特古斯一直不屈不挠地追踪着盖妮·桑吉德玛。他的追求似猎人狩猎——凶猛而坚定，自信而又小心谨慎。巴吉尔经常能在盖妮身边嗅到那汉子的气味儿，尽管他并没有发现他纠缠她，但他相信自己的鼻子和狗一样灵敏，常常能嗅到一般人所闻不到的气味儿。

鼻子没有欺骗他，这的确是特古斯的气味儿：浓浓的，像酒。

但太晚了，那头牤牛已经用它锋利的角将他挑翻在地。他看见两个牛蹄子似的拳头在空中伸缩晃动着。他失去了任何防卫能力，任那"牛蹄子"暴怒地在身上胡乱踢踏。整个席拜里天翻地覆，一片混乱。巴吉尔觉得自己身上到处是黏糊糊的血，他只能用双手紧紧地护住头。沉甸甸的屁股压到他的头上，像压上一座小山。他听到一阵女人的冷笑，笑声里荡着得意、满足和报复者的愉悦。他的头发被狠狠揪住，迫使他仰起脸来，这样，他看见了她的香牛皮靴、袍子的下摆……

这个女人出卖了他！他明白了。

"听着，巴吉尔，"桑吉德玛用皮靴尖蹭着他的脸和唇。他嗅着她皮靴底上浓郁的干草的气味，忽地产生了一种想去咬那靴尖的欲望。

"骑上你的骆驼，离开我们家，滚出玛尼图草原，立刻就滚！"

"滚！"特古斯幸灾乐祸地在他屁股上踢了一脚。这一脚没控制，重得像骆驼蹄子。

他以为自己的胯骨被踢碎了。

然而他还是站起来了。席拜里只剩下他一个人。枯树叶子又开始喧嚣：狂笑、哀号、带血的呻吟、阴险的低语……从空中倾泄下来的黑暗狠狠地挤压着他。他呆呆地站了很久，耻辱的眼泪淌下，江河般汹涌澎湃。

他在自己眼泪的激流里挣扎着，沉沦着，呼号着……

黎明前，他悄悄离开了玛尼图草原。他觉得自己像一条垂死的狼，弓着腰、托着带血的尾巴、带着死亡无声的气息。

10.

又把点缀在套脑里的星星数了一遍，她还是睡不着，只好穿上得勒（袍子）走出蒙古包。

月儿又被一种奇异的力量弯成一张弓，醒目地挂在蓝宝石般的夜空上，引而不发，像块散发冷气的冰坨子。沉寂的草地上漂浮着黑漆漆的山峦，恍如黑海中峙立的岛屿。附近蒙古包的狗故弄玄虚地叫几声，忽又卖个关子默然不语了。一种模糊的似有似无的音响忽而这边响一阵，忽而那边响几声，宛如沉睡的大地发出的梦呓。草原之夜让人感到神秘莫测，产生幻想。

桑吉德玛慢慢走着，轻巧的香牛皮靴忽然沉重无比，像灌满了铁水。然而她还得往前走，尽管她自己也不知道该往哪里去。不管她是否愿意，也得沿着这条路走下去。也许前面就是断崖，是万丈深渊，那她也得往下跳。

她凝望原野，第一次发现草原太大了，太空了；大得让人绝望，因为与它相比，人渺小得简直不值一提；空得让人想哭。因为只有这时，你才能体味到孤独的真实内涵：它比魔鬼还可怕。

她没来得及收住脚步，便被一个软软的东西绊倒了。伸手摸去，是一团蓬松的白毛。她嗅到了一股恶臭，那是死亡的气息！她不禁毛骨悚然，想呕吐。原来她趴在了一只刚病死的羊身上。她看见死羊的瞳孔里嵌着一轮月牙，闪着熠熠的令人恐惧的光。

她爬起来，才看清附近还有几只被疫病夺去生命的死畜。它们都是刚刚咽气的，有的还没有完全咽气，不停地蹬着腿，突然声嘶力竭地叫几声。她不敢看这些死畜，怕它们会像人那样站起来瞪着她，问她为什么不能驱逐病魔，让它们死于非命……

她没有控制住疫病。瘟疫在继续漫延，甚至已经传染到孩子们身上。桑吉德玛啊，你毕竟是个没用的人，没有用！牧人们那么信赖你，把一切希望都寄托在你身上，可你……她绝望地哭了，泪水像奶汁那样欢快地淌出，浸泡着那颗苦涩而脆弱的心。

又走了一会儿，恍惚看见前面有几个黑影跪着，每人拈一炷香，向那半块月牙顶礼膜拜。她嗅到那淡淡的缭绕的香味儿，心在剧烈地颤动。

"吉雅其，慈悲的吉雅其啊，可怜可怜我们吧，您老人家快快降临吧。"

断断续续的祷告声宛如游丝，飘进盖妮的耳朵里，像狼针草似的猛刺着她的身子。

她几乎想去死——是啊，你还有何面目活在世上呢？牧人已经对你彻底失望了，他们把希望移到了冥冥苍穹，移到了遥远的月亮之上。他们无可奈何地到虚幻的世界里去寻找本不存在的神灵的庇佑。盖妮呀盖妮，难道你真的就这样败下来了吗？

她忽然像个痴疯的人般在草原上狂跑起来，头发散落如瀑，又如马鬃冉冉飘拂；双手高高举起，似要与天空、月亮、星星拥抱；喉咙里滚出一团团让人心碎的嘶喊：

"吉雅其啊——帮帮我吧……"

她终于气尽力竭，瘫倒在草地上。于是她也跪着，虔诚地向半轮残月双手合十，默然不动，凝固了。夜风轻拂她的乌发，擦拭着她的泪痕。月亮吻着她苍白的脸颊和没有血色的唇。她化成亘古不移的山石，化成一根古老弯曲的怪木，腿是扎在泥土中的粗根，胳膊是枝杈，飘飞的头发则是它黑色的游丝。

她缓缓地仰起头，望着隐在茫茫草海里的蒙古包。包里透出飘忽不定的灯光。她知道巴吉尔此刻坐在包内喝茶，稳稳的，胸有成竹地等着她主动迈进那座毡房里。

男人啊，这些魔鬼！

——她诅咒着。

11.

篝火烧得有半个太阳亮。光明把夜色高高地举起来，不让它们落下。牧人们在火堆旁跪成一片，倾听远去的马蹄声。

马蹄声恍若泉水叩击滑润的鹅卵石，轻巧、空灵、悦耳，又是淡淡的，全无一丝凡尘俗念。这空谷足音在恢弘的穹庐上萦绕不绝。

畜群倏然有了灵性，一起仰头向苍天长嘶，俨然在为解救它们于水火的老人送行。

羊皮鼓由远及近，声音虽有几分喑哑，却是极肃穆的，极庄严的。博围着篝火狂舞。他的舞姿怪诞而奇特，时而像马驹儿乱颠，时而像老驼伸颈扭项，可是却有一种迷人的魅力。

博的影子落在草地上，抻得远远的，与远方无边的黑暗连在一起。这魔影疯狂地轧过草地，碾轧着跪着的人群，在这边破碎了，肢解了，倏地又在那边连接复原，扭曲着，抖动着，发泄着无限的狂热和笃信。

博且歌且舞。

12.

巴吉尔不动声色地坐在街包里喝茶，漠然凝视着油灯飘忽不定的火苗，似乎在思索着重大的人生哲理。

实际上他什么也没想。他在等。这几天他袖手旁观，隔岸观火，都是为了等待那个他多少次期望到来但又怕到来的时刻；等待那个属于他的机会。他知道自己的心脏有一半在阴暗的污沟里丑陋地跳跃，而另一半则在光明的映照下艰难地搏动。他对自己那半个阴冷的心感到憎恶、恐惧，可又摆脱不掉。它像毒瘤一样紧紧地贴在那半个心上，并不断向那里边渗透着毒汁。

漫长的夜，像一根拉长的胶皮条，尽管拉得很长，却隐藏着断裂的危险。巴吉尔呷了一口茶，眯着眼望着敞开的门。堵塞在门口的黑暗忽地被挤碎了。他一阵心悸。抬头看——从破碎的乱石块似的黑暗里艰难地挤进来一个女人。

哦，她终于来啦！

盖妮·桑吉德玛！

"巴吉尔，我知道你要的代价是什么了！"盖妮平静地说。巴吉尔斜着眼看她，发现她竟是一副大义凛然、视死如归的模样，心头又是一颤。

"现在，你立刻就能得到你想要的啦。"

巴吉尔盯着她，眼窝里塞满了情愫、渴望和恐惧。

桑吉德玛慢慢转过身，将蒙古包的木门关住，挂死。然后，默默伫立了约有十秒钟。

朦胧中，他瞥见一只白天鹅从她腰间缓缓飞起，又从衣领滑翔到胸襟、腰间，轻巧地衔开了一粒粒封锁和护卫女人躯体的铜纽扣。于是，那件浅绿色的丝绸蒙古袍无声无息地飘落而下，恍如一团绿云，轻轻在空中荡过，悠悠坠到地面。

香牛皮靴脱下来，卧在一边。

腥红色的内衣宛如一片火，闪了一下，与那团绿云融在一起。

禁锢的大门敞开了，巴吉尔嗅到了一股逼人的异性香味……

"桑吉德玛……"他的声音颤抖着，变了调。

她平静而淡漠地走来，躺到墨绿色的地毯上。

巴吉尔一阵头晕目眩，心儿有力地、恶狠狠地跳，把胸腔砸得"咚咚"响。她就躺在他身旁，近在咫尺，伸手便可触摸得到；然而她又是那么遥远，犹如躺在可望而不可及的云端、碧海。不错，她把一切女性的隐秘都暴露给了他……奇怪的是这一切都激不起他丝毫的冲动和欲望，浑身一阵发冷。他不明白这是怎么回事，在心里凶狠地咒骂自己：混蛋，你不是一直在等这个时刻吗？你不是一直渴望得到她吗？现在怎么了，害怕了？退缩了？

难道白白放弃这个机会吗？

是的，她躺在这里，等着他，闭着眼，静静躺着，像熟睡一样。然而在那微微颤动的睫毛下面分明有一粒亮晶晶的珍珠在闪亮。

那是泪吗？

她的身躯光洁白净，冰雕雪琢似的，美极了，却没有温热，没有血液，没有情感，只有彻骨的寒冷。他敢用肉体去换那冰块吗？他不怕被骤然冻僵吗？他忽然明白了：他永远也得不到这个女人，既使现在占有了她的肉体，但她永远不会把爱给他一丝一毫！

那么，她现在为什么又要奉献出一个女人最宝贵的贞洁呢？难道是一种崇高伟大的牺牲，为了拯救病疫中的玛尼图草原，她不惜献出自己的一切？

天啊，这是个什么样的女人啊？

可你呢，巴吉尔，你算什么东西！相形之下，难道不是太鄙劣、太猥琐、太丑恶吗？

他听到蒙古包里充斥着轰隆隆的声浪，几乎震碎了他的耳膜——那是无数的谴责和唾骂。

空气在压缩，仿佛要把他身上的丑全部挤出来。他忽地产生了一种渴望——让盖妮扑上来，踢他、咬他、掐他、拧他……那样一定舒服极了。

然而盖妮没有，她只是静静地躺在那里。

真憋闷，世界马上就要爆炸了吗？炸成无数碎片，毁掉一切邪恶和冷酷？

巴吉尔狠狠地撕扯自己的头发，像一头被关在笼里的野兽咆哮了一声，一脚踹破木门，仓皇逃进了浓厚的夜幕里……

13.

奇迹出现在玛尼图草原——仅仅两天的时间，口蹄疫被控制了。牲畜的病情好转，被病魔传染上的孩子们也恢复了健康。每个浩特里都传出了舒心的笑声。

有人说：是他们的祈祷感动了神灵，吉雅其老人降临草原，才驱走了病魔。

也有人说：全仗巴吉尔医术高明，或者是桑宝老爹传授给他的那个秘方起了作用。

也有人说：一切都应归功于盖妮·桑吉德玛……

牧人们的喜悦没有持续多久，忽又传来一个令人担心的消息：特古斯隐瞒了自己还有三头病牛的事实，把它们藏在席拜里。可结果在一天夜里，三头病牛疯了，用它们坚硬的犄角挑破席拜，逃进了乌日图山谷。

人们当然都清楚病牛的逃走意味着什么——它们跑到哪里，就会把疫情传播到哪里。

就在同一天夜里，江湖兽医巴吉尔也失踪了。

14.

破晓时分，盖妮·桑吉德玛在乌日图山谷的纵深地带找到了巴吉尔和三头疯牛。

血淋淋的场面赫然闯入她的眼帘：

这里显然经过了一场不可想象的肉搏，三头死牛横躺竖卧在山谷里，污血溅满了岩石和荒草。茂密的草被踏得乱七八糟。低矮的树枝上挂着一团团毛和一块块肉。最凶猛的黄牤牛将一只利角深深地刺进了岩石的缝隙间，眼睛睁得极大，布满惊恐的阴翳。它的另一只犄角上挑着衣袍的碎片，染着鲜红的血。另两头牛身上满是伤口，有的地方仍在往外淌血，如红色的暗泉吐泡沫。它们的牙齿露在外面，狠狠咬着一截木棍。巴吉尔斜靠在一块赤褐色的岩石上，黑色皮坎肩像是被子弹击穿许多洞穴，马裤成了一缕缕碎片。他满脸血污，手里还紧紧握着那柄沾满血和牛毛的蒙古刀。细看，他似乎在微笑，像平时那样高深莫测地笑……

盖妮·桑吉德玛轻轻走过去，似乎生怕把他惊醒，久久地凝视他的脸——他的脸膛开阔而平坦，是一片赤褐色的草原。

她慢慢俯身，去吻那草原上隆起的山脊和那两汪黑色的深不可测的泉水。两扇紧紧闭合起来的山脊是冰冷的，她觉得自己在吻一座雪山。她从那上面品尝到一个男子汉的血的滋味——略甜，微咸，又有点苦涩。她贪婪地吮着，渐渐感到那山脊愈来愈热，宛如一座正在喷发的火山……

　　恍若听到一个博击打着破羊皮手鼓，在山谷里歌唱。他的歌声充满永恒的魅力，在山谷上空盘旋了一圈又一圈：

　　　　穿花条衣的徒弟在召唤您嗬
　　　　先祖信奉的守护神请您快降临
　　　　嗬哪哪嗬啊啊哈嗬咿
　　　　乘风破浪降临吧
　　　　来呀来呀，嗬咿嗬……